THE GLORY AND THE DREAM

光荣与梦想

宝树 主编

北京燕山出版社
BEIJING YANSHAN PRESS

图书在版编目（CIP）数据

光荣与梦想 / 宝树主编 . 一北京 : 北京燕山出版社 , 2021.9
ISBN 978-7-5402-6175-7

Ⅰ . ①光… Ⅱ . ①宝… Ⅲ . ①幻想小说—小说集—中国—当代 Ⅳ . ① I247.7

中国版本图书馆 CIP 数据核字 (2021) 第 175374 号

光荣与梦想

主　　编：宝　树
责任编辑：邓　京　　温天丽
版式设计：李宗男

出版发行：北京燕山出版社有限公司
社　　址：北京市丰台区东铁匠营苇子坑 138 号
邮　　编：100079
电话传真：86-10-65240430（总编室）

印　　刷：北京盛通印刷股份有限公司
开　　本：880mm×1230mm 1/32
字　　数：270 千字
印　　张：9
版　　次：2021 年 9 月第 1 版
印　　次：2021 年 9 月第 1 次印刷

书　　号：ISBN 978-7-5402-6175-7
定　　价：39.80 元

编者序

宝树

1

这本书的渊源，可以追溯到 2012 年的某一天，编者在布鲁塞尔的一家旧书店里，邂逅了一套残缺不全的《阿西莫夫神奇科幻世界丛书》（*Isaac Asimov's Wonderful Worlds of Science Fiction*）。这是科幻大师阿西莫夫编选的一系列主题科幻选集，出版于二十世纪八十年代，数十年后，有三四本流落到这家书店里，已经饱经沧桑，相当残旧了。其中一本题为《科幻奥运会》(*The Science Fictional Olympics*)的书，一下子吸引了我的注意。那一年正当伦敦奥运会，隔着一条海峡的比利时街头巷尾也是奥运气氛浓厚。当时在比利时留学的我，自然也对奥运非常期待。

虽然我从小就是科幻迷，当时也已经是小有名气的科幻作者，但从未想过能拿奥运主题做一部科幻选集。我看了看目录，作者阵容竟惊人地强大，几乎每一位都是如雷贯耳的科幻名宿，其中有中国读者，至少是科幻读者非常熟悉的阿瑟·克拉克、乔治·R.R. 马丁、罗伯特·谢克里、迈克·雷斯尼克、杰克·万斯、鲍勃·肖、德·坎普……这些脑洞天才们汇聚一堂，各出奇招，在竞技体育的题材上比拼科幻创意，本身就是一种脑力"奥运"了。

我毫不犹豫地买下了这本选集。不久后，伦敦奥运会如期举办。那个夏天，我一边观看精彩激烈的比赛，一边随手翻阅这部异想天开的故事集。其中有外星人加盟的银河奥运会，有美人鱼参加的游泳比赛，有横跨太阳系的"赛船"，也有通过心灵感应的格斗……有时候很难讲，电视里的奥运和书里的奥运，何者更吸引人。[1]

读这部书的时候，我当然也会想起中国科幻作家们的奥运或体育主题佳作，比如刘慈欣的《光荣与梦想》，王晋康的《豹》，都是我许多年前拜读过的名篇，精彩之处，绝不逊色于外国名家的演绎。从那时候开始，我就隐约有了编一部中国版"科幻奥运会"的心愿。当然,最初只是一个随性的念头,但后来几年也颇留意这方面的作品。读得多了,我有时掩卷而思,感到科幻与竞技体育,二者看似风马牛不相及,但其间颇有若干值得深入探讨的问题在焉。

大概没有哪个民族不需要某种程度的体育运动,但只有在希腊人那里,竞技体育才以"赛会"的形式受到极大地尊崇。古希腊有所谓四大赛会,其中最著名和盛大的自然就是奥林匹克赛会。古希腊奥运会,在传统说法中始于公元前 776 年,实际据专家考证,可能要晚几十年,定型于前八世纪末期。但其渊源又要古老得多,在迈锡尼文明时期便已有雏形。荷马史诗《伊利亚特》中也有一些关于赛会竞技的描写。[2]

奥运会及其他赛会的起源是对宙斯等神灵的宗教祭祀。但其真正的发扬光大,依赖于古典希腊兴起的人本主义精神。赛会逐渐成为一种世俗节日的竞技活动,众神退隐,而人自身的体态、动作和成绩成为古希腊人关注和赞美的重心——虽说当时还局限在"希腊人"的范围之内。奥林匹克等赛会中体型健美、身手不凡的运动员,成为这种人本主义肉身化的呈现。成绩突出的运动员,往往拥有自己的雕像,多为健美的裸体,树立在赛会赛场和自己城邦的街道上,受到的崇拜与敬爱,绝不逊色于今天的体育巨星。一些诗人和艺术家创作的运动主题作品,如品达的琴歌《奥林匹克运动会胜利赞歌》,米隆的《掷铁饼者》,波留克列特斯的《束发的运动员》,疑似西兰尼昂的《拳击手》等雕塑,以及相关题材的陶器绘画等,对后世人文艺术的影响,也是无远弗届。

除了对体育运动的热爱,对人自身的肯定和赞美,也催生了古希腊的理性主义自然哲学与数学。希腊人尝试着依靠人自身的能力,去独立思考世界的本源,太阳和地球的距离,或者数的本质等与现实生活完全无关的抽象问题。虽然艰辛万状,但也取得了绝大部分民族难以比肩的成就。这两方面的遗产,经历了两千年的曲折发展乃至倒退,终于在文艺复兴后塑造了现代世界。今天我们大体生活在一个尊奉人本主义价值观的世界上,现代人既像古希腊人一样拥有各色体育盛会,也以同样的热情和更发达的技术测量宇宙的广阔和生命的编码。二者有深刻的内在联系，也都是来自希腊的古老遗产。

但在现代世界，二者之间已出现了越来越难以弥合的裂隙，在今日甚至已经相当显豁。

《奥林匹克宪章》提出，体育运动的宗旨是"为人的和谐发展服务，以促进建立一个维护人的尊严的和平社会"，这是和古代奥运赛会的精神一脉相承的。但是，《宪章》又规定，奥运会的格言是"更高、更快、更强"，这其间就有难以忽视的内在冲突。

这倒并不是说激烈的竞争会影响到人际关系的和谐，而是因为现代的精确测量技术，让竞争不仅仅是在同一场比赛上进行，也是在现在和过去之间进行。运动员们可以不断地"打破世界纪录"，让成绩一直呈现出提升之势。但是，人类自身的体能是存在限度的，不可能无限提升。自然条件下，人无法跑得比猎豹还快，也不可能像羚羊一样纵跃如飞。因此，"更高、更快、更强"也是无法持久实现的，人最终会逼近自身的极限，而永远无法逾越。

但是，还有一种可能，即通过科技的力量，令人类异化和超越自身，成为某种或强大或奇诡的"他者"，以此跨越人类自身的极限。

这不只是理论上的可能，借助于高超的技术手段已经成为现实。二十世纪以来，人类的奥运成绩在不断提升，但这些光辉成绩也变得越来越面目可疑。兴奋剂丑闻成了一直萦绕着现代奥林匹克运动会的梦魇，某些国家甚至给女运动员打雄性激素，来创造比赛的奇迹！即便从合法的方面来说，通过现代医学和营养学的深入研究，用科学的训练方法，周密的营养搭配，乃至一些专门研发的药物来打造超人之躯似乎也在逐步"物化"运动员的身体。如果比赛成绩是通过机器般的严密程序取得的，那么人的尊严与荣耀又从何谈起呢？另外还有比赛判决机制的争议，变性人参赛问题……一言以蔽之，人性与科技的碰撞离合，在竞技体育领域中成为日益突出的问题。

科幻小说以幻想的形式，将体育与科技或社会科学的爱恨纠葛进行了极富趣味的演绎，同时，也令我们对此的思考超出现实问题的畛域，而在若干之前难以企及的新层次或方面上展开，给人以极大的想象及反思的空间。下面，编者想结合本书中的一些作品，来略加讨论。

2

（本节涉及书中小说的一些具体设定和情节，担心被剧透的读者可直接跳到第 3 节）

对于体育科幻题材最早进行探索的中国科幻作品，首推迟叔昌发表于 1956 年的《3 号游泳选手的秘密》。在一场游泳比赛中，3 号游泳选手林小波周身涂上了某种从鱼类身上提取出来的润滑剂——"鳗鱼 1 号"，大大减少了水的阻力，从而打破了世界纪录。不过，这其实只是一个引子，故事几乎没有正面描写比赛的过程，主要篇幅都用来讲述林小波如何从父亲的故事中得到灵感，又如何进行发明创造，得到效能最佳的润滑剂。小说的最后还展望了润滑剂在社会生活各方面运用的美好前景。

这篇写于五十年代的少儿科幻小说，曾在多年间脍炙人口，或许不太适合当代成人读者的阅读口味，但想象的趣味至今仍然令人赞叹。不过，《3 号游泳选手的秘密》其实重点并不在于体育比赛本身，相关的描写也很少，而在于表明科技发明改善人类生产生活的意义，歌颂了林小波钻研科技、勇攀高峰的精神，这也是早期中国科幻的共同点。

不难看出，这个设定在体育比赛方面会引起一些争议：身上涂着神奇的润滑剂，即便真有这样的助力，也并非人自身的禀赋所致，难道不算是某种"违规"吗？作者也意识到其中或有一些问题，所以在小说中写道，林小波主动提出不应领冠军奖杯，但评委们肯定和奖掖她的刻苦训练和拼搏精神，仍然将冠军给了她，以皆大欢喜的结局结束了这个富有童趣的故事。但真正的问题或许尚未被提出。

郑文光也是较早探索体育科幻题材的中国作家。他写于 1979 年的《女排 7 号》，让一个仿真机器人伪装成人类运动员，去打女排比赛。机器人因为有着人类难以企及的速度、力量和准头，毫不费力便赢得了比赛。这个相对简单的故事只是借当时正热门的女子排球介绍了一下机器人的能耐，也未深入讨论比赛的"公平"问题。不过写于 1980 年的《泅渡东海》具有了更高的复杂性，也大为推进了这方面的探讨。故事讲述了一个年轻的游泳运动员任以平，挑战人类的极限，从上海游到日本长崎，数天数夜一直不停地游泳，被人猜测是机器人或者外星人。中间也有人进行捣乱，经历了一些波折后，任以平还是成功抵达了长崎。最后谜底揭晓，原来这位游泳健将小时候受过重伤，进行修复后——安装了"阳电子人工大脑"，才具有了超人的能力。

也许有人会问，这和机器人有什么区别？任以平所装的人工大脑，似乎只是对其受损的大脑进行修复和提升，而非替代。另外，他的躯体和四肢仍然是百分之百的人类肉身，只是通过人工大脑的某些激发，身体焕发出了内在的潜力。通过这种方式，郑文光能够在一定程度上解决公平问题，令读者相信，虽然有机器帮忙，但运动员创造的奇迹，仍然来自人体本身的能力。

郑文光承认，公众对此仍有一些争议。不过他借文中人物之口，表达了故事的中心思想：

> 但是，重要的不是纪录，而是这场表演——不，这场试验在人类面前打开新的视界：人类本身，该怎样发展自己？智能机器人日趋完善，不是有的科学家认为，人类已经受到挑战了吗？任以平这个综合人的出现提供了一条途径……可以证明，人类是有几乎无限的发展潜力的。不是机器代替人类，而是人类在机器的帮助下，把自身提到一个更高的水平，这就是我们从龙志林总工程师的实验中总结出来的重大意义。它预示着，人类会彻底克服自身的异化，开拓一个无限美好和璀璨的前途！ [3]

在这一逻辑下，人和机器的结合（今天往往称为"赛博格"）就并非矮化或异化人性，而是通过机器的助力，发掘人自身的潜能，将人的力量提升到一个新的水准。"更高、更快、更强"和人本主义的理念自身并无矛盾，反而相辅相成。

新生代科幻作家凌晨的短篇《最后的残奥会》（2016）继承了郑文光的这一理念，不过是在另一方向上进行了探索。故事讲述了一种细胞中蕴含的人体再生机能的发现，令伤残的运动员能够恢复身体健全以参加奥运会，而当所有残疾人都能够恢复健全，残奥会自然也就不复存在了。可以想象，对这种机能的进一步激发，可以使得每个人都拥有完美的身体和能力，但届时奥运会本身还能否存在，就是一个有趣的问题了。

无论如何，如果人体内在的潜能需要异质的元素来进行激发，那么这种激发本身是不是一种人的异化，仍然是可疑的。另外，如果这种潜能迥异于普通人类的表现，那么是来自人体内部还是外部，也没有实质的区别，人类将面临分裂和解构的危险。王晋康的中篇小说《豹》（1998）从基因科学的角度切入了这一问题。小说中，美籍华裔运动员谢豹飞在奥运会上一鸣惊人，在百米赛道上跑出了 9.45 秒，这是一个奇迹般的成绩（目前真实的世界纪录是博尔特创造的 9.58 秒）。谢豹飞一度被视为黄种人之光，但真相是，他体内被身为生物学教授的父亲嵌入了猎豹的基因片段，所以才能快步如飞。而这种基因也改变了谢豹飞的人性，令其具有了猛兽的嗜血本能，终于无法自控，失手杀死了自己的未婚妻。

由此引发的一系列刑事案件真相大白后，谢豹飞是不是"人"成为争议的焦点。许多人认为，谢豹飞虽然具有异种基因，但完全具有人的思维能力和情感，当然是无可置疑的人类。但也有人指出，谢豹飞不仅身体里有动物基因，其嗜杀倾向也来自食肉动物的狩猎本能，这已经超出了人性。不过，对"人"的定义并非王晋康所关注的重点，虽然故事以悲剧收场，但他借谢教授之口吐露了这样的理念：基因改造本质上与进化一脉相承，为了满足在未来适应特殊环境等需求，人体的基因嵌入研究仍然要坚定地继续下去。

在该小说发表整二十年后，"基因编辑"问题因为一系列爆炸性新闻而成为现实的热点。小说中丰富的科学知识和正反面的思想论战，至今对我们理解基因编辑的伦理意义有重要启示。这些已经远远超出体育的范畴，不过作为人类身体性呈现场域的体育运动，无疑是探讨相关问题的关键领域之一。在《豹》及其扩写的长篇版《豹人》（河南人民出版社，2003）中，随着情节的发展全面深入探讨了奥林匹克精神的兴衰，不同人种体育竞技的先天优劣等相关问题，至今仍不失为一部全面深刻的华语体育科幻杰作。

刘慈欣发表于 2003 年的《光荣与梦想》——也是本书的冠名之作——

同样深入地探讨了奥运与体育精神的内涵，不是从刘慈欣最擅长的硬科幻设定出发，而出人意料地选择了社会科幻的角度。在故事中，奥运的和平理念被创造性地阐释，人们尝试通过综合奥运比赛成绩的方式来模拟和取代战争，这在理性上是和平解决问题的最好方式。但在马拉松比赛中，一个女孩面对不可战胜的对手不顾性命地拼搏，激发起了同胞们同仇敌忾的勇气，战争仍然不可避免地爆发了。这提示我们，体育运动所彰显的也是奥运《宪章》中所尊崇的"人"，从来不是抽象唯一的理念，而是生活在现实脉络中具体的、身份不同的、彼此冲突的人群。正如科技上的加成有可能导致体育的异化，在社会体制上一厢情愿的设计，也会令这一理念分崩离析……

比起上述相对严肃的探讨，本书中其余几篇作品，从各种奇妙的角度对未来体育运动的可能进行了演绎，贯穿其间的体育精神仍然令人瞩目，但又多了几分旁逸斜出的奇思妙想，说来更接近"科幻奥运会"的旨趣。比如，田兴海的《负限奥运会》（2016）是对《光荣与梦想》的致敬之作，运用了后者的许多元素，不过实际上主题却相去甚远。这部作品的设定是一种反面的奥运会，要求竟然是"更低、更慢、更弱"！小说以100米短跑为核心，描写了运动员们根据不同的科学原理，各出奇招，来实现不允许静止的最"慢"速度。作品想象奇妙、知识丰富且富有幽默性，在读完《豹》《光荣与梦想》这样的严肃深沉之作后，再读此篇戏说，想必能令读者大为解颐。

长铗的《674号公路》（2007）是一篇曾夺得银河奖的佳作。小说描绘了美国加州一场不平凡的赛车比赛，进行比赛的674号公路似乎有魔怪出没，令绝大多数挑战者铩羽而归，而归来者也会发生极为奇特的变化。最终，一位赛车手以勇气和智慧破解了674号公路之谜，那竟是一种特殊结构的空间……小说的长处在于以惊人的想象力，将现实世界的赛车和数学空间的性质，两个似乎毫不相干的领域连接起来。其惊异感和创新性，在本书中也极为突出。

在将风马牛不相及的领域予以创造性结合这一点上，谢云宁的《梦绕地心》（2012）也不遑多让。这篇小说是围绕着现实中的著名球星梅西展开的。梅西虽然天才绝伦、战功赫赫，但在一些南半球的重大球赛中却总是表现不理想，故而曾有"没戏"这个绰号。作品设想其球技竟然与地球内部的神秘生物有关，主角将深入地心，为探求真相和挽救梅西注定的败局而背水一战。作品的设想极宏大瑰丽，以万众瞩目的世界杯为高潮和焦点，这种奇妙的结合使得作品非常之"燃"。顺便一提，谢云宁是一位硬科幻作家，也是资深的球迷（更是阿根廷和梅西的粉丝），故而才能写出这样奇诡而燃情的作品。

《梦绕地心》以 2014 年巴西世界杯为背景，在写作时，这自然是作者心心念念的未来盛会。此外，如 1998 年的《豹》以 2004 年雅典奥运会为背景，2003 年的《光荣与梦想》以 2008 年北京奥运会为背景，对未来体育盛事的展望催生了这些想象与激情并重的作品。如今那些曾万人空巷的比赛已为陈迹，许多骄人的成绩也被淡忘，但昔日的情怀通过作家的想象而长久流传，透过激情燃烧的文字，读者仍可以感受到那些远去的"光荣与梦想"。

彭思萌的《野兽拳击》（2016）则是一篇相对另类的作品。相较于上述许多科幻故事，这篇小说更富有现实的关怀。小说讲述了一个在工作中郁郁不得志的白领，通过 VR 游戏的方式玩上拳击比赛，在身体的对抗与搏击中找到和重塑自我的故事。表面上，这部作品与其他的体育科幻作品有相当的差距，但仔细想来，却是互为镜像。如果说从《3 号游泳选手的秘密》到《豹》等作品探讨了科技发展对体育的影响和异化，那么《野兽拳击》则是通过科技所创造的虚拟世界，找回了更为"原始"的人体搏击，并以此提醒在舒适妥帖的高科技生活中越来越沉迷的人类，身体性的存在与搏击有其不可剥夺的尊严和意义。主角虽然在最后的比赛中败于虚拟拳王，但重燃生活的热情。这也就更接近体育运动的本质与初心：也许体育真正的意义并不是"更高、更快、更强"，而是通过挑战极限，奠定人自身存在的根基。我们能否从中找到对上文所提出的思想问题的某种解答，至少是启迪呢？无论如何，这部作品作为本选集的收官之作实有不可替代之意义。

3

如这篇序文开头所说，本书的渊源是多年前读过的一部英文小说集。但具体编撰工作的缘起，则是 2019 年底一次科幻活动上和科幻作家凌晨的聊天。闲谈中，我提到了这一选题的设想，凌晨姐非常欣赏这个概念，并很快牵线，让力潮文化邀请我担纲主编这样一部本来只是空想的选集，于是一切正式启动。

本来我的设想，是希望纯以奥运会为题材来编撰一部选集，但细想之下，还是将范围扩大到广义的各类体育竞赛，庶几更能体现这一选题的全面意义。本书以刘慈欣的作品标题《光荣与梦想》为书名，并非因为大刘的声望和名气最为突出，而是这一标题最能体现竞技体育中蕴含的人类精神，这也是本书所收录的各篇小说中所共同珍视的价值，虽然对此的表现演绎各有不同。以这一标题为全书冠名，再合适不过。

具体的编辑工作，虽然不无波折，但总体还是比较顺利。在此，我谨以编者的身份，感谢许多科幻界师友的热情帮助。作家们的赐稿，当然是对本书最大的支持。此外，诸多师友也以其他方式协助了本书的编撰工作，凌晨姐从开始就全程参与本书的策划，没有她就没有这部书的诞生，她还为本书专门扩写了《最后的残奥会》一文，使之更为丰满生动。敬爱的"大刘"刘慈欣老师，不仅欣然同意赐稿，还在往来信函中告知我几部相关主题的早期作品，令阅读面有限的我思路大为开阔。著名科幻作家和学者吴岩老师也推荐了若干作品，更难能可贵的是，吴老师还热心牵线，帮助我设法解决了已故的迟叔昌先生作品的版权问题。在此，还要感谢迟叔昌先生的儿子，知名科幻和科普作家迟方先生的鼎力支持。另外，还有十多位作家积极参与了相关的问卷调查，贡献了许多犀利的评论和有趣的脑洞，在此为免繁冗，不能一一具名致谢，敬请读者参阅书末的附录。

力潮文化的刘念女士也深度参与了本书的策划和编撰，提出了很多重要的建议并全权负责后期的编辑工作，在此一并致以深深的感谢。

遗憾的是，郑文光先生过世多年，其版权情况复杂，编者通过吴岩老师联系到先生的家人，也得到了他们的理解与支持。但因郑先生作品的全部版权都在某公司手上，几番请求，终未获得版权方允可，所以本书未能收入郑先生的《泅渡东海》这一重要作品，只能通过上文中的介绍和引用，令读者略明大意。

另有若干作品，有的经我们百般努力而联系不到作者或版权方，有的因篇幅问题不得不割爱，有的仔细思量，并不完全符合本书的主题，还有一部本拟选入的作品，因作者自我要求谨严，认为水平不足而请求撤稿，都未能收入本书。当然，由于笔者阅读范围有限，虽向多方科幻同仁征求作品和推荐，但想必遗珠仍有不少。本书与阿西莫夫主编的《科幻奥运会》自然有一定差距，这方面的问题与不足，完全是编者的责任。

其实，对本书构成最大挑战的，并非编书过程中的一些问题，而是较此更"科幻"百倍的现实。本书拟在 2020 年夏天上市，借东京奥运会的东风引起更广大读者对体育科幻的注意。但因为肆虐全球的新冠疫情，东京奥运会宣布延迟一年，令本书也推迟到了 2021 年。这不仅是现代奥运史上，也是古代千年奥运中从未有过的事件，竟然被我赶上，不能不为之苦笑。这大概是超过一切小说的、真正的"科幻奥运"了。

时至今日，新冠疫情几度起伏，推迟到今年的东京奥运会能否最终开幕，仍然是未定之数。本书却不能再多耽搁，否则对不起诸多师友的鼎力支持。据说，古代奥运会的召开本有禳除瘟疫的用意，希望本书也能为此贡献一点精神力量。希望在不久的将来，我们的世界能够摆脱疫情的威胁，人类将以茁壮健美、活力四射之躯，再次回到古老的奥运赛场上，展现崭新的风采。

宝树

2021.02.24

注解 ———

1. 这部选集中两篇作品有中文版：阿瑟·克拉克的《太阳风》（曾多次发表，收入克拉克同名短篇集《太阳风》，四川少年儿童出版社，1998，亦曾以《太阳帆船》的标题发表）和罗伯特·谢克里的《陷落人海》（收入谢克里选集《世界杂货店》，新星出版社，2019）。

2. 详细介绍可参见王以欣《神话与竞技：古希腊体育运动与奥林匹克赛会起源》，天津人民出版社，2008，第一、二章。

3.《郑文光科幻小说全集》第二卷《海豚之神》，湖南少年儿童出版社，1993，第 222—223 页。

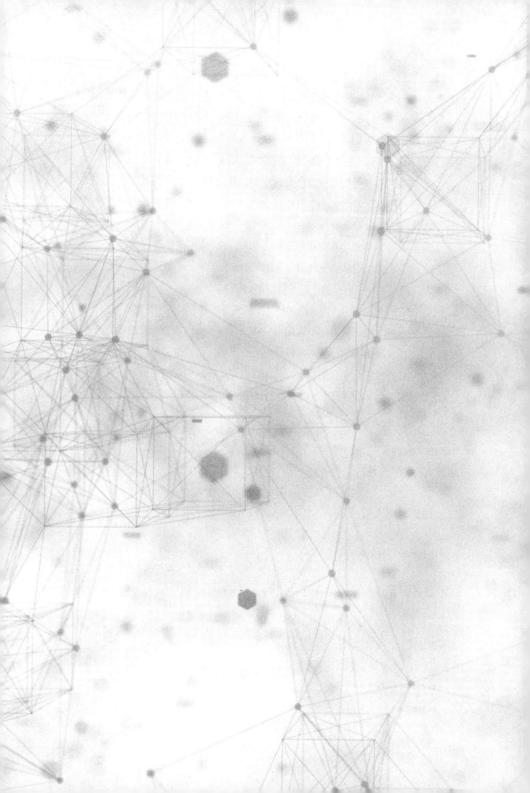

3号游泳选手的秘密

迟叔昌 / 文

迟叔昌（1922—1997），老一辈科幻名家，生于哈尔滨，1935年赴日本留学，毕业于日本庆应大学经济系。于1956年发表处女作《割掉鼻子的大象》，受到广泛欢迎。代表作有《3号游泳选手的秘密》《起死回生的手杖》《大鲸牧场》等科幻小说，是五六十年代创作量最大、最有代表性的科幻作家，七十年代后旅居日本，亦译有《小林多喜二选集》等多部日文作品。《3号游泳选手的秘密》原发表于《中学生》1956年8月号，后收入多种选集，影响深远。

一个看似普通的女生竟打破了游泳世界纪录，她为何能创造这样的奇迹？这来自她小时候听到的一个故事……

新纪录

"砰!"——一声信号枪响。

"扑通!"——六个游泳选手同时跳下水去。

广播器在叫,人在欢呼。游泳池里好像有六条龙,一边翻滚,一边直往前蹿。哗哗哗的,冒起六堆雪白的浪花。

岸上的人也像波浪一样骚动起来。

"加油呀!加油!"

"4号!不!3号!3号!"

"3号!真的!3号!"

看哪!3号一马当先,把别人都丢在后面了。

站在终点的裁判员把红旗一扬。全场轰的一声都站了起来,掌声像暴风雨一样。

听,广播员在报告!

"女子百米自由式决赛,3号选手林小波第一,成绩51.6秒!"

"51.6秒!打破全市纪录,全国纪录,全世界纪录!"

暴风雨似的掌声,一阵紧似一阵。

在鼓掌声中,裁判员牵着3号选手的手,让她走上授奖台,站在最高的写着红色数字"1"的那一级上。

大家伸长了脖子看。原来这位冠军是个二十岁左右的姑娘。中等身材,不太胖,可是长得丰满匀称。在太阳光下,她那浅棕色的腿上、胳臂上,她那深蓝色的游泳衣上、游泳帽上,都湿漉漉地反射着闪闪的银光。

冠军脱下游泳帽,露出蓬蓬松松的头发。她带着点羞涩,压住满肚子的高兴,微笑着向观众连连点头。

"同志们。"她对着面前的麦克风说。

观众渐渐静下来。

"我很高兴,我们今天能得到成功!"广播器传出她激动的声音,"可是在这次游泳比赛会上,我不能接受这样的荣誉,因为这荣誉是我们集体的。请评奖委员会不要把金质奖章挂在我的脖子上。"

她的话好像石块抛进水池里一样，观众又骚动了。

"怎么？她拒绝受奖？"

"这未免谦虚得过分了！"

"她说'我们集体'，她属于什么集体呀？"

"听说她是海洋学院造船系的学生。"

"这是怎么回事？"

但是不多一会儿，场上立刻又静下来了，静得连呼吸都可以听得见。这样的静，正表示着一个大大的"？"。

全场观众在等待她的回答。

趁林小波还没有开口，让我先把她的经历简单地介绍一下。

缉私艇的故事

林小波小时候，跟所有孩子一样，也喜欢听故事。

有一年夏天，爸爸带林小波到海滨去休假。他们洗过海水浴，躺在软绵绵的沙滩上。

"爸爸，讲一个故事吧！"林小波又提出要求。

"讲个什么呢？"这位老水手问。

"讲个船的故事！"林小波望着漂浮在海面上的帆船。

"好。"爸爸想了一想，"从前……"

"怎么老是'从前'？"林小波打断了爸爸的话。

"故事讲的都是'从前'，'将来'要你们年轻的一代去创造！"

"那就'从前'吧！"林小波的声调显然不大满意。

"从前有一个国家，因为海边走私的帆船很多，就造了一艘缉私艇。"

"什么叫'走私'呀？"

"走私就是不向海关交税，偷运货物。当然还会运许多违禁货物，像军火啦，毒品啦。所以要造一艘缉私艇来追捕那些走私的帆船。"

"结果抓住了没有呢？"

"当然抓住了。那艘缉私艇装着最新式的内燃机，比起帆船来，当然快得多了。所以它下水以后，一连抓住了二三十艘走私的帆船。谁知道好景不长，才隔了不到半年，缉私艇不知怎么的，渐渐不管用了。走私的帆船明明就在前面，可是缉私艇开足了马力也追不上，只得眼看着它们逍遥法外。"

"一定是走私的人把帆船改良了！"林小波插嘴说。

"不，帆船还是老样子的帆船。缉私艇艇长格外着急。他亲自监督着船员，把船上的机器全部检修了一遍，加了双倍的润滑油。可是一切都是白费，缉私艇仍旧像老牛破车一样，不肯加快速度。

"有一天，缉私艇艇长无精打采地站在码头上，抽着他的大烟斗。他简直绝望了。正在这时候，一个陌生人走了过来。陌生人看了看靠在码头边的缉私艇，然后拍了一下艇长的肩膀，说出四个字来。艇长一听恍然大悟，感激万分地握了握那个人的手，立刻跳上船，命令船员把缉私艇开到船坞里去。不到二十天，缉私艇恢复了以前的速度，重新在海上发挥了它的威力。"

"艇长碰到的一定是个仙人吧？"林小波着急地问。

"这个难题，童话里的仙人可解决不了。"老水手笑了，"他是一个人，一个很有知识的普通人，大家都叫他'海洋生物学家'。他专门研究海洋里的动物和植物。他知道缉私艇停的那个港口，是世界上最有名的一种寄生贝壳生长的地方。寄生贝壳附着在缉私艇的底部，越长越厚。许多海藻，也在贝壳之间长了起来。你想，底部有了这样一层凹凸不平的外壳，又加上许多拖拖拉拉的海藻，叫缉私艇怎么还跑得快呢？所以他特地来提醒艇长，说'贝壳！海藻！'，艇长一听这四个字，立刻把缉私艇开到船坞里，凿掉了这层外壳，速度当然就恢复了！"

"这样说来，船底越光滑，船就开得越快。"

"那是当然。"爸爸微笑着点点头。这位老水手对女儿能作出这样的结论，感到非常满意。

"鳗鱼 1 号"

岁月如流，一晃眼，林小波已经十八岁了。她中学毕业，进了海洋学院，念的是造船系。她之所以选择这个专业，是因为爸爸在海滩上讲的故事，在她的脑海里留下了不可磨灭的印象。她更忘不了自己在孩子时代做出的结论：船底越光滑，船的速度就越快。

其实，使船底更加光滑的办法，早已有不知多少种了。有人发明在船底喷上一层很薄很薄的非常光滑的漆。有人发明用电镀的方法给船底镀上一层铬，不但能使船底光滑，还能使船底更加坚固。也有人发明在船底的表面烧上一层搪瓷，甚至还有人干脆用光滑的塑料来做船底。

所以当林小波在研究小组里提出她的研究题目——"改进船底的表面状况，增加船的速度"的时候，许多同学都忍不住笑了出来。

"同学们，为什么要笑呢？"林小波却勇敢地说下去，"你们以为所有的问题都已经解决了吗？都已经解决得十全十美了吗？不，还没有。大家想一想，机器上的轴承做得多么光滑呀，但是还不得不用润滑油来减小摩擦力。是的，咱们现在已经有很多方法把船底做得十分光滑，但是咱们不能否认，船在水里航行的时候，船底和水之间还是有摩擦力存在的。我提出这个研究的题目，是想找出一种润滑剂来涂在船底上，把船底和水的摩擦力减少到最小的限度。"

多么新鲜的研究题目呀！要减小船底和水的摩擦力。同学们不再笑了，大家开始沉思起来。

学校党委极其重视林小波提出的研究题目，特地请一位老师来指导她。好几个同学也愿意参加这个研究工作。他们搜集了许多润滑剂的资料，翻阅了各国文字的参考书，但是都没有提到任何一种可以用在水里的润滑剂。他们还把各种各样的润滑剂涂在汽艇模型上进行试验，结果全失败了。有些润滑剂一涂上去，反而使表面更加粗糙。还有一些完全不能用，一下水就全部溶解在水里了。

失败连着失败，林小波和同学们并没有气馁。

一个星期天，同学们把林小波拉出了实验室，叫她暂时不要为研究题目所苦恼，不如到郊外去散散步，在河边钓一会儿鱼。

鲜红的浮标在水面上一沉一浮，林小波又陷入了沉思。

"速度……摩擦力……润滑剂……"任何消遣，都不能使她暂时忘记这亟待解决的问题。

"拉上来！快拉！"

同学们的喊声把林小波从沉思中唤醒。她出于本能地把鱼竿往上一拉，一条黑色的闪闪发光的东西挂在钓钩上扭动着身子。她慌忙把它抓在手里。可是没等到大家看清楚是一条鳗鱼还是一条泥鳅，那东西已经滑出了她的手掌，扑通一声，又窜回河里去了。

"太滑了，可惜！"同学们说。

太滑了——这句话像一股电流，直钻进林小波的脑门。

"是的，太滑了！"她自言自语地说，"为什么我们不能做出这样滑得抓不住的润滑剂来呢？"

林小波和同学们在老师的指导下，开始研究这种滑得抓不住的物质。要用的鱼是那么多，凭他们自己钓是不够的，所以只好到菜市去买。他们买来了许许多多鳝鱼、鳗鱼、鲤鱼、鲫鱼、青鱼、白鱼……

路走对了，目的也就容易达到。他们终于研究出来，最滑的是鳗鱼。它全身披满了不容易看见的细鳞，鳞片底下会分泌出一种黏液。这种黏液就是一种最好的润滑剂，能把水的摩擦力减小到十分之一。

于是，他们分析了鳗鱼的黏液，老师帮他们确定了这种黏液的分子结构式。根据结构式，他们人工制造出这种黏液，不，应该说润滑剂。他们把这种用在水里的润滑剂叫作"鳗鱼1号"。

出汗的船

现在咱们回到游泳池边。林小波还站在授奖台上哩！但是不用她开口大家都已经明白。她来参加比赛的时候，周身都抹了"鳗鱼1号"。这就是她要拒绝接受金质奖章的原因。

评奖委员会考虑了她的请求。他们认为林小波游泳的姿势非常出色，不论一举手，一投足，都完全合乎物理的法则。这说明她在研究工作这样紧张的日子里，并没有放松游泳锻炼。虽然她很谦虚，说她这次能得第一，多半是"鳗鱼1号"的功劳，而"鳗鱼1号"，又是他们同学的集体创造。但是反过来说，要是她不是个游泳能手，"鳗鱼1号"对她又会有什么帮助呢？一番商量后，评奖委员会还是决定把金质奖章挂上她的脖子。

观众又一齐鼓起掌来。大家同意评奖委员会的决定，认为这是体力劳动和脑力劳动的良好结合，更应该受到最高的奖赏。

经过这一次公开试验，林小波他们的研究工作受到了广大群众的注意和支持。喜欢钓鱼的人，常常把自己钓到的鱼给他们做实验用。少年科技之家航模小组也跟他们的实验室建立了联系。孩子们常常带着自己做的船舰模型，来跟他们一起做航海实验。

"'鳗鱼1号'哪天才能应用在航海上呢？"新闻记者常常打电话来问。水手们也常常打电话来问。

谁知道林小波他们又遇到了新的困难。他们把"鳗鱼1号"涂在一艘电动模型船的船底。模型船在水里起先开得挺快，可是开了几千米，就像故事里讲的缉私艇那样，突然慢了下来。这是什么缘故呢？林小波拿起模型船一看，涂在船底的"鳗鱼1号"全部没有了，都溶解在水里了。

原来"鳗鱼1号"之所以能减小水的摩擦力，是因为它会慢慢地溶解在水里，因而在鳗鱼的身体和水之间形成一层薄薄的非常滑溜的液体。林小波那天游的是百米，涂在她身上的"鳗鱼1号"在这短短的航程内还没有溶解完，所以她能打破世界纪录。可是船要

19

长期在水中航行，总不能走个几公里就把它捞起来，在船底再涂一层"鳗鱼 1 号"呀！

鳗鱼是活的，它的皮肤能不断地分泌出黏液——"鳗鱼 1 号"来，船底可是钢板做的，怎么能叫钢板做的船底也不断地分泌出黏液来呢？

"鳗鱼 1 号"的性能现在完全摸清楚了，就是没法实际运用。就在林小波他们再一次陷入困境的时候，少年科技之家航模小组又送来一艘模型船。船上系着一张纸片，上面写着：

亲爱的大哥哥大姐姐：

"鳗鱼 1 号"的试验有没有新的进展？我们都非常关心。今天下午我们又要和水手叔叔联欢，不能来看你们了。送上我们新做好的模型船一艘。这艘模型船的浮力特别大，因为它的船底是多孔性塑料做的。

航模小组全体小朋友

"多孔性塑料！"林小波念完纸片上的话，突然叫了出来，"问题解决啦！多孔性塑料！"

林小波他们和航模小组的小朋友一同设计，造了一艘特殊的试验船。这艘船的船底仍旧是钢板做的，但是在钢板外面，还包了一层多孔性塑料，塑料层里面有数不清的非常细的小管子。贮藏在船里的"鳗鱼 1 号"，经过小管子慢慢地流到塑料层里，透过塑料上的小孔，不断地均匀地渗到船底的表面。这情形就和活的鳗鱼分泌黏液完全一样。

问题到底解决了。许多轮船的船底包了多孔性塑料层，运用"鳗鱼 1 号"作润滑剂，都加快了航速。有一艘两万吨级的远洋轮船，本来每小时能开 30 公里，采用了这种新装置后，速度提高了百分之二十，把航行的时间缩短了六分之一。

水手们给采用这种新装置的快速轮船起了个通俗的名字，叫"出汗的船"。他们非常感谢海洋学院学生的发明创造。当然,水手们并不知道,在设计"出汗的船"的过程中,经常跟他们联欢的航模小组的小朋友,曾经帮了一个关键性的大忙。

新的进展

新闻记者还经常给林小波他们打电话,问他们的研究工作有什么新的进展。

新的进展接连不断。林小波还没忘记童年时代听爸爸讲过的故事。她在"鳗鱼 1 号"中掺了一种杀死贝类的药品,制成了"鳗鱼 2 号"。轮船采用了"鳗鱼 2 号",船底就不会再有贝壳寄生了。

林小波他们还特地为游泳员制造了一种新的润滑剂,叫作"海豚 3 号"。这是模仿海豚皮肤上分泌出来的一种油脂制成的。游泳员身上涂了"海豚 3 号",如果用海豚式的姿势游泳,速度至少能提高百分之五十。

"带鱼 4 号"是专门用在桥基上的。桥基外面加了一层多孔性塑料,采用了"带鱼 4 号",可以减轻江水冲击桥基的力量。桥的安全程度增强了,还延长了寿命。

下水道的水管内壁,可以用"泥鳅 5 号",污水的流速加快,水管就不会经常淤塞了。

顶有趣的是"鳝鱼 6 号"。消防队的消防枪本来只能把水射到五层楼那么高。现在在水龙带里涂上"鳝鱼 6 号",即使八层高楼着了火,消防枪还是可以射出强大的水柱,真像一条游龙似的,把火浇灭。

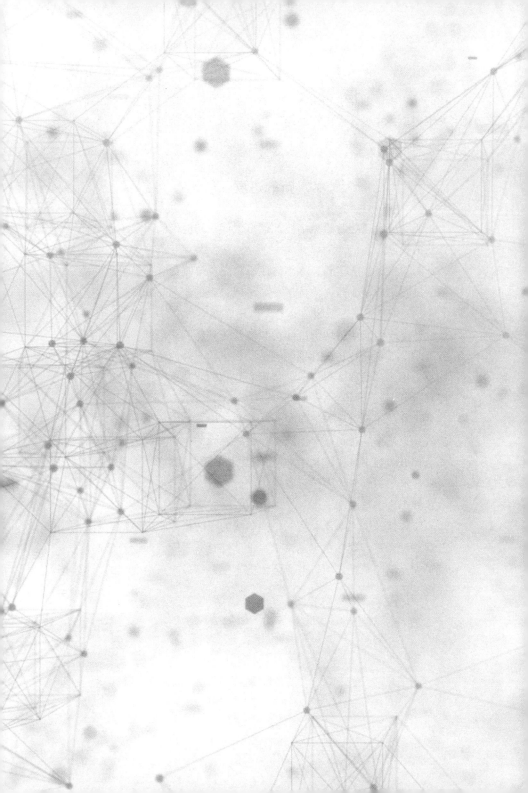

最后的残奥会

凌晨 / 文

凌晨（1971—），女，北京人，知名科普与科幻小说作家，中国科普作家协会理事，中国作家协会会员和北京作家协会会员。创作科幻小说二百余万字，题材涉及航天、海洋、生物、人工智能等，代表作有长篇小说《月球背面》，短篇小说《信使》《猫》《潜入贵阳》等。曾获中国科幻银河奖、全球华语科幻星云奖和"大白鲸"原创幻想儿童文学奖。《最后的残奥会》2016 年发表于《今日科苑》，本集所收录版本为首发的修订扩写版。

当科技发达，残奥会也就没有了存在的必要。

2027 年夏季，深夜的欧洲高速公路上，一辆无人驾驶商务车悄然疾驰。

车中，著名游泳运动员林涛躺在按摩床上，任由保健医生田冰为他按摩肢体，做放松治疗。第二十二届世界游泳锦标赛在前方等着他。

"这曲子叫什么？"林涛突然睁开双眼，问。

"什么？"田冰愣了一下，随即明白林涛指的是车中的背景音乐，"《失重》，据说是最有效的催眠乐曲。你感受到飘荡在太空的轻盈了吗？"

林涛摇头："没有。我眼前总是晃荡着水。游泳池里的水。我想游泳。我已经六个小时没有游泳了。"

田冰安慰他："你的对手没有游泳的时间更长。他现在还在飞机上。"

"你是说小索普？"提到这个人，林涛笑了，"他为了超过我都快疯掉了。听说他的新专机上还有游泳池！"

"真的有。"田冰强调，"他发誓要在这次锦标赛上打破你创造的世界纪录。"

林涛自信满满，回答道："纪录就是来给人打破的。欢迎他来打。"

田冰感慨："你们两个人啊，还真是一时瑜亮。我能和你们共处在一个时代，真是太幸运了。"

林涛咋舌，毕竟是只有二十岁的年轻人，脸皮还薄，赶紧推辞道："老田，您千万别这么想。是我赶上了好时代。要不是咱国家普及游泳，我这辈子都不知道自己有游泳天赋，更别提拿世界冠军了。"

田冰说："有天赋的人到哪里都会显现出……"话还没讲完，就听到震耳欲聋的巨大声响。车身随着跳了起来。田冰的第一个念头就是抓住林涛，保证他的安全，却扑了个空。

此时，林涛的身子正在向按摩床下方滑去，他伸手撑住地板。车身又是一跳，向他这侧倾斜，不等林涛做出反应，半个车厢就砸了过来……

1. 我要游泳

水在四周荡漾，清澈柔软。特别……那个词怎么说来着？Q弹。对，就是Q弹。水是一大块弹性十足的胶体，被挥动的双臂切开又迅速闭合，从手指间流淌过去，始终包围着四肢，温柔而又有力度地摩擦着身体，推动着身体前进。水底一贯的白色马赛克瓷砖被换成了蓝白色，镶嵌拼接出一张青春的英俊的脸，微笑着，晶莹光亮。

瓷砖忽然碎裂，那张脸被水浪冲走了。肺部疼痛起来，双臂不得不猛力拍打，身子就冲出了水面，深呼吸。水从脸上滴落。周围响起雷鸣般的欢呼声和掌声。游泳池的25米泳道尽头，有个颀长的身影正兴奋地挥舞双臂。

"林涛！林涛你听得见吗？"焦灼的声音呼喊着。

林涛猛然睁开眼睛。水、游泳池、看台瞬间消失了，眼前是一张熟悉亲切的面孔。原来刚才的经历都是梦境。

"天啊！你终于醒了。"那张面孔上瞬间绽放出笑容，"亲爱的，你简直太棒了！"

"沛沛。"林涛喃喃念道。他想起了这张面孔的名字，这是教练周汉盛的小女儿周沛雨，和他一起在游泳池里长大的小伙伴，熟悉得就像他的左手。

"太好了。你能认出我。你还能说话！"周沛雨眼睛湿润了，她伸出两根手指，在林涛眼前晃动，问，"这是几？"

"2。"林涛回答，嗓子有些沙哑，似乎什么地方漏了风，每个音节都微弱无力，他慢慢地凑出一句话，"我动不了。车祸？"除了眼珠能转，嘴皮能动，他身体的其他部分都没有知觉，就仿佛从来没有属于过他。他的意识中立刻亮起红色警报，昏迷前的最后场景在脑子中出现，应该是遭遇车祸了。

"车祸！"周沛雨点头，"你差点死了！"

"老田？"林涛急忙挤出两个字。

"他比你好一些。一个星期前就苏醒了。"周沛雨回答。

林涛惊讶："一……一周？"

"是啊，你一直昏迷，到今天已经九天了。"周沛雨擦了擦脸上的泪水，"我真害怕你变成植物人。"

林涛颤抖，想问得更详细一点，但一着急，连声音都发不出来了。

陆续有更多的人涌进林涛的视野，得知他苏醒，专家治疗组的大夫们都过来了。

"你别急。伤筋动骨还要一百天。"一个清亮温柔的声音说，"我是你的治疗组组长，舒欣。"

那些人都退去了，只留下一张秀气的面孔，眉目间却有刚毅之色，这应该就是舒欣了。

林涛使劲，感觉肺都要炸了，才憋出几个字："真相！我不怕。"

舒欣说："好，告诉你。"

行车记录仪记录的现场画面，犹如电影特效大片。尽管大货车和商务车的应急系统反应敏捷，紧急刹车避让，但仍然没能避免相撞的悲剧。两辆车都是无人驾驶，因此没有司机遇险，但货车的随车监管员和商务车的两位乘客均受了伤，其中尤以林涛的伤势最为严重。这是自高速公路开启无人汽车通行后最糟糕的交通事故。

这个交通事故发生的全过程，以及影响和后续调查，林涛用了差不多一周才全部了解。并非事情有多复杂，而是林涛实在太过虚弱，清醒的时间并不多。出于对林涛心理健康的考虑，舒欣也不肯一下子就放出所有信息给他。

"你伤得就算不严重，也赶不上参加锦标赛了。所以好多人都怀疑你被算计了。"周沛雨说。她得到医院特许，可以长时间陪护在林涛身边。她的话多，但只能在林涛清醒的时候说一小会儿，早就憋坏了。

92%的皮肤被烧伤，手脚撞断，脊椎受伤，心肺功能都受到了严重影响——林涛脑子里闪过这些字句，这些只是新闻报道中对他受伤情况的描述，更专业的医学诊断书，林涛看不懂。

其实，这些描述并不确切，但要表达的意思是清晰的——林涛，从五岁开始游泳，十三岁开始参加比赛，十五岁获得第一个世界冠军，十七岁在第三十三届巴黎奥运会上打破四项奥运会游泳纪录，虽然仅仅二十岁，却已经是后孙杨时代中国男子游泳的领军者，被称为"小孙杨""中国飞鱼"，然而这场车祸彻底中断了他还远未到达辉煌的运动生涯，能够活下来就已经是奇迹。

"有人要害我？"林涛苦笑。受损的肺部最先治愈，虽然说话还是有点费力气，但他基本上能完整说话，讲长一点的句子了。他不大相信会有人害自己，便问："那会是谁？"

周沛雨噘嘴："小索普啊，没有你在他旁边，他拿世锦赛的冠军会顺利得多。"

小索普的全名叫马克尔·索普，他和大名鼎鼎的屡次打破奥运会纪录的"鱼雷"伊恩·索普都是澳大利亚人。他将伊恩·索普的头像刻在手腕上，决心以伊恩·索普为榜样，成为新的"鱼雷"。

林涛摇头："不是他。"

周沛雨奇怪道："你怎么知道不是他？你就那么肯定？"

林涛说："肯定。他和我一样，只愿意用实力证明自己！"

恰巧小索普打来了视频电话。他已经身在赛馆了，举着手机让林涛观看赛场情况。"我要做一些适应性训练。林，没有你的比赛不够来劲！"小索普用中文说，"林，你要赶紧好起来，我们明年洛杉矶奥运会再战！"

布达佩斯，还是这个体育馆，2017年第十七届世界游泳锦标赛，那时林涛只有十岁，坐在多瑙河体育馆的看台上，盯住游泳池中的孙杨，心脏随着他击水的节奏跳动，直到他拿下男子400米自由泳决赛冠军，才轻松欢畅地出了一口气。林涛犹记得那时自己冲孙杨不停大喊："冠军！冠军！"做职业游泳运动员的决心，就是从那一刻开始的。

林涛提高声音，仿佛手机里面站在泳池边的人就是孙杨，他大喊："我一定要在这里比赛！索普，明年不会放过你！"

电话挂断了，林涛喘息着，若有所思。

周沛雨的大嘴巴口无遮拦："你能和小索普比赛？你已经有三百

多个小时没碰水了。而且你的伤可能永远都游不了。"

"我想回水里去。"林涛平静下来，"想疯了。"

"可是……"

林涛打断了周沛雨的话，语气坚决："不试试怎么知道不行！"

2. 目标残奥会

绷带一层层解开，里面已经干枯的石膏碎裂剥落，脚趾首先露出来，摆脱了束缚，向左边动了动，又朝右边晃了晃，彼此调皮地蹭蹭。其次是小腿，接着是大腿。光洁白皙的整条腿，带动脚踢向空中，做了一个划水的姿势。皮肤那么白，大概是石膏捂了太多天了。

林涛看着这条活蹦乱跳的腿，有点出神，脑子中忽然闪过许多彩色的画面，色彩丰富，画面凌乱，却没有一张画面肯留下来让他看清楚。

"你适合练游泳，听我的，错不了。"周汉盛的声音插入画面中。色彩都消失了，只有一圈一圈的黑白声波，简洁干脆，强硬得没有丝毫妥协的余地。

另一条腿也从石膏中挣脱出来。两条腿一起伸展，在空中划出漂亮的弧形。

水波随着这道弧形扩散，瞬间就使他的身体浮起来。他轻轻摇摆手臂，浮出了水面。头顶一排排的灯光在晃。周沛雨的声音传过来，清脆高亢，有点兴奋："真的耶！爸，他肩宽手长，腿短脚大，超级适合游泳。不知道他肺活量多少。喂，说你呢，你肺活量多少啊？"

林涛翻过身，仰泳改为蝶泳，双臂划水如蝴蝶展翅飞舞，双腿上下打水似海豚嬉戏。水花在他身体四周翻腾，点着他的每个细胞，臂划水，腿打水，抬头吸气。他重复了数万次的技术要领，已经形成了肢体的习惯性记忆，推动着他的身体波浪一样快速前进。他就如离弦之箭，直奔向泳道尽头的计时器触碰板。然而，一张巨型大脸出现在泳池上空，水波散乱了，他狠狠跌到泳池底。摔得好……并不疼痛，其实一点知觉都没有。林涛睁开了眼睛。

"你做梦了？"眼前是舒欣的脸庞，轻声问他。

林涛微微点头。

"不要紧，那只是梦而已。"舒欣说。她的声音犹如丝绒，柔软而温暖。原来一个人可以有那么多种音色。林涛从没想到，卧床多日不能动弹竟然带来了灵敏的听觉。

"是好梦。"林涛说，全然没有注意舒欣脸上的尴尬神色。

舒欣立刻岔开话题："沛沛说你还想游泳。你真了不起。"

"我可以游的，是吧？"林涛直截了当，丝毫不按照舒欣的引导说话。

舒欣在林涛床边坐下。林涛病床对面的墙充当了显示屏，正在播放新闻。医院急救的场面和林涛在巴黎奥运会比赛的实况录像交替出现。播音员的声音字正腔圆，标准的普通话，不带任何个人情感："著名游泳运动员林涛目前仍然在医院接受治疗。虽然他已经脱离了生命危险，但下一步治疗方案专家组仍在研究中，尚没有制定。"

舒欣轻轻叹了口气，叫显示屏："小显，停止播放。"

屏幕上的画面立刻不动了，正停在林涛举起奥运会冠军奖牌的那个瞬间。金黄的奖牌停留在少年青春无敌的面孔旁，闪耀着胜利的骄傲和成功的自信。

看看这个画面中的林涛，再看看病床上被白色绷带包裹得像个木乃伊的林涛，舒欣不由得伤感，赶紧说："下一步的治疗方案，林涛，需要你的确认。"

林涛没有迟疑，立刻说："你们是专业的，我只要能继续游泳。"

"游泳是可以的。但你可能……"舒欣迟疑了几秒，"参加残奥会。"

"残奥会？"林涛没有掩饰眼中的惊讶，"我的情况那么糟糕吗？"

舒欣微微点头，声音越发轻缓温柔："我很遗憾，无法保全你的四肢。不过，你的脸可以保住。治疗组里有最好的整容专家，向我保证不但能百分之百还原你的面容，还将稍稍修饰一下你略微尖锐的下颌，这样你会更英俊帅气。"

林涛眼神平静，扯动唇角，回答道："脸，游泳池里不需要。"

相比 1896 年举办的首届奥运会，首届残奥会姗姗来迟，直到 1960 年才在意大利罗马举办。这届残奥会的比赛项目有 8 大项，所有参赛运动员四百人，都属于脊髓损伤残疾。到了 2016 年，第十五届巴西里约热内卢残奥会，比赛项目增加到了 22 大项，总共包含 528 个小项，参赛的运动员是第一届的十倍，伤残类型也扩大到包括肢体残疾、视力残疾和神经残疾三大类。

"夏季奥运会后就是残疾人奥运会。也就是明年，洛杉矶的八月。我们肯定来得及参加，你底子好，只需要适应调整一下状态。"周汉盛说。身为林涛的教练，他这两周的心情像过山车一样颠簸起伏，就没有平静的时候。听林涛说要参加残奥会，他不由得盘算起来，计划脱口而出："就是参加什么级别的比赛要考虑一下。游泳是残奥会唯一的全民运动，所有残疾运动员都可以参加，竞争还是挺厉害的，不过要根据伤残情况评估分级——S 级包括自由泳、仰泳和蝶泳，SB 级仅为蛙泳，SM 级则为混合泳。大级中还有小级，S 和 SM 分为十个级别，SB 分为九个级别，运动员要按照不同等级比赛，保证公正和公平……"

"爸爸！"周沛雨打断父亲的话，气愤道，"你疯了！你真要让林涛去参加残奥会吗？"

周汉盛没觉得不妥："残奥会也是重要的国际比赛。为什么不能参加？"

"那对林涛太残忍了。老爸，你不觉得吗！他基本上，就只剩下躯干了，要是下水……"周沛雨哽咽道，"我想到那个画面都要哭，老爸你竟然还计划上了！"

林涛咳嗽一声，提醒她："沛沛，我不会就剩躯干的，没那么恐怖。"

"但是你以前有多么完美！"周沛雨赶紧擦拭了脸上的泪水，"求你了，就给公众保留这份完美的形象吧！别破坏它。"

"沛沛，你真是小孩子！"周汉盛斥责道，"这是形象的问题吗？这是林涛的爱！林涛有多爱水！别人不了解，你还不了解？"

周沛雨抽泣着说不出话来。

周汉盛叹息，对林涛说："你想游，咱们就游。你想参加残奥会，咱们就去参加。我是你的教练，一辈子的教练！"

林涛真想拥抱周汉盛，但他动弹不了，只能说："老周，就算我只有躯干，水里的平衡对我也没问题。"

周沛雨跺脚："傻哥哥，有问题，问题大了！"

3. 选择

最先拆除包扎的部位是左臂。林涛看过骨骼片子，看过软件程序制作出的虚拟画面，以为心理建设已经很完备了，但真的面对半截大臂后的空洞时，他仍然很不适应。肱二头肌带动着灵活的手掌，有力有节奏地拨动水花的情景，曾经熟悉到成了条件反射，现在却是努力回忆才能记起的过往。

林涛这时明白了周沛雨的恐惧。她当然懂得他对水的情感，更预知到了他为继续游泳将付出的代价。周沛雨已经看到了未来的他在游泳池中训练的艰难。他必须重新寻找身体的平衡，更要仅仅用腰部去代替手脚发力。以往他每天的游泳训练量是平均十六公里，将来要是也达到这个训练强度，那对他的腰背肌肉要求太高了。

舒欣给林涛拆腿上的石膏时，周沛雨来了，她看到林涛空洞洞的两只衣袖就哭了。林涛说："我好歹捡了条命，你该为我庆祝才对。"

周沛雨勉强止住抽泣，嘴硬道："我喜极而泣不行吗？虽然你基本上算是没了四肢，但你的脊柱和大脑完好无损，所以我还得恭喜你神志清醒，精神正常！"

林涛听出周沛雨声音中的怨气，他不想纠结自己的状态，就叫周沛雨的小名："沛沛，我问你，那些残奥会冠军怎么训练的？"

"还能怎么训练？拼了命地游呗。"周沛雨嘟囔。

"他们能吃苦，我就更没问题了。"林涛笑了笑，"我可是在游泳池里泡大的。"

周沛雨微微叹息，眼圈又红了，声音软了下来："你疯了，我老爸也跟着你疯，这几天都在和教练组商讨你的复健和复训方案！媒体更疯，听说你决心要参加残奥会，堵在医院门口好几天了！哥，你会成为全世界的话题！"

林涛点头："我知道。这三年来我一直是全世界的话题。嘴巴在人家身上长着，由他们说去。"

"这次不一样。这三年所有人都在赞扬你，但现在，有一半人在等着看你的笑话！另一半中的一半人在为你担心，剩下的人则在诅咒你！"

"诅咒？"舒欣实在听不下去了，停下手中的锤子，"林涛这么坚强，这么优秀，怎么会有人诅咒他？"

"枪打出头鸟呗。"周沛雨气愤地说，"这些人还说林涛要参加残奥会，是为了保住商业合约，要不就会有财务危机！"

林涛问："沛沛，你是我的全权助理，你最清楚，我有财务危机吗？"

周沛雨跺脚："没有！你这家伙只要有个游泳池就满足了，赚的钱都堆在银行里花不出去。"

林涛笑了："那你生气干吗呢？气坏了不好看了。"

舒欣第一次看到现实中林涛的笑容。这本应该是个糟糕的时刻，她将敲击掉林涛肢体上的最后一块石膏，他残破的身体再不会有任何遮挡——以舒欣的经验来说，即便再坚强再乐观的人，在这个时刻都会被沮丧、失败、自卑等负面情绪左右，或者言语激烈或者自闭感知都有可能。但林涛没有，他始终平静如常，没有亢奋，也没有低迷，现在竟然还笑起来。这一笑真如春花烂漫，整个病房中都阳光明媚起来。

"你呀！你简直不是人，就是个游泳机器！"周沛雨撇嘴，小心地接过舒欣手中那最后一块石膏，"这个我要好好保存起来。"

说到机器，舒欣觉得该说一下假肢的事情了："我们将给你安装最先进的假肢。它有更多的传感器和微型电动机，和脑神经的联结更高速更有效率。你会很快适应它们，它们会像你真正的肢体那样工作，不会让你的生活出现不便和尴尬。"

"谢谢您，舒大夫。它们不会影响我游泳吧？"林涛问。

舒欣回答："你需要训练它们。就像第一次游泳的时候，训练你的手脚那样。"

"但是残奥会的游泳比赛不许使用假肢。"周沛雨提醒他，"林涛，你的生活会分裂的。游泳池里和游泳池外，不同的生活状态，没法像以前那样统一了。"

林涛想了想，说："我要和残奥会游泳冠军聊聊。沛沛，帮我联络，哪怕只联络上一个人都行。"

周沛雨做事效率很高，一周后，她就将肖均带到了林涛面前。肖均是 2016 年巴西里约热内卢残奥会和 2024 年巴黎残奥会游泳项目的 S3 级 200 米和 400 米自由泳纪录保持者，正在紧张备战明年的洛杉矶残奥会。接到林涛的邀请，肖均立即推迟了所有的训练计划，驱车三百公里赶过来。

"你打算参加哪个项目？"肖均开门见山，果然是生性耿直的山东人。

林涛说："我技术比较全面，想参加混合泳。"

"那你肯定会被评定为 SM1 级。"肖均说，"这个级别，你的对手很少。"

数字越小，伤残程度就越高。1 级意味着运动员四肢有严重的协调问题，或者不能使用他们的腿、躯体、手，只能稍微活动肩部，上下肢运动功能严重受限，下肢推进力受限。游泳中，运动员通常使用背部游动。

"你觉得评测等级时，我会被减很多分。"林涛说，"三百分的基础分，根据我的肌力测试、功能障碍评定、划水动作和转身蹬池壁的测试进行减分，我本身的残疾程度很重，所以会减很多分，最终我将降到六十五分以下，留在 1 级。"

　　肖均点头："你是非常优秀的游泳运动员，我看过你的每一场比赛。只要在水里，你就没有对手。在残奥会的游泳池里，不管哪个级别、哪个类别的比赛，你唯一的对手都只是你自己。"肖均将轮椅凑近林涛，注视着这个年轻人，"我八岁进入体校，专业练习游泳，也拿到过很多奖项。我甚至觉得参加世锦赛、奥运会都不是问题。但我十七岁那年遇到了地震，我失去了双腿。我当时自杀的心都有了，后来我开始参加残疾人运动，我才注意到，身边有那么多残疾人。比赛对我来说不是目的，而是重新找到了生活的意义，要把对生活的积极态度，对自我的价值肯定，传递给残疾人群体。帮助他们，不仅能像正常人那样生活，还能活得有尊严，有希望！"

　　林涛被肖均盯得有点不自在，他现在明白为什么周沛雨一联络，肖均就来了。他和肖均的经历有太多相似之处，肖均肯定是想到当年自己残疾后的伤痛与迷茫，所以来开解和引导他。

　　"我喜欢游泳。我喜欢比别人游得都快。"林涛说，"只要我还能下水，我就会下水，就会想争第一。"

　　"如果有一天你不能呢？"肖均认真地问。

　　"这一天还早呢。"林涛笑了，但肖均严肃的面孔凝结了他的笑容，他想了想，也郑重地说，"我会努力拖延这一天的到来。"

　　肖均将轮椅后退了半米，站起来，踱步到窗前。窗外是一个康复训练场，在25米长的泳池旁设置了各种健身康复器材。

　　"我相信。最顶级的资源都会向你汇聚。你无论做什么，怎么做，都会轻易成为焦点。你将提高社会对残疾运动员的整体关注度。"肖均说。

　　林涛点头："所以能力越大，责任就越重！"

　　肖均说："懂得去承担责任的人可不多。清楚自己能力边界的人也不多。林涛，我们的身体是有使用期限的，就算维护保养得再好，它还是会失去力量，无法在水中前进。"

　　林涛沉默了。几秒后，他问："你的腿，用的是什么牌子的义肢？"

　　肖均拉起左腿的裤筒，给林涛看他的假腿——用钛合金与碳纤维合成，轻巧坚固，但它并没有太多智能设置。

"那种全人工智能的假肢太贵了。"肖均说，"而且也没必要，很多功能我都不知道怎么用，什么时候用。现在这个，日常生活足够了。"

话题谈到人工智能就发散了，肖均放松了许多，和林涛从假肢的智能聊到他的事故是不是无人汽车故障导致的，两人有些观点颇为一致，越谈越有兴致。周沛雨不得不提醒肖均适可而止，长时间的谈话对卧床的林涛不合适。于是肖均告辞，将自己写的一本书留给林涛，书名是《无论怎样，我还活着》。

"谢谢。"林涛说，又孩子气地叮嘱道，"书放在枕头边吧。我先闻闻墨香。"

肖均笑了，放好书，拍拍林涛的肩膀："好好养精蓄锐。我有空再来看你。"走到房间门口，他又停下，回过头。林涛正看向他，眼睛乌黑闪亮。于是肖均说："我要是没有出事变成残疾，可能就止步全国比赛了。但我现在是世界冠军。"

林涛"哦"了一声，等着肖均的下文。

"我……"肖均犹豫了几秒，终于说，"但我还是希望没有那场车祸，希望我仍然是个四肢健全的正常人。"

4. 机械臂 VS 再生手

紧随夏季奥运会的第一届残奥会成功举办后，第一届冬季残奥会在瑞典恩舍尔兹维克举办。至此，在体育方面，健全人能参加的运动比赛，残疾人也一项不落地都能参加了。现在离第十四届冬季残奥会的日子不远了。而明年的第十八届残奥会，林涛打算报名 SM1 级 200 米和 400 米个人混合泳项目。

但他现在犹豫了，有些模糊的思绪他还抓不住，只是感觉似乎自己的人生正在朝错误的方向行进，一种很别扭的感觉。以往他是没有这种感觉的。他的人生，一直像泳池的赛道，笔直而清澈，一眼就能看到尽头，而且是只要努力挥舞手臂、摆动双腿，就能到达的尽头。只要他游得足够快，就会有鲜花、掌声、奖牌和奖金欢迎他。

他试图找出问题所在。和肖均谈话后，他又联络了四位残奥会游泳冠军，有中国的，也有其他国家的，其中还有一位女性。遗憾的是这四位都无法亲自前来，只能通过网络视频和林涛聊天。

"游泳让我专注，让我忘记我的现实生活。"一位冠军说，他是视力障碍者，"而且它是那种你立刻就能看到回应的事情，只要我努力，我的成绩就会前进。但我稍微放松懈怠，我的成绩马上就掉了下来。"

"我是为了证明我自己。学习游泳，参加比赛，让我变得越来越自信了。我觉得我失去了双臂都能游泳，这么难的事情都让我做到了，没理由别的事我做不好。"女冠军说。

第三个连线的冠军情绪激动："我的成功并不仅仅是我个人的成功。如果没有教练团队，没有他们提供的一整套科学的训练方法，我一个人完成不了比赛。而且他们给我做出了很好的人生规划。"说着他就将大学录取通知书举起来，几乎要贴在镜头上，"我报考的是体育大学！我以后要像我的教练那样，发掘有天赋的孩子的潜力！"

林涛听到这里，心里咯噔一下，模糊的东西似乎清晰了，就在前面，差一点就要看到它的轮廓了。听听第四位冠军怎么说。

第四位冠军是智力障碍残疾者，他大部分时间都在冲着镜头笑，偶然蹦出一两个词："林涛，好！"就在林涛准备结束连线的时候，他忽然竖起大拇指，大声喊，"游泳，快乐！林涛，游泳，好看！"

就像一道电流击打在林涛的心脏上，他骤然体会到了什么叫作"醍醐灌顶"，有种酥麻的感觉贯穿整个身体，头脑中模糊的东西被他实实在在地抓住了。

田冰恰好在此时出现，他比受伤前清瘦了许多，精气神却一如从前，一进病房就嚷："林涛！我能让你全面复原，就像从来没遭遇车祸一样！"

"大叔，您吓着我了。"周沛雨捂住胸口，做痛苦状，"这儿是医院康复区的特护病房，需要安静。"

田冰不理睬周沛雨，径直走到林涛床前，敲了敲他的额头，放低声音，加重语气："小伙子，我上次来看你的时候就说了，我会给你提供另一套方案！我这些天终于跑出点名目了！"

林涛眼睛里闪光，声音都颤抖了："那你快说！"

田冰说："我上次给你讲了蝾螈，就是四角鱼，有很强的肢体再生能力。上个世纪，科学家就发现，蝾螈如果断了脚，它的干细胞会马上分裂形成再生原基细胞。这些再生原基细胞会快速生长分化，最终形成蝾螈的新脚。"

林涛点头："我记得，你还讲了好几个人类的例子。儿童在手指意外截断之后，重新长出了指尖。成人在肝脏受损的时候，也重新长出了部分肝组织。"

"是的，我们在母亲的子宫里，能够从一个受精卵发育成为婴儿，靠的就是胚胎干细胞分裂形成各种不同类型的细胞，从神经元到肌细胞、血细胞等，最终组成了人！但离开子宫后，人类的再生能力就随之下降了，成体干细胞分化能力有限，不仅没有蝾螈强，还只能修复身体受损的部位。像骨髓中的成体干细胞能生成血细胞，皮肤中的成体干细胞能更新表皮，还能长出疤痕组织帮助皮肤上的伤口愈合。但我们不能再生出一只完整的手臂。去年，科学家们在这方面终于做出了突破！"田冰解释道。

"你就别卖关子了，赶紧说！"周沛雨催促他。

"他们找到了胚胎干细胞分裂中的关键介质，并且成功获得了它的分子式，取名'生命素'。"田冰呼吸急促，激动道，"目前进行的试验表明，生命素在兔子、猴子等实验动物身上都有效果。"

周沛雨火大，立刻质问："田冰你想拿林涛做试验吗！"

"林涛，你想想，你不再需要假肢，你会重新拥有健康的四肢！如果体能恢复得好，你甚至能赶得上奥运会！"田冰不由得手舞足蹈，"生命素不是新药，而是来自人体内部干细胞中的物质。科学家只是将它的功能激活了而已。风险肯定有，但值得冒险！"

"风险？那简直是危险！"周汉盛来了，他有些不快，"老田，你怎么不提生命素的问题？"

田冰说："今年诱发生命素的药物安全性增加了不少，风险减少了很多。林涛的身体素质好，应该没问题。"

周汉盛提高了声音："那还是有问题。为什么成年人无法得到更多的生命素？是不是因为如果不限制分化能力，可能会导致人体内的癌细胞无法受到控制？人为诱发生命素分解，促进干细胞分裂，那分裂的进程能完全掌握吗？万一分裂不受控制，产生变异，器官没实现预期的设想呢？你要一只手，却长成一条腿！小林，这种风险我们不能冒！"

"不会不会！"田冰赶紧解释，"我已经和生命素最顶尖的研究团队沟通好了，他们愿意全力协助林涛康复。"他看到推门进来的舒欣，说，"舒大夫也支持我！"

舒欣说："这的确是一种选择。不过和安装假肢不冲突。"

"你的假肢设计非常棒！"周汉盛抓住了话题，"我们把你的所有训练数据给了假肢工程师，他们重新调整了人工智能的算法，保证假肢的所有运动模式都完全符合这些数据！你知道这意味着什么吗？"

林涛想过这种可能，但他还需要确定一下："能完全仿真我的运动数据吗？"

周汉盛强调道："什么叫仿真，那就是真的！假肢将完全复制你的肢体运动状态，甚至也会出现疲劳。林涛，只要假肢不会给其他人的比赛带来不公平，奥运会就可以去参加，有前例！"

"娜塔莉亚·帕蒂卡！"林涛和周沛雨异口同声。

"独臂乒乓球运动员娜塔莉亚·帕蒂卡，参加了2008年北京奥运会！"周沛雨补充道，"她成绩最好时世界排名48，我超级钦佩她。"

"只要成绩达标，任何人都可以参加奥运会。林涛，我相信用上假肢你绝对可以达标。"周汉盛说，"我有这个信心。"

周沛雨完全赞同父亲的意见："对嘛，林涛，你不要去参加残奥会。

用不上假肢，你会太辛苦。"

舒欣也说："我也觉得，残奥会训练对你损耗太大。林涛，你只是要游泳，那可以选择比较安全和快捷的方式。"

田冰叫道："但假肢再完美它也是假肢啊！林涛，你不想要真正的手臂和大腿吗？"

所有人的目光都集中在林涛脸上，等待他的答复。

林涛平静如常，声音稳稳的："从我苏醒，我就一直在思考。我只要能继续游泳，我才二十岁，我不要放弃，只要能在水面漂浮起来，我就要游泳。但你们，还有整个社会，却督促我思考我更多的需求是什么，在游泳之外的需求。"

"我还以为你不在乎外面怎么说呢。"周沛雨插话。

"慰问信、慰问品每天都送来一大堆，诅咒、谩骂和谣言每天也是一筐。"林涛说，"这一个月热搜我就没有下过前十。不可能对我一点影响都没有。所以我才和残奥会冠军们联系，想通过他们的经历，找到我自己的需求。"

"你找到了？"舒欣问。

"我以前的人生，追求的就是在游泳上的极致。大家喜欢我，是因为我将游泳的速度与力量表现出了极致的美，这种美的背后是坚持，专注，还有科学的力量。我愉悦了很多人，也鼓舞了很多人。所以一旦我是残缺的，就会有人担心我不能再制造这种美了。"林涛说，"所以，我应该做的，不是去证明我残缺了依然可以像健全时一样，而是应该展示如何应用科学的力量改变残缺的命运！"

众人面面相觑，没太明白林涛的意思。

林涛把床摇起来，支撑他的身体完全竖立，这样他可以平视围在病床旁的这四个人：主治医生舒欣、主教练周汉盛、医疗顾问田冰、助理周沛雨。他的目光扫过每个人的脸。

林涛说："以前我仅仅是为了个人的兴趣和荣誉而活。现在，我明白了，我的人生意义并不仅仅是做游得最快的那个人，而是应该做帮助更多人的人，把自己的利益去利益大众。"

"所以你要怎样做？"田冰问。

"我选择肢体复原。田大夫的方案。"

田冰松了口气："我向你保证，这方案肯定会成功！"

周汉盛眼圈红了："孩子，你要想，过几年这技术稳定了咱再做，来得及。"

林涛摇头，他的声音平静而坚定："周叔，谢谢您。也谢谢大家为了我，这些日子都累坏了。但既然总得有个人来验证生命素的复原效果，那就我来吧，我合适！"

5. 天下无残

2032 年 4 月 25 日，在洛桑的国际奥委会总部，一场全球直播的听证会正在举行。

调查员出示了大量图片和视频，振振有词："林涛，二十五岁，中国籍游泳运动员。他报名参加了第三十五届奥运会。但我们认为他没有这个资格，他应该参加的是第十九届残奥会。因为，他实际上是个肢体残疾者！他在 2027 年的一次交通事故中严重致残。"

"当时是一辆油罐车与林涛的商务车相撞。"调查人员冷酷地说，丝毫不理会车祸现场的视频对观众造成的冲击，"林涛伤势严重，92%的皮肤被烧伤，手脚撞断，脊椎受伤，心肺都受到了影响。他从外到里都坏掉了，能存活已经是奇迹。"

被送进急诊室的林涛血肉模糊，已经不成人形。

"而仅仅两年五个月后，林涛就重新出现在比赛场上。这样的康复速度，是自然人不可能达到的。"调查人员继续说，"这只能说明，林涛已经不是人了。按照新的奥委会章程，体内非天然成分只要超过 15%，就不能参加奥运会比赛。而林涛体内的非天然成分已经超过了 90%。"调查人员的语气甚至有些轻蔑，"除了大脑，就连林涛那张脸都是后期加工的。"

所有人的目光聚集到林涛身上。

"他不是人。"调查人员强调道，"他甚至连残疾人都算不上，没有资格参加残奥会。"

林涛站起来，还是公众熟悉的那个俊朗青年，修长的双腿，宽阔的肩膀，认真的表情。他没有为自己辩解，只是播放了一段比赛视频——2031年第二十四届世界游泳锦标赛的200米个人混合泳决赛，在第一位奋力前行的，是林涛和马克尔·索普。两个人迅猛前行，张开的手脚上仿佛安装了发动机。他们的节奏速度几乎一模一样，按照比赛要求，按顺序更换着蝶泳、仰泳、蛙泳、自由泳四种游泳姿势。他们像两条鱼，不是来比赛的，而是来展示游泳的美与活力的。在观众震耳欲聋的欢呼声中，林涛率先一臂冲到终点。听证会也是一片欢呼，与会者完全忘记了自己置身何处。

视频戛然而止。片刻，会场安静下来，林涛才问："这是我车祸后参加的第一场比赛。你们能看出和我以前的比赛有何不同吗？"

没有人回答。

"最大的不同是我游得更好了！游泳的技巧，体力的分配，我都掌握娴熟。在医院里，我的四肢完全长好之后，我每天去康复中心训练十二个小时，让它们配合完美，能在奥运会上达到巅峰状态！"停顿几秒，林涛说，"我喜欢游泳，我感觉我在水里就是一条鱼。只要能回到水里去，我愿意承受一切代价。"

听众席上，一片唏嘘。

"我的皮肤可以植皮再生，脸可以整容，但我截断的四肢如果用机械人造骨骼，我游泳就会受到人造骨骼的限制和控制，我再也无法享受游泳所带来的乐趣。"林涛环顾会场，目光坚定，"所以我接受了田冰的建议，采用生命再生复原技术，对全身的体细胞进行了再生修复。"

田冰走上听证席，向观众展示林涛的治疗过程。二十个月的治疗、九个月的康复过程被压缩到十五分钟的短片中，观众感觉就像在看一场魔术——健康的皮肤在生长，正常形状的鼻子、嘴巴、耳朵在长，腿、脚、手在长……林涛一点点地有模有样，最终完全恢复了他车祸前的身体状态。

田冰说："林涛用生命验证了生命素的作用。干细胞在生命素的作用下，再生复制缺失的身体。断掉的手脚，烧坏的皮肤，病态的器官，全部可以修复完成。经过这样的修复，人完全获得了新生。"

"是的，那种感觉很奇妙。"林涛说着激动起来，"我感到一种生命的饥渴，从我的每个细胞中迸发出来。"他动了动手臂，"我不必使用假肢，再智能的假肢也是机械人造骨骼，而现在我身体中的每一块肌肉，每一根骨头，都是我自己的，是从我身体里的细胞中生长出来的。我的确不是人了，我是一个新人！"

听众席上再次爆发出欢呼声。

林涛慷慨激昂："奥林匹克运动会的目标，就是为了促进人类社会向真善美的方向发展。最大的真善美，难道不是用现代医学的先进手段，促使每个人拥有更健康的身体和更健全的心智吗？我的亲身经历，证明了人体再生复原技术的可行性！我希望所有残疾者都可以得到治疗，恢复到正常人的健康程度。我希望即将举行的第十九届残奥会是最后一届残奥会！"

众人纷纷议论。调查员大声说："那不可能！你想到残疾人的权益了吗？"

林涛高声回答："凡事皆有可能。就是为了残疾人的利益，我才希望残奥会取消。因为残疾人最大的利益，不是拖着伤残的身体像正常人一样生活，而是被治愈，恢复为正常人！总有一天，所有残疾者都会得到治疗，恢复健康，残奥会再也找不到一个合适的运动员。这正是我现在的努力方向。我会把我比赛的每一笔收入，都投入到残疾人再生复原的工程中。马克尔·索普，还有很多的游泳运动员也赞同我的想法，并且愿意和我一起创立基金会。还有我的医疗团队和教练团队，我们所有人，都希望不再有残疾人。所有人，只要热爱体育，都能够站在奥林匹克运动会的赛场上！"

林涛突然停顿，环顾四周，墙壁上所有的地方都在展示弹幕——

收看直播的人数已经过亿万。这其中，有肖均，有娜塔莉亚·帕蒂卡，有他联络过的那些残奥会冠军，有许许多多普通的残疾人……给了他新生的感悟，以及未来的目标。

林涛再度开口，说得很慢，每个字都清晰而郑重："我希望，我的努力，我们所有关爱残疾人的努力，都是为了一个最终目标——天下无残！"

雷鸣般的掌声响彻会场。

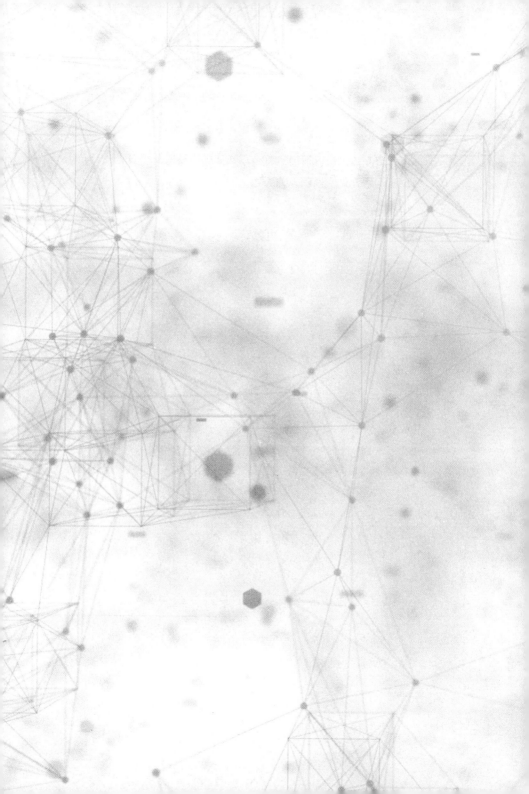

豹

王晋康 / 文

（1998年第十届银河奖特等奖）

王晋康（1948—），河南南阳人，高级工程师，当代中国科幻小说领军人物，中国作协会员，中国科普作协荣誉理事兼科学文艺委员会委员。1993年开始创作以来，迄今发表短篇小说近百篇，长篇小说二十余部，代表作《豹》《水星播种》《蚁生》《逃出母宇宙》三部曲等。曾19次获中国科幻银河奖，7次获全球华语科幻星云奖。《豹》获得1998年第十届银河奖特等奖，后扩写为长篇小说《豹人》（河南人民出版社，2003）。

在赛道上，他借助神明般的科技获得了猛兽的力量，但人性却也逐渐异化，一个嗜血的恶魔开始觉醒……

楔子

　　2001 年 8 月的一个晚上，加拿大温哥华市的格利警官在阿比斯特街区例行巡逻。车上的微型电视正播放着纳特贝利体育场里 1500 米决赛的实况，那儿正举行着世界田径锦标赛。格利警官是个田径迷，他一边开车，一边用一只眼睛盯着屏幕。忽然电话响了，是局里通知他立即赶往邓巴尔街的洛基旅馆。那儿刚打来一个报警电话，是一名女子的微弱声音，话未说完声音就断了，但电话中能听到她微弱的喘息声，很可能这会儿她正生命垂危。格利警官立即关了电视，打开警灯，警车一路怪叫着驶过去，七分钟后，警车在那个旅馆门口停下。

　　洛基旅馆门面很小，透过玻璃门，能看见几个旅客在门厅里闲聊，有的在看田径比赛的实况转播。柜台经理阿瓦迪听见了警笛声，紧张地注视着门外。格利匆匆进去，向他出示了警徽，说："212 号房间有人报警。"

　　阿瓦迪立即领着他上到二楼。格利掏出手枪，侧身敲敲门，没有动静。经理忙用钥匙打开房门。格利警官闪身进去，一眼就看见一名浑身赤裸的黑人女子，半边身子溜在床外，电话筒还在床柜半腰晃荡着。屋内有浓烈的血腥气，那女子的下体浸泡在血泊中。他摸了摸女子的脉搏，还好，她没有死，便立即让柜台经理唤来救护车。格利在房间搜索了一遍，未发现其他人。

　　他用被单裹住女子的身体，发现她的上半身满是伤痕，像是抓伤和咬伤，喉咙处……竟然是两排深深的牙印！送走女子后，他仔细地检查了屋内，没有发现什么有用的线索。地毯上丢着女子的 T 恤、皮短裙、黑色的长筒袜和透明的内裤，床柜上放着一百美元。卫生间里的一次性小物品整整齐齐，可以看出没人使用过。

　　柜台经理阿瓦迪告诉他，这名黑人女子是半小时前和一名高个儿男人一块来的，那个男人十分钟前已经走了。"是个黄种人，身高约 6 英尺 2 英寸（1 英尺 = 0.3048 米），身材很漂亮。他留的名字是麦吉哈德逊，当然可能不是真名。"

"他是使用信用卡还是现款？"

"现款，是美元。"

这些年，温哥华的华人日渐增多，华人黑社会也逐渐在温哥华扎根，这是警方很头痛的事。他问："这个黄种人是不是本地华人？"

经理迟疑地摇头："我不知道，但我看他很像是华人。"

格利点点头，不再追问。这桩案子的脉络是很清楚的：一名不幸的妓女遇见了虐待狂的嫖客。这种情况他不是第一次遇到，也不会是最后一次。三年前，就在离这儿不远的一家四星级饭店里，一名颇有身份的嫖客（在此之前，格利常在报纸或电视上见到他的名字）把一名妓女咬得遍体鳞伤。另一次则正好相反，一名嫖客央求妓女用长筒丝袜把他的双手捆上，再用皮带狠狠地抽他。这些怪癖令人厌恶，但接下来这个案犯的行为甚至不能用"怪癖"来描述，只能说是地地道道的兽行。在这个案例中，一家人全部被害，四岁的孩子失踪（后来在下水道里找到了她的尸体），女主人被杀死后还被割去乳房，性器官也被割开。三个月后警方抓到了凶犯，是一个骨瘦如柴、眼神恍惚的精神病患者。他没有被判刑，只是关到疯人院了。

当警察时间长了，什么稀奇古怪的"宝贝"都能遇上。妻子南希是个虔诚的浸礼会教徒，对丈夫讲述的这些奇怪行为十分不解，总是皱着眉头问："为什么？他们为什么要这样做？"

格利调侃地说，这证明达尔文学说是正确的。人是从兽类进化而来，因此人类的某一部分（或是正常人在某种程度上），仍保存着几百万年前的兽性，在适当的环境下，这些兽性就会复苏。南希很生气，不许他说这些"亵渎上帝"的话。但格利认为，如果抛开调侃的成分，那么自己说得并不为错。确实，他所经历的很多罪行并不是因为"理智上的邪恶"，而完全是基于"兽性的本能"。

第二天早上，他赶到医院，医生告诉他，那名女子早就醒了，她的伤势并不重，失血也不算太多，主要是因极度惊恐而导致的晕厥。格利走进病房时，那名女子斜倚在床头，雪白的毛巾被拥到下巴，脸上还凝结着昨晚的恐惧。听见门响，她惊慌地盯着来人。格利把一个塑料袋递过去，说："这是你的衣服和一百美元。我是警官格利，昨晚是我把你送到医院的。"

黑人女子勉强挤出一丝微笑："谢谢你。"她的声音很低，显得嘶哑干涩。格利在她的床边坐下，问："能告诉我你的名字吗？地址？"

女子低声说："我叫萨拉，是美国加州人，五天前来的加拿大。"

格利点点头，知道这个黑人妓女是那种"候鸟"，随着各国运动员、记者和观众云集温哥华，她们也成群结队地飞到这里"淘金"来了。他继续问下去："那个男人是什么样子？请你尽量回忆一下。"

萨拉脸上又浮现出恐惧的表情，脱口喊道："他的性能力太强了！就像是野兽，我从没见过这样的男人！"

"是吗？请慢慢讲。"

萨拉心有余悸地说："我们是在街头谈好的，那时他满身酒气，答应付我一百美元。一到房间，不容我洗浴，他就把我扑到床上，后来……我受不了，央求他放开我，我也不要他付钱。那个人忽然暴怒起来，用力扇我的耳光，咬我，掐我的脖子，后来我就什么也不知道了。"

格利看看她："恐怕不是用手掐你，据我看，他是用的牙齿，昨晚我就在你的颈上发现了两排牙印。"

萨拉打个寒战，用手摸了摸脖子，要说的话冻结在了喉咙里。格利继续问道："还是请你回忆一下，有没有什么东西能辨认他的身份？"

萨拉从恐惧中回过神来，回忆道："他像是个运动员……"

"为什么？"

"他把我扑到床上后，又突然下床开了电视，电视中是田径世锦赛的实况转播。此后他似乎一直拿一只眼睛盯着屏幕。还有，他的身材！完全是运动员的体形，匀称健美，肌肉发达，老实说，当他在街头开始与我搭话时，我还在庆幸今晚的幸运呢。我没想到。"

"他是哪国人？你知道吗？"

萨拉毫不迟疑地说："中国人。"

"为什么？柜台经理告诉我他是黄种人，但为什么不会是日本人、韩国人或越南人？"

萨拉肯定地说："他是中国人。他说一口地道的美式英语，但在性高潮时说的是中国话。我是在旧金山华人区附近长大的，虽然不会说中国话，但我能听懂。"

"那么，他也有可能是在华人区长大的华裔美国人？"

萨拉犹豫地同意了："也有这种可能，不过……他似乎是把中国话作为母语。"

"他说的什么？"

"是一些不连贯的单词。什么100米、200米、刘易斯、贝利等。"

"你知道刘易斯和贝利是谁吗？"

萨拉摇摇头，格利也没再告诉她。现在，他已经不怀疑萨拉所说的"他是个运动员"的结论了。贝利和刘易斯是几年前世界上有名的短跑运动员。只有那些全身心投入田径运动的人，才会在性高潮中呼唤他们的名字。格利立即想到三天前看到的100米决赛情况。起跑线上的八个运动员，有五名黑人，两名白人，只有一名黄种人，是中国的田延豹。他也是多少年来第一次杀入决赛的黄种人选手。田延豹是个老选手，已经三十五岁了，很可能这是他运动生涯的最后一次拼搏。他在起跑线上来回走动时，格利几乎能触摸到他的紧张。事实证明，格利并没有看错。发令枪响后，牙买加的奥利抢跑，裁判鸣枪停止。但是田延豹竟然跑到五十米后才听见第二次鸣枪。等他终于收住脚步，离终点线只有二十米了。他目光忧郁，慢慢地走回起跑线，走得如此缓慢，返回的时间足够他跑五次100米了。

那时格利就知道，这位不幸的中国人受到的体力消耗和心理干扰太大，肯定与胜利无缘了。再次各就各位时，他恶狠狠地瞪着那位牙买加选手。很可能，因为这名黑人选手的一次失误，耽误了另一名选手的一生！

那次决赛，田延豹是最后一名，而且这还不是不幸的终结。冲过终点线，他就栽倒在地，中国队的队医和教练急忙把他抬下场。刚才他榨尽了最后一滴潜力以求最后一搏，不幸又把腿肌拉伤了。

这样，两天后，也就是昨天晚上的200米决赛，他不得不弃权。可是按他过去的成绩来看，他在 200 米比赛中能赢的把握更大一些。在电视中看到这些情况时，格利十分同情和怜悯这个倒霉的中国人，此刻却不由自主地把怀疑的矛头对准了他。按体育频道主持人的介绍，田延豹恰是 6 英尺 2 英寸的身材，体形十分匀称剽悍。也许，一个在赛场上遭受毁灭的男人会怀着一腔怒火去毁灭一个素不相识的女人？

他问萨拉："那人大约有多大岁数？面部有什么特征？"

"大约不到三十岁，圆脸，短发，至于别的特征……我回忆不起来。"

"你能确定他不足三十岁吗？"

萨拉迟疑地摇摇头："我不能，他没有给我足够的观察时间。"

"他走路是否稍有些瘸拐？"

"没有注意到。"

"还有什么异常情况吗？"

萨拉迟疑地说："他的精神……好像不大正常。他不能控制自己。"

"是吗？"

"他的表情一直很阴沉，说话很少，像是有很重的心事。他带我上车，为我开关车门，完全是一个有教养的绅士，可是后来……"

格利完全同意她的判断。想想吧，那人在干完这样的兽行后，竟然没有忘记留下应付的一百美元！他问："如果看到他的照片，你能认出来吗？"

"我想可以。"

格利站起身，说："那好，你休息吧，我下午再过来。"

他立即动身到温哥华电视台借来了前天晚上决赛的光盘，但是在返回途中他就后悔了。冷静地想想，他的推测纯属臆断，没有什么事实根据。而且……即使罪犯真的是那个可怜的中国运动员，他也是在一时的神经崩溃状态下干的，很可能这会儿已经后悔了，也没有造成什么严重的后果，何必为了一个肮脏的妓女毁掉一个优秀运动员的一生？

等他迟疑不决地回到医院，那名妓女已经失踪了。她趁护士不注意，穿上自己的衣裙溜走了，还带走了属于自己的一百美元。这不奇怪，哪个妓女没有违反过法律？她们不会喜欢到警察局抛头露面的。于是，格利警官心安理得地还了光盘，把这件事抛到了脑后。

三年后，雅典奥运会，一件震惊世界的连环杀人案披露于世，几乎每家报纸、每家电台都频繁播放着两个死者（一个男人，一个姑娘）的头像。加拿大温哥华市皇家骑警队的格利警官在屏幕上认出了那位中国人。之后，随着雅典一案的逐层剥露，他才知道洛基旅馆那件小小的案件只是冰山一角，在它的下面，隐藏着叫全世界都瞠目的人类剧变。

中航波音 777 客机正飞在北京—雅典的航线上，高度 15000 米。从舷窗望去，外边是一片淡蓝色的晴空，脚下很远的地方是凝固的云海，云眼中镶嵌着深蓝色的地中海。

午餐已经结束，老体育记者费新吾用餐巾纸揩揩嘴巴，把杯盏递给空姐。看看他的两个同伴——田延豹和他的堂妹田歌，已经闭着眼睛靠在座背上，专心听着耳机里的英语新闻广播。田延豹今年三十八岁，圆脸，平头，穿着式样普通的夹克衫。他退出田径场后身体已经发福了，但行为举止仍带着运动员的潇洒写意。田歌则是一位青春靓女，在机舱里十分惹人注目。

飞机上乘客不多，不少人到后排的空位上观景去了。前排几个小伙子正神情亢奋地大摆龙门阵，听口音是东北人。

"这叫哀兵必胜！雅典 1996 年申奥失败，2000 年照样申请，再失败，2004 年还接着干，这不把奥运会争到手了？再看咱们，一次申奥失败就不愿开口。中国人的面子值钱哪！"

费新吾微微一笑，看来，机上至少一半人是去观看雅典奥运会的。他们属于迟到的观众，奥运会早在三天前就开幕了。不过费新吾是有意为之的，因为他和两个同伴主要是冲着田径之王——男子百米决赛而去的，不想多花三天的食宿费。

男子百米决赛定于明晚举行。

从头等舱里出来一个老人，大约六十五岁，面目清癯，银发，穿一身剪裁得体的藏蓝色西服，细条纹衬衣，淡蓝色领带，举止优雅，目光十分锐利。他径直朝这边走过来，边走边打量着费新吾和他的同伴。费新吾开始在心里思索这是不是一个熟人，这时老人已立在他的身旁，抬头看看座位牌，微笑着俯下身，说："如果我没有看错，您就是著名的体育记者费新吾先生吧？"

费新吾赶忙起身："不敢当，我曾经当过体育记者，现在已经退休了。先生……"

老人接着向田延豹示意："这位先生……"费新吾忙触触同伴，田延豹睁开眼睛，看见一个老人在笑着看他，便取下耳机，欠过身子。老人继续说："如果我没有看错，这位就是中国最著名的短跑运动员田延豹先生吧。"

田延豹的目光变暗了，那个失败之夜就像一根烧红的铁棒烙着他的心房。一辈子的追求和奋斗啊，就这么轻易断送在"偶然"和"意外"上，谁说上帝不掷骰子？那晚，他违反了团组纪律，单独一人外出，在酒吧中喝得酩酊大醉。第二天，焦灼的领队和老费在警察局的收容所里找到了他，那时，他对昨晚的事已经没有一点记忆了。

他拂去这些回忆，惨然一笑，对老人说："一个著名的失败者。"

老人在前排的空位坐下，慈爱地看着他："失败的英雄也是英雄，折断翅膀的鹰仍然是鹰。毕竟你是在奥运会上'听四枪'的第一个中国选手，也是少数黄种人运动员之一。历史不会忘记你。"

费新吾饶有兴趣地看着他。所谓"听几枪"是体育界的行话，比如听两枪是进入预决赛，听三枪是进入半决赛，听四枪则是进入决赛。看来这位老人对田径比赛比较熟悉。老人察觉了两人询问的目光，自我介绍道："我姓谢，双名可征，美国马里兰州克里夫兰市雷泽夫大学医学院生物学教授，也是去看奥运比赛的。"

靠窗坐着的田歌忽然扯下耳机，兴奋地喊道："预决赛刚结束，他已经杀入决赛了！"

田延豹急忙问："成绩呢？"

"9.90秒，仍是最后一名——最后一名也是英雄，飞得再低的雄鹰也是雄鹰！"

她刚才并没有听见三个男人的谈话，所以这番关于鹰的话纯属巧合，三人不由得笑了。田歌不知道笑从何来，诧异地看着三个人，眼珠滴溜溜的，像只小鹿，三人又一次笑起来。

谢教授的目光被田歌紧紧吸住。二十二岁的田歌具有上天垂赐的美貌，虽然不重脂粉，但无论何时何地都能光芒四射，艳惊四座。她穿一身白色的亚麻质地的紧身休闲装，显得飘逸灵秀。很可能，前边那一群东北小伙子的亢奋就与身后有这样一位美貌姑娘有关。

费新吾为老人介绍："这个漂亮姑娘是田先生的堂妹，一个超级田径迷，虽然她自己的百米成绩从未突破十五秒。后来我为她找到了其中的原因——老天赐给她的美貌太多，坠住了她的双腿。所以她只好把对田径的一腔挚爱转移到她的偶像身上。"

这番亦庄亦谐的介绍使田歌脸庞羞红，她挽住哥哥的手臂说："豹哥是我的第一个偶像。"

谢教授微笑着问："你刚才谈论的是谢豹飞的成绩吧？"

"对，美国运动员鲍菲·谢，那是我的第二个偶像。他和我豹哥是奥运史上仅存的杀入决赛的两名中国人，而且名字中都带一个'豹'字，这真是难得的巧合！我想他们的父母在为儿子命名时，一定希望他们跑得像非洲猎豹一样轻扬！"

费新吾纠正道："你犯了一个错误，这名运动员只是华裔，不是中国人。"

老人微微一笑："田小姐说得并不为错，虽然谢豹飞，还有我，不是法律意义上的中国人，但在心灵上仍属于中国。"他眼睛中闪着异样的光芒，压低声音说，"透露一点小秘密，谢豹飞就是我的独生儿子，我是去为他助威的。"

田歌立即蹦了起来，惊叫道："你……"

老人把手指放在唇边："嘘……不要声张。"

田歌站立过猛，膝盖狠狠地撞在未折起的小餐桌上，但她没有感觉到疼痛，异常兴奋地盯着这个老人。她做梦也想不到能有这样难得的巧遇，遇上了谢豹飞的父亲！在她的心目中，谢豹飞差不多和外星人一样神秘。费新吾和田延豹也很兴奋。

老人说："我在乘客名单中看到了你们两位……你们三位的名字，我和田先生、费先生已经神交多年。为了多少表示敬意，我已为你们准备了百米决赛的入场券，到雅典后请用这个电话号码与我联系。"

他递过一张写着电话号码的小纸片。费新吾衷心地说："谢谢，衷心希望令郎在明天取得好名次。"

老人起身同三个人告别，想了想，又俯下身神秘地说："再透露一点小秘密。希望绝对保密，直到明晚九点之后。可以吗？"

田歌性急地说："当然可以！是什么秘密？"

老人嘴角漾着笑意，一字一顿地说："除非有特大意外，鲍菲在决赛中绝不是最后一名。"他展颜一笑，返回头等舱。

三个人面面相觑，被这个消息惊呆了。田歌声音发颤地说："豹哥，费叔叔……"

费新吾向她摇摇手指，止住她的问话。他和田歌一样有抑制不住的狂喜。虽然在种族大融合的二十一世纪，狭隘的种族自豪感是一种过时的东西，但他还是没办法完全摆脱它。不错，在体育场上，黑人、白人运动员所创造的田径纪录也使他兴奋不已，他十分羡慕这些天之骄子，他们有上帝赐予的体态体能，尤其是黑人。他们有猎豹一样的体形，长腿，窄髋骨，肌肉强劲，田径场上看着他们刚劲舒展的步伐简直是享受。他们多年来称霸田坛，最红火的时候，100米、200米的世界前二十五名好手竟然全是黑人！黄种人呢？尽管他们在灵巧性项目上早已占尽上风，但在力量型项目上至今仍是望尘莫及。三年前，田延豹在三十五岁时的崛起曾使他兴奋过，结果失望了。其实回想起来，这种结局是正常的，因为田延豹身上背负着太多太多的期望，他已经在心理上被压垮了。那天赛场上的意外只是一根导火索。

近两年来，华裔运动员谢豹飞像一颗耀眼的流星突然出现在天际，从一个默默无闻的三流选手迅速爬升，直到杀入奥运决赛。在体育界，他是一个带着几分神秘的人物，连他的英国教练也从不抛头露面。费新吾对他一直抱着极高的期望，不过他始终认为谢豹飞夺冠只能是下一届奥运会了，因为他的成绩一直徘徊在世界第八到第十名好手之间。

田延豹附在他的耳边兴奋地低声说："他在预赛和预决赛中都是倒数第二、三名，如果……"

作为多年的体育记者，费新吾完全听懂了他的话。如果一个有意隐藏实力的选手一直以这种成绩杀入决赛，那就说明他对自己有绝对的信心——他知道自己不会因为万一的不慎被挤出决赛圈。那么，这个选手极可能有夺冠的实力。

他们兴奋地交换着目光，不再交谈。他们不会辜负老人的信任，一定要把这个秘密保守到决赛之后，因为这是出奇制胜的绝妙的心理战术。

飞机下面已经是白色的雅典城，空姐们敦促乘客系上安全带，迅速增大的气压使他们两耳轰鸣，机场的光团渐渐分离成单个的灯光。田歌紧紧地拉住哥哥的右臂，激动地说："豹哥，我真盼着快点到明天！"

雅典帕纳西耐孔体育场一直是奥林匹克运动会的圣殿，就像是伊斯兰信徒心中的麦加天房。帕纳西耐孔体育场建于公元前 330 年，全部由洁白的大理石建成，坐落在圆形的山丘上。体育场正面是典型的古希腊朵利亚建筑风格的高大前柱式门廊，门廊中央是巍峨庄严的白色大理石圆柱，前后排列共二十四根。中央门廊成品字形，共十二根，后门廊柱共六根。看台依跑道的形状而建，也全部是洁白如雪的大理石，跑道两端是白色大理石砌成的方形圣火台，静卧在乳白色的地毯上。

体育场后面是郁郁葱葱的绿树，晚霞洒落在高大的树冠上。这个古老的体育场同样也充满了现代气息，两个巨型电视屏幕高高耸立，十口锅状的卫星天线一字排开，朝向天空。暮色渐渐沉落，但体育场内亮如白昼，灯光映照着绿色的草坪，朱红色的跑道，还有数万兴奋的盛装观众。

费新吾和两个同伴在靠近跑道终端的二层看台上找到了自己的位置。做了多年的体育记者，他知道在百米决赛的黄金时段，这样的位置是十分难得的。他十分感激那个慷慨的老人。但他没有找到老人的影子，附近没有，贵宾席上也没有。莫非在这个令人癫狂的时刻，他还能端坐在卧室中看电视？

他在贵宾席上看到了原美国短跑名将刘易斯，这个百米跑道上的风云人物。他曾经多次破世界纪录，获得奥运冠军，现在已结束体育生涯。

他正在与贵宾席正中的原国际奥委会主席萨马兰奇交谈，萨翁左侧则是现任奥委会主席。两名主席当然不会错过今天的比赛，毕竟，男子百米和男子跳高是田径运动中分量最重的奖牌。

回头望望看台，七排以上全是各国的新闻记者，他们胸前挂着长焦距相机或摄影机，膝上摆着最新的笔记本电脑，面前还有为他们特意配置的小型闭路电视。费新吾用目光扫视一遍，从他们佩戴的徽标来看，有英国的 BBC、美联社、意大利的 RAI、日本的 TBS、加拿大的 CBC、法国的 FT2、挪威的 NRK、以色列的 IBA……当然也少不了新华社。新华社的穆明也看到他了，两人远远地招手。

田延豹一直闭目而坐，眉峰微蹙。他一定是又回到了三年前那个痛苦的夜晚。田歌穿一件洁白的露肩装，紧紧捧着一束硕大的花束，里面有象征胜利的月桂和象征爱情的玫瑰。她的眸子里有两团火在燃烧，从她手指和嘴角无意识的抖动，能看出她心中极度的渴盼。

忽然，观众骚动起来，随后各种语言的欢呼声响成一片，八名短跑选手从休息室里出来了，有美国的老将格利、蒙戈马利，英国新秀德锐克，加拿大的贝克尔，牙买加的奥塞，尼日利亚的老将埃津瓦，乌克兰的斯契潘奇。这里面有六个黑人，一个白人。最后出来的是美国的鲍菲·谢，是选手中唯一的黄种人。八名选手都很从容，步履悠闲地走着，不时向看台上招手或送个飞吻。当谢豹飞经过记者席时，二排看台上的一个姑娘用英语高喊："鲍菲·谢，谢豹飞，这束花是你的！"

姑娘的声音十分脆亮悦耳。谢豹飞看到了那个手持花束用力挥舞的姑娘，纵然是决战前的紧张时刻，那姑娘明月般的美貌还是让他心神摇曳。他点点头，又飞个吻，继续往前走。

田歌脸上发烧，坐下来，把脸埋在花束里，心房狂乱地跳动。她心目中的偶像听到了她的声音！为这一句话她曾踌躇良久，她原想喊"不管胜利或失败，这束花都是你的"！但仔细考虑，这样喊未免不吉利。反复斟酌到最后，她才把自己的激情浓缩在这六个字中。

八名选手正在脱外衣，她目醉神迷地盯着自己的偶像。其实，她对谢豹飞知之甚少，也不知道他是否有意中人，但她仍不顾一切地把自己的终身托付给他了。谢豹飞已脱掉长衣，悠闲地做着调整运动。他身高1.88 米，肩宽，腰细，臀部微凸，双腿修长强劲，圆脑袋，背部微有曲度，整个身体像非洲猎豹一样矫健剽悍。

九点三十分，八名选手各就各位，谢豹飞是第八跑道。裁判高高举起发令枪，八台激光测速器都对准了各人的腰部，全场突然变得一片静寂。

在田歌他们附近，有一个衣着普通的白人老者。他坐在四排看台的普通席上，目光冷静地看着谢豹飞的一举一动。没有人认出他就是著名的耐克公司的董事长非尔·奈特。三天前，在美国俄勒冈州波特兰市耐克公司总部里，秘书告诉他，有一个从雅典打来的越洋电话，一定要找奈特本人。打电话的人自称他是百米决赛中最差劲的一位选手，华裔美国人鲍菲·谢。奈特忽然心中一动，让秘书把电话转了过来。

电视中出现了那个年轻人圆圆的面孔，他穿着运动衫，背景是吵吵嚷嚷的体育场。他嬉笑自若地说："我是百米决赛中最差劲的一名选手，以致各个体育用品公司都不把我放在眼里。不过奈特先生是否知道一句中国话——'烧冷灶'？也许在某个冷灶里烧一把火，会得到意想不到的好处呢。"他大笑一阵，继续说道，"所以我自己找上门来，想与奈特先生签一份对双方都有利的合同。"

他的笑容明朗而自信，在这一瞬间，奈特忽然触摸到了这个人明天的成功。奈特十分相信自己的商业直觉，他仅停顿两秒，就果断地说："好，我同意，我马上派人去雅典同你签合同。"

那人笑着说："我不喜欢同你的下级讨价还价，还是咱俩在这儿敲定吧。我会在百米决赛中穿上耐克跑鞋——毕竟我一直在穿它——比赛后，我会把耐克跑鞋抛到天空，或顶在头上，总之做出你想要我干的任何表演。至于贵公司的酬劳，当然与我的名次有关。我提个数目，看奈特先生是否赞成。如果我取得第八到第二的任何名次，贵公司只需付我一美元……"

奈特立即问道："你说多少？"

"一美元，只需一美元。但我若夺得冠军，这个数目就立即上升到五千万。你同意吗？"

奈特十分震惊于他的自信，短时间的踌躇后，他干脆地说："我同意，付款期限……"

"不不，我的话还没有说完呢。如果我夺冠的同时又打破世界纪录，贵公司要把上述酬劳再增加一美元，也就是五千万零一美元。但如果我的纪录打破 9.5 秒大关，"他一字一顿地说，"听清了吗？如果打破 9.5 秒大关，我的酬劳就要变成一亿美元。"

纵然奈特是体育界的老树精，他仍然吃惊得站起身来："你说 9.5 秒大关？那是多少体育专家论证过的生理极限呀，根据计算，为了达到这个速度，大腿的肌肉纤维都要被拉断。换句话说，这是人类体能无法达到的。"

对方不耐烦地说："那就是我的事了。怎么样？一亿美元。据我所知，贵公司还没有同哪一个运动员签过这么大数额的合同。"

奈特按捺住内心的激动，平静地说："我答应。你不要把我看成唯利是图的商人。只要你能超越体育极限，达到人类不敢梦想的这个高度，我情愿奉送你一亿美元，并且不要你承担任何义务。"

鲍菲目光锐利地看看他，略作停顿后笑道："也好，我会把这段谈话透露给某位记者，我想这将是对耐克公司更好的宣传，远远胜于向天空扔跑鞋之类的杂耍。至于付款期限等枝节问题就由你们决定吧，我不会挑剔的。"

"但是有一条，"奈特严厉地说，"如果出现了兴奋剂丑闻，这个合同就彻底告吹。我不想再出现约翰逊那样的事情。"

"那是当然。这一点请你尽管放心。"说完他就挂了电话。

这会儿，奈特用望远镜盯着蹲伏在起跑线上的鲍菲，心中默默祈祷着。一方面，从理智上说，他不相信谢的大话——这确实是令人难以置信的。另一方面，从直觉上，他又十分相信，他能从那人当时的笑声、明朗的表情，甚至从他的不耐烦上摸到他的才能和信心。好了，十秒之后就能看出究竟了。

一声枪响，八个人像箭一般冲出起跑线，鲍菲和奥塞跑在最前面，随即又是一声枪响，有人抢跑！八名运动员都很快收住脚步，快快地返回起跑线。

田延豹心头猛然一阵紧缩。这两年，他一直盯着谢豹飞的崛起，为了一种潜意识的种族情结，他把自己破灭的梦想寄托在这个黑头发、黄皮肤的华裔年轻人身上。其实他知道谢豹飞是美国人，他得奖时会升起星条旗，奏起美国国歌。但不管怎样，他仍然期盼着这名华裔选手获胜。在邂逅谢先生之后，这种亲切感更加浓了。但是，今天的情形简直是三年前的重演，莫非他也要遭到命运之神的毁灭？

他原以为是谢豹飞抢跑了，裁判却向牙买加选手奥塞发出警告。谢豹飞返回起跑线后，怒气冲冲地瞪着第五跑道上的奥塞，向他狠狠啐了一口。田歌没有想到自己的偶像会在众目睽睽之下做出这样粗野的举动，面庞发烧地垂下目光。田延豹却突然攥住老费的胳臂——在这一瞬间，他对谢豹飞获胜的把握又大了几分。不错，这个动作是有失体面的，谦恭的中国选手绝不会这样做。但恰恰是这个粗野的举动显露了那人的自信，显示了他身上未泯灭的野性。

这种可贵的野性在国内选手身上太少见了，而在国外选手尤其是黑人选手身上常常能看到。那时，国内运动员中流传着一个近乎刻薄的笑谑，说黑人正因为进化得较晚，所以才保留了较多的野性。当然这是吃不到葡萄的自我解嘲，因为据近代基因科学的判定，非洲人的基因是最古老的，非洲是全世界人类的摇篮。

发令枪又响了，谢豹飞第一个冲出起跑线。依田延豹多年的经验，他的起跑反应时间绝对在 0.120 秒之下。看来他的体力和心理都没有受到有人抢跑的影响。他的动作舒展飘逸，频率较高，步幅也大，腰肢柔软，酷似一头追捕羚羊的猎豹。从一开始，他就把其余的选手甩到身后，在后程加速跑中又把这个距离进一步扩大，领先第二名将近五米。转眼之间，他就昂首挺胸地冲过终点线。看台上立即响起雷鸣般的掌声，这阵惊涛骇浪几乎把看台冲垮。

但今天场上的情形很奇怪。欢呼声仅限于普通观众，那些教练、老选手、老资格的体育记者都屏住气息，紧紧地盯着电动记分牌。他们凭感觉知道，一项新的世界纪录就要诞生。9.45秒！记分牌上打出这个不可思议的数字，全场足足停顿了十秒钟，才爆发出天崩地裂的欢呼声，数万观众不约而同地站起来，有节奏地欢呼着："鲍菲——谢！鲍菲——谢！"

谢豹飞接过别人递过的美国国旗，绕场狂奔。新闻记者们低着头，争分夺秒地用专用电话线发回最新报道。两名奥委会主席也忘形地站起身大声喝彩，尤其是满头银发的萨翁，兴奋得不能自制，以至于泪流满面。费新吾和田延豹的眼眶都湿润了。田歌捧着花束跳到场中，等谢豹飞跑过来时，她狂喜地扑上去："谢豹飞，这束花是属于你的！"

她递过鲜花，忘情地搂住谢的脖颈。谢豹飞一手执旗，一手执花，环抱着姑娘把她举起来。

虽然这个动作有些轻佻，但狂喜中的田歌毫无芥蒂，她深深地吻了谢豹飞的额头，跳下来跑回看台。其他几名选手也过来同冠军握手祝贺，他们对这个冠军心悦诚服。奥塞也过来了，谢豹飞笑着特意同他紧紧拥抱，化解了不久前的冲突。

直到运动员回到休息室，全场的狂欢才慢慢平息。

各家电视台、电台和电子报纸都以最快的速度报道了这则爆炸性的消息。美联社套用了首次登月的宇航员阿姆斯特朗的一段著名的话："对于鲍菲·谢而言，这只是短短的100米；但对于人类来说，却跨越了几个世纪。"

不久，奥运会兴奋剂检测中心公布了对谢的检测结果。

"我们在赛前及赛后对鲍菲·谢进行了两次兴奋剂检查，检查结果均为阴性。又用才投入使用的最新技术对生长刺激素和促红细胞生长素的服用情况进行了检查，结果也为阴性。值得提出的是，正是谢本人主动要求我们强化对他的检查。他要向世人证明，他这次令人震惊的胜利是光明磊落的。"

菲尔·奈特先生不动声色地看完比赛，悄悄返回波特兰市的耐克公司总部。鲍菲·谢履行了他的诺言，比赛后立即向大众公布了三天前两人之间的谈话，这使得耐克公司的声誉达到了巅峰，连总统都打电话向他表示了敬意。这种效果是多少广告费也造不出来的。而且，凭多年的经验，他知道几天后大把的订单就会飞向耐克总部，至少20%的美国青少年会立即去买一双耐克跑鞋挂在墙上，以此宣泄他们对鲍菲·谢的狂热崇拜。

在雅典瓦尔基扎富人区的一座寓所里，谢可征教授独自躺在沙发中看完电视转播，然后向国内的妻子打了一个电话，就儿子的惊人成功互相道喜。这个结果早在他们预料之中，所以他们的谈话十分平静。刚放下电话，铃声又响了，屏幕上是田歌的面庞，眼睛发亮，两颊潮红，略带羞涩但口气坚决地说："谢伯伯，向你祝贺！200米决赛后，鲍菲有时间吗？如果他能陪我吃顿饭，我会十分荣幸。"

谢教授微微一笑，他想这个姑娘已经开始了义无反顾的爱情进攻。他也知道儿子已经成了世界名人，狂热痴迷的美女们会成群结队地跟在儿子身后。不过他十分喜爱田歌，喜爱她不事雕琢的美丽，喜欢她的开朗和落落大方，也喜欢她是一个中国人。他笑着说："田小姐，我给你一个电话号码，你自己同鲍菲联系吧。要抓紧啊。"他半开玩笑半认真地说。

田歌羞红了脸，说："谢谢伯伯。"

两天后，200米决赛结束。谢豹飞以18.62秒的成绩再次夺冠——又是一个世纪性的成绩。这些天，费新吾和田延豹一直处于极度亢奋之中，夜里他们同榻而卧，兴致勃勃地谈论着这个罕见的"鲍菲现象"。为什么他能把同时代的人远远抛在后边？为什么他能轻而易举地突破科学家预言的生理极限？他并没有服用兴奋剂，他事先要求对自己强化药检，正是为了向舆论证明自己的清白。是否他父亲发明了一种新的高能食品？或者是其他合法的方法，比如电刺激？

无疑，他的两个纪录会成为两座突兀的高峰，恐怕多少年内无人能超越。这种现象并不是绝无仅有。1968年，美国运动员鲍勃·比蒙的世纪性一跳创造了8.9米的跳远纪录，这个纪录一直保持了十五年。更典型的例子是原乌克兰选手布勃卡，他十九岁获得世界冠军，三十四次打破世界纪录。1991年，他打破了6.10米的纪录——而在此前，不少体育专家论证说，二十英尺（即6.10米）是撑竿跳高的极限。他曾在半年内连续六次打破自己创造的纪录。但尽管这样，在短跑中出现这样的突破仍是不可思议的、不正常的，因为短跑技术早已发展得近乎完美，它已经把人类的潜能激发到了极致。众所周知，水平越高的运动就越难做出突破。

他们常常醉心地、不厌其烦地回忆起谢豹飞在赛场上的那份矫捷，那份飘逸潇洒。他们都是内行，越是内行越能欣赏谢的天才和技术。

费新吾自嘲道："咱们这是秃子借着月亮发光呀。中国人没能耐，拉个华裔猛侃一通。说到底，他的奖牌还是美国的。"

田延豹脱了衣服走进浴室，忽然扭头问："他会不会是个混血儿？你知道，远缘杂交——这个名词虽然有些不敬——常常有遗传优势。比如法国著名作家大仲马是黑白混血儿，他的体力就出奇强壮，常和狐朋狗友整夜狂欢，等别人瘫软如泥时，他却点上蜡烛开始写小说。他的不少名著就是这样写出来的。"

费新吾摇摇头："不，我侧面了解过。他是100%的中国血统。"

三天没好好睡觉，两人真的乏了，他们洗浴后准备好好地睡一觉。就在这时，电话铃响了。拿起电话，屏幕上一片漆黑，看来对方切断了视觉传输，不想让这边看到他的面貌。

那人说的英语，音调十分尖锐，就像是宦官的嗓音，让人觉得很不舒服："是费新吾先生吗？"

"对，你是……"

"你不必知道我的名字，我想有一点内幕消息也许你会感兴趣。"

费新吾摁下免提键，同田延豹交换着眼色："请讲。"

"你们当然都知道谢豹飞的胜利，也许，作为中国人，你会有特殊的种族自豪感？"

他的口气十分无礼，费新吾立即滋生了强烈的敌意，冷冷地说："我认为这是全人类的胜利。当然，同是华夏后裔，也许我们的自豪感更强烈一些。是否这种感情妨害了其他人的利益？"

那人冷静地回答："不，毫无妨害。我只是想提供一点线索。谢豹飞今年二十五岁，二十六年前，谢可征先生所在的雷泽夫大学医学院曾提取过田径飞人刘易斯先生的体细胞和精液。"

费新吾一怔，随后勃然怒道："天方夜谭，你是暗示……"

"不，我什么也不暗示，我只是提供事实。谢先生和刘易斯先生正好都在雅典，你完全可以向他们询问，需要两人的电话号码吗？"

费新吾匆匆记下刘易斯的电话，又尖刻地说："即使证实了这个消息又有什么意义？我看不出刘易斯的细胞和谢豹飞先生有什么联系。"

那个尖锐的嗓音很快接口道："请不必忙于得出结论，你们问过之后再说吧。明天或后天我会再和你们联系。"

电话挂断后，两人很久都没说话，那个尖锐刺耳的声音仍在折磨他们的神经，就像响尾蛇尾部角质环的声音。那个神秘人的眼睛似乎仍在幽暗处发出绿光，就像响尾蛇的毒眼。他是什么居心？他主动向两个陌生人提供所谓的事实，而这两个人既非名人，又不属新闻界。他清楚地知道谢可征和刘易斯，还有这儿的电话号码，他是怎么知道的？没准他在跟踪他们。

田延豹摇摇头，说："不会的，谢豹飞身上没有任何黑人的特征。"

费新吾恨恨地说："即使他是用刘易斯的精子人工授精而来，又有什么关系？我难以理解，这个神秘人物披露这些情况，是出于什么样的阴暗心理！"

但不管如何自我慰藉，他们心中仍然很烦躁，莫名其妙地烦躁。半个小时后，田延豹下了决心："我真的要问问刘易斯，我和他有过一段交往。"

费新吾没有反对。田延豹拨通了刘易斯的电话，但没人接。他一遍又一遍地拨着，都是忙音。直到晚上十一点，屏幕上才出现了刘易斯黝黑的面孔和两排整齐的牙齿。他微笑地说："我是刘易斯，请问……"

"刘易斯先生，你好。我是田延豹，你还记得我吗？2001 年世界田径锦标赛百米决赛中那个倒霉的中国选手。"

刘易斯笑道："哦，我记得。我很佩服你当时的毅力。你现在在哪儿？"

"我也在雅典。请原谅我的冒昧，我想提一个无礼的问题，如果不便，你完全可以拒绝回答。"他简单叙述了那个神秘的电话，"刘易斯先生，你真的向谢可征先生提供过体细胞和精液吗？"

刘易斯耐心地听完后，说："田先生，今天你已是第八个提问者了，我刚回答了七名新闻记者同样的问题。"

田延豹和费新吾交换着目光，现在问题更明显了。那个打电话的人是想掀起一阵腥风恶浪，把胜利者淹死。

刘易斯接着说："对，我记得这件事，我是向雷泽夫大学医学院提供的，那是个严肃的学术机构，他们希望得到一些著名运动员的体细胞和精液进行某种试验。刚才几名记者都问我，鲍菲的父亲是不是那个研究课题的负责人，我的回答是：那儿的负责人可能是一名姓谢的华裔，不过这一点我记得不准确。"略停之后，他笑道，"我知道那个多事的家伙是在暗示什么。坦率地讲，我非常乐意有这么一位杰出的儿子，可惜这只是我的一厢情愿。在鲍菲·谢先生身上，你能看到一丝一毫刘易斯的影子吗？"

他爽朗地大笑起来，这笑声也冲淡了田、费二人心中的阴影。刘易斯快言快语地说："不要听他的鬼话！不管这个躲在阴暗中的家伙是白人还是黑人——我想大概不会是黄种人——他一定是个心理阴暗的小人，他想制造一些污秽泼在胜利者身上。不要理他！再见。"

放下电话，两人都觉得心中轻松了些。田延豹说："不必给谢老打电话了吧？"

"不必了，不要搅扰他的好心境。"费新吾沉思地说，"你说，这个神秘人物究竟是什么动机？莫非他也是短跑名将中的圈内人？是失败者的嫉妒？就像逄蒙暗算了后羿。"

田延豹勉强笑道："那，我是最大的失败者。"

费新吾知道自己失言了，这句无意的话又勾起了田延豹已经冷却的痛苦。那年温哥华世锦赛他也在场，是他和中国田径队的领队到警察局领回了烂醉如泥的田延豹。按那时中国田径队的严格纪律，本来要给他一个处分的，不过领队也是运动员出身，知道二十年奋斗却一朝失败是多么深重的痛苦。他和费新吾悄悄把这事压了下来。

这会儿，他不愿多做解释，便拍拍田延豹的肩膀，表示把这一页掀过去。田延豹已经上床休息了，费新吾仍在电脑前快速浏览着电子新闻。也许是本能，也许是潜意识的预感，他总觉得这个电话只是一个大阴谋的开场锣鼓。查阅时他把注意力全部集中在这次的 100 米和 200 米决赛上，集中在谢豹飞身上，看看有没有什么别的蛛丝马迹。

新闻报道中没有什么特别的东西，各国记者在报道这两次决赛时都用了最高级的形容词：世纪之战、体育史上的里程碑、百世难逢的奇才。美国《新闻周刊》的老牌记者马林说："鲍菲谢不仅成功地打破了百米 9.5 秒大关的壁垒，也成功地打破了人类的心理壁垒。从此之后，那些对人类生理极限抱悲观态度的人，那些以'科学态度'对各种运动定下这种那种极限的体育生理专家，对自己的结论要重新考虑了。"

在正规的电子出版物中没有发现什么异常，有关刘易斯提供体细胞和精液的消息尚未见报道。看来，已经得到消息的七名记者都十分慎重，毕竟这是非常爆炸性的新闻，而且新闻的来路太不正常。费新吾又把目光转向"网络酒吧"，这是网友们随意交谈的地方。这里面关于谢豹飞的话题占了很大一部分。那些终日沉迷于电脑的网虫们都感受到了这则消息的震撼，对谢的天才表示了极大的敬意。还有不少女性在倾泻着自己的爱意。

看着这些赤裸裸的爱情宣言，费新吾会心地笑了。他想这些女士大概是没戏了。这两天，田歌一直同谢豹飞泡在一起，他们的感情急剧升温。昨晚深夜，谢把田歌送回来，费新吾发现，这姑娘眼睛中的爱情之火是那样炽烈，目光所及，简直可以把窗帘烧着。田延豹摆出一副"老兄嫁妹"的苦脸，叹息田歌已经"目中无人"了，哪怕是面对着你，她的眼光也会透过你的身体射到远处去！

就在这时，他在屏幕上发现了一份特殊的短函。他一目十行地看着，目光逐渐阴沉，耳边又响起了那个神秘人物的尖锐嗓音。正在床上闭目养神的田延豹突然听见"啪"的一声，是费新吾在猛拍桌子，他声音沙哑地说："小田，你快来，看看这封信件，那条毒蛇又露出毒牙了！"

　　在向那座爱情要塞发起进攻之前，田歌已经抱定破釜沉舟的决心。但她没料到这座要塞竟然不攻自破，任由她的美艳之旗在城头猎猎飘扬。

　　从谢伯伯那儿要来谢豹飞的电话号码后，田歌努力增强自己的信心，对自己的第一句言辞反复考虑，她要在中国姑娘的羞涩心许可范围内尽量大胆地进攻。但事件进程出乎她的意料，电话接通，两个头像同时出现在对方的屏幕上，谢豹飞脱口而出："我的上帝！"这句话是用英语说的，随即他转用汉语，"谢天谢地，我正发愁怎么在人海中找到你呢。那天我忘了让你留下地址，当然，在大赛前有这样的疏忽是可以理解的。你怎么知道我的电话号码？为了摆脱记者们的纠缠，这个号码是严格保密的。不不，你不用回答，"他笑着说，"我更愿是冥冥中的上帝之力，是上帝把你送到了我的身边。请问你的名字？"

　　田歌这才说出第一句话："田歌，田野的田，歌曲的歌。"

　　"美丽的名字。你能允许我去拜访你吗？我需要你。"

　　于是两条爱情之水纳入一条河床，开始汹涌奔流。谢豹飞推掉了所有的应酬，小心地避开新闻记者的追踪，终日和田歌四处游玩。他的中国话非常地道，能够流畅地表达微妙的情感，这使田歌倍感亲切。他们一块欣赏希迈特斯山的朝霞、萨罗尼克湾的落日，参观白色的帕特农神庙、宙斯神庙和阿塔洛斯柱廊，到圣徒教堂里陪希腊正教徒一块做祈祷。雅典是一个浸泡在历史和神话中的城市，几乎每走一步都能踢出古希腊的尘埃。谢豹飞虽然只有二十五岁，但已经是个见多识广的成熟男人了。他为田歌讲解各个景点的历史，讲述奇异多彩的希腊神话，还要加上一些个人的独特观点："希腊神话和东方神话不同，在古希腊人的神界里，同样有阴谋、通奸、乱伦、血腥的复仇、不计生死的爱情……一句话，希腊神话中还保留着原始民族的野性。对比起来，东方神话未免太'少年老成'。"

　　这些话使田歌觉得新鲜，也有一点点惶惑。几天下来，田歌已深深爱上了谢豹飞——当然她早就爱上了，两年前就爱上了。不过那时她爱的是一个偶像，现在爱的是一个活生生的人。她会痴迷地看着他强健的肌肉，流畅的身体曲线，潇洒剽捷的举止。他就像蛮荒之地的非洲猎豹，随时随地喷吐着生命的活力。

那天，他们驾车在拉夫里翁的滨海公路上行驶，忽然一辆菲亚特紧紧追上来。谢豹飞放慢了奔驰的速度让他们超车，但两车并行后，那辆菲亚特并不急于超车，一个人从车窗里探出身子频频拍照。这是那些被称为"狗仔队"的讨厌记者，他们想抢拍百米飞人与新结识的情人的照片去卖个大价钱。谢豹飞愤怒地落下车窗，做手势让他们滚蛋。那个家伙不但毫不收敛，反倒趁着车窗落下的机会拍摄得更起劲了。谢豹飞勃然大怒，立即踩下刹车，让菲亚特超到前边，他从内侧超过去，猛打方向盘，狠狠撞击菲亚特的内侧。菲亚特车内的人惊恐万状，田歌也急急喊："不要这样，豹飞，不要这样！"

谢豹飞两眼喷着怒火，毫不理会她的劝阻，仍是一下接一下地猛撞。那辆车最终躲闪不及，从路堤翻下去，打个滚，四轮朝天地扎在沙滩上。谢豹飞大笑着开车走了，田歌从后视镜里向后张望着，担心地说："他们会不会有生命危险？停车看看吧。"

谢豹飞笑道："这些狗仔们的命长着哪，不管他！"

奥运会已近尾声，不少赛事已毕的运动员开始陆续离去。但费新吾和田延豹都闭口不提回国的日程，田歌知道他们的苦心，心中暗暗感激。

第五天早上，谢豹飞很早就来到普拉卡旧城区，把那辆豪华的奔驰停在狭窄的坡度很大的街道上。白色的建筑上爬满了爬墙虎和刺玫，到处是卖鲜花的小摊贩。他按响喇叭，很快一个白衣白裙的仙子在高处一个小旅馆的门口出现。她像羚羊一样踏着陡峭的石级，转瞬来到谢的身边。两人先来一个让人透不过气的长吻，而后田歌回身向旅馆方向招招手，她知道费叔叔和豹哥肯定在窗户里望着她。

汽车开动后，她问："今天去哪儿？"

"去比雷埃夫斯港。我送你一件小礼物。"

比雷埃夫斯港桅樯如林，不少私人帆船或快艇麇集在一起，远远看去像是挨肩擦背的天鹅。谢豹飞停下车，拉着田歌来到岸边，一艘崭新的、形状奇特的、浑身亮光闪闪的游船停在那儿。船首上是三个新漆的中国字：田歌号。制服笔挺的船长在驾驶室里向他们行着注目礼。田歌呆呆地看着谢豹飞，不敢相信这是真的。

谢豹飞侧身说："请吧，田歌号的主人，这就是我送给你的小礼物。"

田歌踏上甲板，就像踏在梦幻中。谢豹飞详细为她解释着，说这艘船主要是以太阳能为动力，船中央那两个直立的异形圆柱是新式船帆，所以也可以利用风力行驶。田歌痴迷地走过一个又一个房间，抚摸着亮灿灿的铜栏杆、一尘不染的墙壁、卧室中豪华的双人床，觉得心头过多的幸福直向外漫溢。她知道按西方礼节，受礼者不能询问礼品的价格，但她忍不住想问一问。按她的估计，它至少值一百万美元，豹飞可不要为它弄得破产！

谢豹飞理解了她的心思，轻描淡写地说："耐克公司已把第一笔三千万美元划到我的账户上，我愿意为你把这笔钱花光。"

田歌着急地说："千万不要！我可是个节俭成性的中国女人，你再这么大手大脚，我会心疼死的。"

谢豹飞笑着把她拥入怀中。两人的心脏在怦怦地跳动着，炽烈的情欲在两个身体中间来回撞击。田歌从他怀中挣脱出来，笑着问："启航吧，今天到哪儿？"

"到米洛斯岛吧，断臂维纳斯雕像就是在那儿发现的，我今天要给它送去一位活的维纳斯。"

两人的嘴唇又自动凑到了一块。

送走幸福得发晕的田歌，费新吾和田延豹继续研究那条毒蛇的毒牙。那封电子函是这样写的：

"我一直奇怪，为什么一个黄种人选手在百米项目中能取得如此惊人的突破。要知道，相对于黑人、白人而言，黄种人的体能是较弱的。这不是种族偏见，而是实际存在的事实。这个事实很可能与黄种人数百年来普遍的贫穷、小区域通婚、素食和农业生活有关。

"不久前我得知一个事实，恰在鲍菲·谢出生的前一年，美国马里兰州克里夫兰市雷泽夫大学医学院（谢的父亲谢可征正是该学院的资深教授）从田径飞人刘易斯身上提取了体细胞和精液。不久前，我的朋友、中国著名体育记者费新吾先生和短跑名将田延豹先生已就此事问过刘易斯先生，并得到后者的确认……"

费新吾和田延豹都愤怒地骂道："卑鄙！"

"当然，我们不相信鲍菲·谢是用黑人精子授精而产生的后代，因为他完全是黄种人的形貌特征，包括肤色、眼角的褶皱、铲状门齿等。但是，如果了解谢可征先生的专业，也许能引起一些新的联想。谢教授是著名的生物学家和医学科学家，他领导的研究小组早已成功地拼装出了改型的人类染色体。这些半人造的染色体是为了医治某种遗传病而制造的，是为了弥补人类遗传中出现的缺陷，为那些不幸的病人恢复上帝赐予众生的权利。不过，一旦掌握了这种魔术般的技术，是否有人会禁不住魔鬼的诱惑而去'改进'人类？这种行为本来是生物伦理学严格禁止的，是对上帝的挑战。但据我所知，谢先生的心目中并没有上帝的地位……"

两人再次激愤地骂道："卑鄙！十足的卑鄙！"

的确，这封电子函的内容已经不仅是猎奇或哗众取宠，而是赤裸裸的人身攻击了。

费新吾心情沉重地说："小田，我们不能再沉默了，这些情况必须通知谢先生，让他当心这些恶毒的暗箭。也许，他能猜到这些暗箭是从什么地方射出来的。"

"对，马上给他打电话。"

谢先生的电话很快就接通了，费新吾小心地说："你好，谢先生，最近忙吧？我和小田想去拜访你，最近我们听到了一些宵小之言，我想必须让你了解。"

谢先生的目光黯淡下来："我知道你们的意思，我也看到了那封电子函。不过你们来吧，我正想同你们聊一聊。不不，"他改变了主意，"我开车去接你们，然后找一个希腊饭店品尝希腊饭菜。我请客。"

谢教授把他的富豪车停在普拉卡区的一个老饭店前，饭店在半山腰，窗户可以俯瞰鳞次栉比的旧城区，欣赏弯弯曲曲的胡同和忙碌的人群。服装鲜艳的男招待递来菜单，田延豹摇摇手，费新吾也笑着摇头道："雅典我倒是来过两次，却从来没有自己点过菜，还是谢先生来吧。"

谢教授没再客气，点了白烧鳕鱼加柠檬汁、番茄汁鲟鱼加香芹、茄子馅饼、鱼子酱和柠檬色拉，又要了一瓶茴香酒。三人边吃边聊，谢教授问："这些都是希腊风味的菜肴，味道怎么样？"

费新吾说不错，田延豹笑道："不敢恭维，我只要一出国，就开始馋北京的八宝酱菜、王致和臭豆腐和香喷喷的小米粥。"

三个人都笑起来。费新吾不想耽误时间，立即切入正题，问："谢先生，你已经看过那封电子函了，你能猜到是谁搞的鬼吗？"

"毫无眉目。"

"也许是一个失败的心怀嫉妒的运动员？"

"不大可能。这个人对基因工程方面的进展似乎颇为熟悉，大概是学者圈子中的某人吧。"

费新吾小心翼翼地说："他信中暗示的可能性当然是胡说八道了，对吧？"

谢教授略为迟疑后才回答："当然。但是，我不妨向你们介绍一下这方面的最新进展。你们有没有兴趣？"

两人交换一下眼神，说："十分乐意。"

谢教授饮了一杯茴香酒，略为整理思路后，说："大家都知道，人类的基因遗传是上帝最神奇的魔术。科学家曾做过估计，如果用非生物的方法制造一个婴儿，所花的代价将是人类有史以来所创造财富的总和！但上帝是如何造人的？一颗精子和一颗卵子的碰撞，伴随着男人女人的爱情欢歌，一个新生命就诞生了。直到现在，尽管已在基因研究领域中徜徉了四十年，我对这种上帝的魔术仍充满畏惧之情。"他停顿一下，接着说，"不过，日益强大的人类已经揭掉了这个宝藏的封条，开始剖析这个魔术的技术细节。现在，人类基因组标识工作已经全部完成，对其中40%的染色体又排出了图谱和进行解析，掌握了这部分基因的功能。比如，医学科学家可以准确地指出各种致病基因的位置并去修正它们，像肥胖基因、耳聋基因、哮喘病基因、血友病基因、白血病基因等，总之，现代医学已能用基因工程的办法治愈这些遗传病患者，使他们享受健康的权利。

"但是，人类在获得健康上的平等后，还存在着体能上的不平等。专家说，黑人的体质确实适于短跑。他们的髋部较窄，小腿较细，跑动中空气阻力小，股四头肌发达，肌腱结缔组织厚，肌肉黏滞性好，用力时不硬化，尤其是肌纤维中的厌氧酶高，快肌纤维的比率大。所以特别适于短跑。"他耐心地解释，"人的骨骼肌分红肌和白肌两种。红肌也称慢肌，毛细血管丰富，所以呈红色，这种肌纤维中含肌浆、肌红蛋白、糖元、线粒体和各种氧化酶较多，主要靠有氧代谢产生的 ATP（三磷酸腺苷）供能，所以氧化能力强，不易疲劳。但反应速度慢，收缩力量小，不适于快速运动。白肌又称快肌，受大运动神经元支配，这种肌纤维中脂类、ATP 和 CP（磷酸肌酸）含量较多，主要靠无氧酵解产生的 ATP供能。据测定，加勒比黑人的小腿三头肌中快肌高达 65% 到 85%，所以奔跑特别迅速。如果我们把黑人的快肌生长基因植入白人和黄种人体内，就会使他们的短跑能力大大提高，使各个种族在体能上趋于平等。从本质上讲，这不过是用基因工程的微观办法代替异族通婚，并不是什么大逆不道的行为。可惜，西方国家的科学界有一种根深蒂固的观点，认为这是向上帝的权利挑战。他们只允许补救上帝的不足而不允许比上帝干得更好。所以，在正统的生物伦理学戒律中，这样干是违禁的事。"

费新吾和田延豹听得一头雾水，两人相对苦笑。费新吾说："谢教授，我越听越糊涂了，我怎么觉得你的观点和那封诽谤信中的观点是完全一致的？"他踌躇片刻后，说，"坦率地讲，我从你的话中得出了这样的印象：你认为用基因工程办法改良人类并不是一种罪恶，甚至在悄悄地这样干了。但为了不被舆论所淹没，你在口头上不敢承认这一点。"

谢教授仰靠在椅背上，沉默很久才答非所问地说："你们两位呢，是否觉得这种基因优化技术是一种罪恶？"

费新吾摇摇头："我不知道，我已被你的雄辩征服了。但我是今天才认真思考这个问题的，还不能得出结论。"

三人陷于尴尬的沉默。透过落地窗户，他们看到一辆黑色轿车开过来，停在饭店外，一名带着照相机的中年男子走下来，仔细看看谢教授那辆富豪车的车牌，随即兴奋地冲进饭店。他在人群中一眼看到了谢教授，立即对他拍了两张照片，然后把话筒递过来，用英语问道："谢先生，我是加拿大CBC电台的记者。我已经看到了今天的美国基督教科学箴言报，知道谢豹飞先生实际是你用基因改良技术培育出的超人，你能谈谈其中的详情吗？"

谢教授厌恶地看看他，不管他怎样哀求，一直固执地闭着嘴巴。费新吾走过去，用力推着那位记者，把他送出门外，回过头看见谢教授仍靠在椅背上一动不动。饭店里的顾客有不少懂英语的，他们都停下刀叉，把惊奇的目光聚焦在谢教授身上。田延豹探头看看门外，那个记者正和饭店的保卫人员在推搡。又有几辆汽车飞快地开过来，走下一群记者模样的人。他忙拉起谢教授，向侍者问清了后门在哪里，三个人很快溜走了。

回程的路上，三人都沉默着。谢教授把两人送到旅馆，简短地说道："我要回去了，我想早点休息。"

两人与教授告别，看着那辆富豪车开走。他们回到自己的旅馆，走进房间，先按下录音键，话筒中是田歌兴奋的声音："费叔叔，豹哥。鲍菲给我买了一艘漂亮的游艇。我们准备在地中海好好玩三天。你们如果想回国的话，不必等我。这几天我不再同你们联系，为了避开讨厌的记者，这艘游艇上将实行严格的无线电静默。再见，我会照顾好自己……并守身如玉。"

虽然心绪繁乱，但费新吾不由得哑然失笑。难得这个现代派女子还有这种可贵的贞节观，虽然他不相信在那样浪漫的旅途中，在仙境般的水光山色中，一对热恋的情人能够做到这一点。田延豹的目光明显变暗了，不高兴地摁断录音。费新吾看看他，打趣道："你干吗不高兴？算了，不必摆出一副老兄嫁妹的苦脸，她早晚是人家的人。如果这段姻缘真的如愿，你也算尽到了当哥的职责啦。怎么样，咱们是否明天回国？我的荷包已经瘪了。"

田延豹犹豫片刻，说："再等几天吧，田歌那边总得看到一个圆满的结局呀。"

"也好，其实我也想等几天，看看谢教授那儿还有什么变化。"

说起谢教授，费新吾立即从沙发上蹦起来，打开电脑，连接互联网络。他的直觉告诉他，那件事不会就此了结。果然，公共留言板上又有了一封信件，这是那个神秘人物的第三支毒箭。与这支毒箭相比，此前种种都不值一提。他迅速看下去，太阳穴嗡嗡发响，血液猛劲上冲。田延豹偶然瞥见他满脸涨红，咻咻地喘气，在床上关心地问："老费，你是怎么了？"

费新吾喘息着，手指颤抖地指着屏幕："你来！你自己看！"

"在我上一封信披露谢可征教授的基因嵌接技术之后，事情的真相已经逐渐明朗化。我的老友、正直坦诚的费新吾先生和田延豹先生当面质询了谢教授，后者坦认不讳（田延豹恨恨地骂道：这个无赖）。但我刚刚发现其中另有隐情，我们几乎全被他轻易地骗住了。在华裔智者谢可征先生的计谋中，我们表现得像一群傻子。这几天，我们似乎都忽略了一个很明显的问题：显然，纵然是百米之王刘易斯的基因也不能让鲍菲打破 9.5 秒大关，因为刘易斯先生本人也远未达到这个高度。

"也许，谜底存在于另一桩事实中。我已经做过详细了解，二十六年前，向雷泽夫大学医学院提供体细胞和精液的并非刘易斯一人，还有体能远远超过刘易斯的另一位先生。这位先生的肌肉内含有较多的能量之源——线粒体，因而奔跑更为迅速。刘易斯先生的百米最高时速是 43.37 公里，而后者的瞬间时速可高达 130 公里！

"这位先生名叫塞普，来自非洲察沃国家公园。它的速度是所有哺乳动物中最快的。让我小心地把谜底揭开吧，塞普先生是一只凶猛剽悍的非洲猎豹！"

非洲猎豹！

非洲察沃国家公园的稀树大草原。在一米多深的硬毛须芒草和营草的草丛中，一只母猎豹逆着风悄悄向羚羊群接近。它已经怀孕了，一套有关四条小生命的复杂的链式反应已经启动，通过种种物理的化学的媒介，表现为强烈的食欲。它急需补充营养。枯草丛后露出一只未成年的羚羊，它警惕地向四方睃视着，四条优雅的细腿随时准备跳蹿而去。母豹知道这只羚羊不是好的猎杀对象，它已足够强壮，很可能逃脱自己的利爪。但在饥饿的驱使下，它踌躇片刻，深深吸了一口气，突然猛扑过去。小羚羊及时发现了敌人，敏捷地逃走了。母猎豹全速追赶，距离越来越近。相比之下，猎豹更适于短期的快速奔跑，它高踞于陆地动物奔跑速度的顶峰。它有流线型的轻盈体躯，长而发达的肢体，善于平衡的粗尾，发达的心脏，特大的肺。头部具有阻力最小的空气动力学特点，双肩可不断滑动使步伐加大。它的脊柱在高速奔跑中就像是弹簧，能曲能伸。猎豹的犬牙非常小，以至于当它辛辛苦苦捕到猎物后（它常常要喘息二十分钟才能进食），如果碰上鬣狗或狮子来抢食，它只能胆怯地逃走，因为它的小犬牙无法同强敌搏斗。但进化之神为什么给它留下这点瑕疵？不，这是为了留下足够大的呼吸空腔。当至关重要的搏杀能力与奔跑能力相矛盾时，也只有被舍弃了。

猎豹身体的每一部分都是为奔跑而特意定制的，这是进化之路中的残忍的选择。但速度逊于猎豹的羚羊也自有天赋的本领。猎豹是短跑之王，羚羊则是灵活转弯的翘楚。它灵巧地左蹦右跳，一次次从母猎豹的利爪下逃脱。双方的速度都开始减慢，小羚羊更甚，它的黑眼珠里已经有了恐惧，母猎豹确信下次的一扑将把小羚羊扑倒。就在这时，它听到了自己体内的警告。猎豹在追猎时是屏住气息的，就像人类的百米选手一样，现在氧气已经耗尽，它的血液不再能提供奔跑所需的巨大能量，再奔跑下去它的心脏就要破裂……母豹只好收住脚步，塌肩弓背，凶猛地喘息着，眼睁睁看着猎物轻快地逃走。

只差 0.5 米，这 0.5 米是捕食者和被捕食者的生死线：或者羚羊被杀死，或者猎豹饿死。母猎豹疲惫地久久地注视着自己的猎物，在它的潜意识中，一定滋生了极强烈的欲望：让自己的四肢跑得再快一点，再快一点点！

这只猎豹最终没有饿死，它就是塞普的母亲。没人知道这位母亲那一瞬间的强烈欲望是否也能通过染色体遗传给下一代。科学界公认的遗传变异规律，是说生物基因只能产生随机性的变化，被环境汰劣取优，从而使生物一点点向优良性状进化。这种盲目进化的观点未免不大可信。不妨考虑爬行动物向鸟类的进化。在盲目的随机的变异中，怎么能"恰巧"进化出羽毛、龙骨突、飞行肌等变异基因？即使可以，无数变异性状进行纯数学的排列组合，得出的将是天文数字，它不可能在有限的地质年龄中得到验证和取舍。也许某一天科学家们会发现，生物强烈的求生欲才是遗传变异的指路灯，它在冥冥中引导染色体做"定向"的而不是盲目的变异：使渴望奔跑迅速的兽类变得四肢强健，使渴望飞翔的爬虫变异出羽毛，使渴望游泳的哺乳动物变异出尾鳍。

也许，嵌入谢豹飞体内的片断的猎豹染色体也能传递一定的欲望？

费新吾和田延豹沉重地喘息着，互相躲避着对方的目光，一种冷酷滞重的氛围渐次升起。他们几乎同时认识到，尽管这个神秘人物心理阴暗，几近无赖，但他指出的恰恰是事实。在那位远远超越时代的、生命力强盛的短跑之王身上，肯定嵌入了猎豹的基因片断。

几天来，他们就像是玩九宫格填数游戏的学生，一味在外围揣测、推理、嗅探、追踪，费尽心机来破译这个非常复杂的谜语。但是，只要把一个正确的数字填到九宫格的中心，一切都变得非常简单，太简单了！

对这个结论，至少费新吾不感到意外，这些天，他已通过网络查阅了大量的有关基因的资料。DNA 是上帝的魔术，但任何魔术实际上只是充分发展的技术——尽管这些技术十分精细十分神秘，但终究是人类可以逐渐掌握的技术。而掌握了基因技术的人类将成为新的上帝，随心所欲地改良上帝创造的亿万生灵——包括人类自身。

他在脑海中历数二三十年来基因工程技术的神奇发展。

早在上个世纪末，科学家就定位了果蝇的眼睛基因，并能够随心所欲地启动这个基因，在果蝇身上或翅膀上激发出十个八个眼睛。他们还发现，地球上所有有限生物的成眼基因都是十分近似的，是从一个原始基因变化而来。所以，从理论上说，完全可以在人类的额角或后脑勺上激发出第三只眼睛，就像对果蝇做的那样。科学家们至今没有做到这一点，仅仅是因为他们"不愿"去做。

上个世纪末，美国俄亥俄州凯斯西储大学的研究小组，已经能制造"浓缩"的人体染色体，他们把染色体中的废基因剔掉，将有效基因融合或聚合，得到只有正常染色体长度 1/10 的、功效相同的染色体。

更早一点，瑞典隆德大学的一个研究小组将细菌血红蛋白基因移入烟草，英国爱丁堡罗斯林研究所将人的血红蛋白基因移入绵羊，以这种羊奶治疗人类的血友病；将人类抗胰蛋白酶植入绵羊，以治疗人类的囊性纤维变性。上述产品早已进入工业化生产。

二十一世纪初，医生们已不必再走这样的弯路，他们已经能将上述基因直接嵌入先天缺损的病人体内。

日本大阪微生物病理中心松野纯男则搞出了更惊人的成就。他将一种多管水母的一段基因植入老鼠体内，这种基因可分泌一种特殊的荧光绿蛋白（GFP），能在黑暗中发光，在紫外线的照射下光度更强。这段外来基因植入老鼠体内后能够正常遗传，繁衍出一代一代的绿光鼠。

人类已经接过了上帝的权杖，还有谁能限制他们使用这根权杖？

费新吾不是上帝的信徒，没有宗教界人士对基因技术的深深恐惧。对他们来说，基因技术比哥白尼的"日心说"、达尔文的"生物进化论"要更凶恶千百倍。费新吾也不是生物学家，对生物伦理学知之甚少，因而也没有生物学家那种"理智"的担心。他们一方面兢兢业业地开拓基因工程技术，一方面对任何微小的进展都抱有极大的戒心，生怕一条微裂纹会导致整个生命之网的崩裂。

所以，从理智上说，费新吾并不认为这是大逆不道的恶行。但他心中仍有隐隐的恐惧，说不清道不明的恐惧，他的脊背上掠过一波又一波的冷战。

电话铃一遍又一遍地响着，谢教授的房间里没人。他突然失踪了。

网络中的报道几乎与事实同步——短跑之王、豹人鲍菲·谢神秘失踪已经三天了。鲍菲·谢的父亲谢可征教授昨日神秘失踪。

世界发疯了。

雷泽夫大学医学院发言人："我们对社会上盛传的人豹杂交一无所

知。如果确有其事，那纯属谢可征教授的个人行为。我们谨向社会承诺：雷泽夫大学不会容忍这种欺骗行为。"

中国科学院遗传研究所发言人："谢可征教授是我们很熟悉的、德高望重的学者，我们不相信他会做出这样轻率的举动。对事态发展我们将拭目以待。"

本届奥运会男子百米银牌得主、尼日利亚的埃津瓦："我不知道深奥的基因技术能不能做到这一点，但我早就怀疑鲍菲·谢的成绩啦。如果这是真的，我会把自己的银牌扔到垃圾箱里。想想吧，如果今天允许一个嵌着 1/1000 猎豹基因的'人'参加比赛，明天会不会牵来一只嵌有 1/100 人类基因的四条腿的猎豹？"

"费先生，田先生，我是澳大利亚堪培拉时报的记者。请问那位在互联网络公共留言板上披露这则惊人内幕的先生是谁？"

"无可奉告。"

"为什么？他多次宣称你们是他的挚友。"

"无可奉告。"

"他是否提前向你们透露了此则消息？你们是否当面质询过谢可征教授？"

"无可奉告。"

"那么田先生，令妹此刻是否正与鲍菲·谢在一块？他们目前躲在什么地方？我们已买到一些照片，足以证明两人之间的亲昵关系。"

"滚。"

晚上，两人仍然同榻而眠。田延豹曾戏谑地说："侍者一定把咱们当成同性恋了。"不过今天他没心戏谑了。他久久地盯着天花板，烟卷在唇边明明灭灭，很久以后，他终于开口："老费，明天我要出去找田歌。我不放心她和那人在一起。"

费新吾早就知道，田延豹和堂妹的感情极为深厚。他勉强开玩笑道："不必顾虑太多，即使谢豹飞身上嵌有猎豹基因的片断，他仍然是人，而不是一头豹子。"

"不管怎样，我要尽力找到她。"

"你到哪儿去找？"

"尽力而为吧，那么大的一艘游艇，不会没有一点踪迹。"

费新吾沉吟着，他想陪小田一块去，又觉得不能离开此地。田延豹猜到了他的想法，说："老费你留在这儿，我会经常同你联系，一旦田歌同这儿联系，请你立即把她的地址转给我。另外，也许谢教授会同你再度联系。"

"好吧，就这样安排。"

第二天一早，田延豹就乘车去比雷埃夫斯港。港口船舶管理局的一名职员接见了他。那人叫科斯迪斯，大约五十岁，身体健壮，满脸是黑中夹白的络腮胡子。

田延豹问："科斯迪斯先生，请问最近是否有一艘游艇在这儿注册？游艇的主人是鲍菲·谢，美国人。请你帮我查一下。"

科斯迪斯惊奇地说："鲍菲谢？就是人人谈论的那个豹人？不，没有，如果他在这儿注册，我一定会记得。"

"也许他是以田歌的名字注册的。"

科斯迪斯立即说："有！有一艘最新式的太阳能金属帆游艇，船名就叫'田歌号'，是利物浦船厂的产品。三天前，不，四天前在这儿注册的。"

"这艘游艇目前在哪儿？我的堂妹田歌告诉我，为了躲避记者，船上将实行无线电静默。但我急于找到它，我有十分重要的事。"

科斯迪斯笑道："这不难。如今的船上都有黑匣子，持续向外发出无线电脉冲，以便卫星定位系统能随时对每一艘船精确定位。我来帮你查一下。"

"太感谢你了。"

科斯迪斯向利物浦船厂查询了该船的无线电脉冲参数，又同全球卫星定位系统联系，卫星很快给出回答：田歌号目前已返回希腊领海，正泊在克里特岛的伊拉克利翁港口。科斯迪斯兴致勃勃地查找着——查到豹人的下落并不是每个人都能碰上的运气，他可以拿这则消息去卖一个大价钱。那个中国人由衷地一再表示谢意，要走时，他显然犹豫着，终于开口道："科斯迪斯先生，还有一个冒昧的请求——能否请你为田歌号的方位保密？你知道，我妹妹是鲍菲·谢的恋人，她现在并不知道所谓豹人的消息。我想慢慢告诉她，使她在心理上能够有所准备。"

科斯迪斯有些扫兴，他原打算送走这位中国人就去打电视台的电话。但那人的苦涩打动了他，犹豫片刻，他爽朗地说："好，我会用铅封死这个爱饶舌的嘴巴。祝你和那位小姐好运，你是一位难得的好兄长。"

"谢谢，我真不知道怎样才能表达我的感激。"

这些天，费新吾一直把自己关在屋子里，一边焦急地等待着田歌和谢教授的消息，一边努力查找浏览着有关基因工程的资料。他感慨地想，他早就该学一点基因工程的知识了。过去他总认为那是天地玄黄的东西，只与少数大脑袋科学家有关，只与科幻时代有关。他没有想到在如此短暂的时间里，它就会逼近到普通民众的身边。

上午，他接到田延豹的电话："老费，查询很顺利，我已得知这艘船泊在克里特岛的伊拉克利翁港。我正在联系一架水上飞机赶到那儿，届时我再同你联系。"

从屏幕上看，田延豹的表情比昨天略显轻松一些。费新吾也舒了口气，挂了电话，他回头坐到电脑前查了一会儿，电话铃又响了。拿起话筒，屏幕仍是关闭状态。他马上猜到了对方是谁。果然，他听到了那个尖锐的、让人生理上感到烦躁的声音，这次是用汉语说的："费先生和田先生吗？还记得我吧，我说过要同你们联系的。"

费新吾又是鄙夷又是气怒地说："我也正要找你呢，你在电子函中说了不少不负责任的话。"

那人笑道："我知道我知道，非常抱歉，我想以后你会谅解我的苦心。你愿意同我见次面吗？我会把此事的根根梢梢全部告诉你。"

费新吾没有犹豫："好的，我们在哪儿见面？"

"到奥林匹亚的宙斯神殿吧。"

"到奥林匹亚？那儿距雅典有六个小时的路程呢。"

"对，那样才能避开记者的耳目。另外，我很想把这次意义重大的谈话放到一个合适的历史背景中。奥林匹亚是奥林匹克运动的发祥地，那儿的宙斯神殿可以说是西方神话的源头。我想，万神之王一定会乐意聆听我们的谈话。晚上六点在宙斯神像下见面，好吗？再见。"

放下电话，费新吾不由沉吟着，电话中仍是那个神秘人物的声音，但似乎那个人变了，自信，从容，上帝般的睥睨众生。这究竟是怎么回事？他急于见到此人，揭开这折磨人的秘密。走之前，他在录音电话中留了几句话："小田，我去赴一个重要约会，今天不能赶回来了。你那儿如有进展，请详细留言。我会及时索取你的留言。"

他匆匆披上一件风衣，租了一辆雷诺牌轿车，立即向伯罗奔尼撒半岛的方向开去。

奥林匹亚是最能引发黍离之思的地方。这儿是历史和神话古迹的存放所，巍峨壮观的体育馆、宙斯神殿和希拉神殿都已塌裂。这些建筑中以宙斯神殿最为雄伟，它建于公元前468—前457年，是典型的朵利亚式石柱风格。殿内有高大的宙斯神像，左手执权杖，右手托着胜利女神。人们走进神殿时，眼睛恰与宙斯的脚掌平齐，这个高度差形象地表现了那时人类对众神的慑服。

但这个世界七大奇观之一的神像早已不复存在，它被罗马的征服者运走，并在一场大火中毁坏。费新吾走进大殿，只看见了残破的像基和横卧的石柱，他自嘲道，也许这正象征着众神在人类心目中的破落？

落日的余晖洒在残破的巨型石柱上，为这片属于历史和神话的场所涂上庄严的金粉。穿着鲜艳民族服装的希腊儿童在石柱间玩耍，手里拿着一种叫"的的乌梅梅利"的冰淇淋。他看到一辆富豪车停到停车场里，一个老人下车，匆匆走进神殿，费新吾不由大吃一惊——那正是失踪了三天的谢教授。

费新吾犹豫了几秒钟。因为牵涉到同那个神秘人物的约会，他不知道这会儿该不该同谢教授打招呼。但他随即想到，谢教授恰在此时此地出现，绝不会是巧合。很可能也是那个神秘人物约他来的，与今晚的谈话有关。于是他迎上去，唤了一声："谢教授！"

谢先生没有显出丝毫惊奇，看来，他果然知道今天的约会。他微笑着同费新吾握手，手掌温暖有力。费新吾细细端详着他。这是一个超越时代的强者，他只手掀起了这场世界范围的风暴，也几乎成了世界公敌。但他的表情看不出这些，他的目光仍是过去那样从容镇定。

谢教授微笑道："你早到了？"

"不，刚到。"

谢教授点点头，转身凝望着夕阳："多壮观的爱琴海落日。在这儿，连夕阳的余晖里也浸透了历史的意蕴。"

费新吾不想多事寒暄，直截了当地问："你知道今晚的这次约会？你知道那个可恶的神秘人物是谁吗？"

谢教授微微一笑，拉着他走到宙斯神像台基附近的一个偏僻处。他从口袋里掏出一个微型录音机，按下按键，里边立即响起了那个尖锐的声音："你愿意同我见一次面吗？我会把此事的根根梢梢全部告诉你。"

费新吾惊呆了："是你？那个神秘人物就是你？"

谢教授平静地说："对，是我。我使用了简单的声音变频器。很抱歉，这些天让你和田先生蒙在鼓里。但听完我的解释后，我想你能谅解我的苦心。"

费新吾脸色阴沉，一言不发，在心中痛恨自己的愚蠢，他早该看透这层伪装的！但在感情上，他顽固地不愿承认这一点。他无法把自己心目中明朗的、令人敬重的谢教授同那个阴暗的、令人厌恶的神秘人物叠合在一块。过了很久，他才声音低沉地问："那么，飞机上的邂逅也是预先安排好的？"

"对，我一直想找一张'他人之口'来向世界公布这个成果。这人应该是一个头脑清醒、没有宗教狂热和禁忌的人，应是生物学界圈子之外的人，应同体育界有一定渊源，事发时最好在雅典奥运会上。还有一点不言自明，这人最好是我的中国同胞，是一个中庸公允的儒者。去雅典前，我特意先到北京寻找这个人，我很快发现你是一个完美的人选，所以我未经允许就把你拉到这场风波中了，望请谅解。我当时不可能事先公布我的计划，因而不可能征询你的意见。"他又补充道，"我在两封电子函中说了一些不合事实的话，也是想尽量树立你的权威发言人地位。这个身份以后会有用的。"

在此前的交往中，费新吾一直很尊敬谢教授，但在两个真假形象叠合之后，他不自觉地产生了疏远和冷淡。他淡淡地说："可能我并没打算当这个发言人。"

"当然，等我把真相全部披露后，要由你自己做出决定。田先生呢？"

"他找田歌去了。教授，请讲吧。"

谢教授微笑道："实际上，我已经把真相基本全倒给你了。我之所以把此事的披露分成人工授精—嵌入人类基因—嵌入猎豹基因这样三个阶段，只是想把高压锅内的过热蒸汽慢慢泄出来。即使这样，这次爆炸仍然够猛烈了！"他开心地笑起来。

费新吾皱着眉头问："谢先生，你真的认为人兽杂交是一种进步或是一种善行？"

谢教授笑道："人兽杂交，这本身就是一种人类沙文主义的词汇。人类本身就诞生于兽类——回忆一下达尔文在揭示这个真理时遭到多少人的切齿痛恨吧！人体与兽体有千丝万缕的联系。追踪到细胞水平，所有动物（包括人类）都是相似的，更遑论哺乳动物之间了。在 DNA 中根本无法划定一条人兽之间的绝对界限。既然如此，坚持人类隔离于兽类的纯洁性又有什么意义呢？"

他停了停，接着说："当然，这种异种基因的嵌入不是没有一点副作用的。生物圈是一个极其复杂的立体网络，任何一个微裂缝都能扩展开去。但我想总得有人走出第一步，然后再去观察它引起的震荡，不管是积极的还是消极的，再决定下一步如何去做。我很高兴你是一个圈外人，没有受那些生物伦理学的毒害，那都是些逻辑混乱、漏洞百出、不知所云的东西。科学所遵循的戒律只有一条：看你的发现是否能使人类更强壮、更聪明，使人类的繁衍之树更茂盛。你尽可拿这样的准则来验证我的成果。"

费新吾几乎被他的自信和雄辩征服了。谢教授又恳切地说："如果你决定开口说话，我并不希望你仅仅当我的代言人。你一定要深入了解反对我的各种观点，尽可能地咨询各国的生物学家、社会学家、人类学家和未来学家，甚至包括神学家和生物伦理学家。再由你做出独立的思考，然后把你认为正确的观点告诉世人。你愿意这样做吗？"

费新吾对他的建议很满意，立即回答："我同意。"

"好，谢谢你的社会责任感。"他自信地说，"我相信一个头脑清醒、中庸公允的儒者会得出和我一样的结论，当然现在没必要谈这一点。一会儿我就交给你十个光盘，有关的资料应有尽有。"

费新吾说："你能否用尽量浅显的语言，向一个外行解释一下，怎样把外来基因嵌入到人类基因中？"

谢教授微笑道："并没有人们想象得那么难。你要知道，归根结底，基因是无生命物质靠'自组织'的方式诞生的，所以基因之间的联结'天然地'符合物理化学规律。染色体有三个主要部分，两端是端粒，它们就像鞋带两端的金属箍，作用是防止染色体之间互相发生融合；中间是可以复制的DNA短序列；另外还有被称作'复制起源'的DNA序列，它负责发动染色体的复制。上个世纪末，科学家就多次做过试验，把端粒去掉，再把剩余的染色体分成数段，放在合适的环境中，这些染色体片断又会精确地按着原来的顺序结合起来。猎豹和人类同属哺乳动物，各自控制肌肉生长的基因非常相似，所以相互置换是很容易的。"

他大致讲述了基因嵌入的具体过程，问："顺便问一句，鲍菲仍同田歌在一块吧？"

费新吾吃惊地问："这些天他同你也没有联系？"

"没有。我曾事先嘱咐他必须随时同我保持联络，但整整四天了，他没有这样做。恋人在怀，老爹就抛到脑后了。"他笑道。

费新吾却笑不出来，他的心房一沉，问："谢夫人知道儿子的秘密吗？"

"知道。除我之外，她是唯一的知情人。鲍菲本人并不知情。"

"这些天谢夫人没来电话？"

"没有。"

费新吾的心房又是一沉。沉默片刻，他觉得最好还是直言相告："那么，难道你们两人都没有想到，这几天已经披露的真相，至少是揣测，会对鲍菲造成多大的心理压力？你们两人都没有设身处地地为他想一想？"

谢教授的脸红了，目光中也有了一些惶惑，勉强笑道："谢谢你的提醒，他目前在哪儿？"

费新吾告诉他，田歌号游艇正泊在克里特岛的伊拉克利翁港，估计田延豹这时早与他们会合了。谢教授说："去饭店休息吧，我已预订了两套房间。到那儿后我再通过希腊政府的熟人同儿子联系，明天早上我们赶过去。"

开车去饭店的路上，两人都陷入各自的心思，没有多交谈。费新吾苦笑着想，看来，他已无意中看到了这项技术的第一个副作用：谢氏夫妇对儿子似乎没有多少亲情，谢豹飞只是他们的一个实验品，而不是他们的嫡亲儿子。在炫耀成功和保守儿子的隐私之间，谢教授选择的是前者。如果说当父亲的天生粗心，当母亲的也该想到啊。

饭店十分豪华，凭栏俯望，室内游泳池碧波荡漾。房间墙壁是灿烂的金黄色，挂着用紫檀木框镶嵌的杭州丝绣，地上铺着法国萨冯纳利地毯，天花板上悬着巨型镀金水银灯。卧室也相当宽敞。费新吾无心体会这些富贵情趣，他立即向雅典的那个旅馆打了电话，录音电话中仍是自己当时的留言，田延豹竟然未同他联系，这是不太正常的，按时间，他早该同田歌会合了。会不会出了什么意外？

虽然他一再宽解自己的多虑，但心中的忐忑却驱之不去。他在豪华的雪花石浴盆里匆匆冲了澡，然后摁灭壁灯，躺在床上。

他刚朦胧入睡，急骤的敲门声响起，一个人扭开房门进来。是谢教授。他的面色苍白，虽然还维持着表面的镇定，但已经不是那个从容自信、有上帝般目光的谢教授了。费新吾的心跳加快，急忙问："出了什么事？"

谢教授简单地回答："凶杀。官方已经派来直升机接我们过去了，飞机马上就到。"

费新吾匆匆穿上外衣，追问道："是谁被害？"

"田歌和鲍菲，两人都死了，田先生……已被拘留。"

这几天，"田歌号"几乎游遍了爱琴海的每个角落，穿行在历史与神话、海风和月光中。船上实施着严格的无线电静默，甚至连电视都基本不看，所以外界的风暴丝毫没有影响船上的伊甸园气氛。美轮美奂的游艇，强健美貌的恋人，细心的希腊女仆……田歌过的是公主般的生活。她出生在一个相当富裕的中国家庭，被父母捧在手心里长大。但这些天，她才知道了"富裕"和"豪富"的区别。

上船的第一天，田歌偎在鲍菲怀里，在他耳边轻声说："鲍菲，我的心早已属于你了，正因为我爱你太深，我想提出一个要求，你能答应吗？"

"你说吧，我一定答应。"

田歌羞涩地说："我不是守旧的女人，可是我想守住我的处女宝，直到我结婚的那一天。请你成全我的心意，好吗？"

谢豹飞高兴地答应了，这话正合他意。潜意识中，他一直希望把这一天尽量往后推。他想起温哥华的那名黑人妓女，想起自己在旧金山、香港和曼谷的几次艳遇。这几次男欢女爱的结局都是狂乱的、轮廓模糊的。他不明白为什么在每次性高潮后，尤其是闻到血腥味后，他血液中的狂暴就会迅速膨胀，完全冲溃理智。现在，面对着像薄胎瓷器一样美丽脆弱的田歌，自己会不会再次陷入那种癫狂？

这些天，他的表现完全是一个地道的绅士，每天尽情玩耍，晚上则吻别田歌，回到自己的房间。能做到这一点并不容易，终日耳鬓厮磨，揉来搓去，体内的情欲之火日渐炽烈。在拥抱中，田歌能感觉到这个男人变硬的肌肉，一次无意的碰撞都能激起神经质的战栗。有时田歌暗自想："要不就放纵一次？"不过她总能及时收敛心神。

这天晚上，两人吻别后，田歌躺在那张极宽敞的双人床上，凝视着窗外的圆月。今天正是月圆之夜，她几乎能听到月球引力在自己体液中激发的潮汐声。现代人类学的研究复活了古代的天人感应思想，比如人们发现，妇女经期就与月亮盈亏有直接的关系。在大洋洲及南美洲的一些原始部落里，妇女的经期严格遵照月亮的时刻表：满月时排卵，新月时来经。现代人已被房屋和灯光隔断了与月亮的天然联系，不过人类学家做过实验，让城市妇女睡在一间按月光调节灯光的屋内，半年后她们竟完全恢复了自然经期。人类学家还证明，满月会引起大脑左右电磁压差的显著变化。因此，在满月期间，狂躁病患者、癫病患者、梦游症患者发病的可能性会增大。

田歌不知道该不该把责任推给满月。但无论如何，今晚她体内的情欲之河比往日更加汹涌。她眼前一直晃荡着那具猎豹一样刚劲舒展的躯体，宽阔的肩头，修长强健的双腿，微凹的腰弯，凸起的臀部……随着她的回味，心底会泛起一波波的震颤。她终于克制了自己的欲望。

今天是满月之夜。

谢豹飞立在窗前，呆呆地仰望着。月色清冷而忧郁。45亿年前它就高悬于天际，照着蛮荒的地球，照着地球上逐渐演化的生命，从20亿年前的浅海藻类，5.4亿年前的寒武纪生物群，2亿年前不可一世的恐龙家族，直到哺乳动物。也许，哺乳动物与月亮有更深的渊源。当哺乳动物从爬行动物兽弓目分化出来，于2.3亿年前第一次出现在地球上时，它们是胆怯的耗子似的小动物，在恐龙的淫威下昼伏夜出。在长达亿年的岁月里，盈亏不息的月亮是它们生活中的唯一刻度，是它们的心灵之源。直到6500万年前，恐龙家族衰落，卑微的哺乳动物却延续下来，成了地球的新霸主，并演化出狮、虎、熊、豹等强悍的兽中之王。这就难怪所有哺乳动物（包括人类）的生命周期与月亮盈亏有着密切的关系。

早在少年时代，他就知道这种联系。满月时，他的血液中会莫名其妙地涌动着狂暴之潮。有时他能把它压下去，有时则会失控，进而演变成与伙伴的恶战，他用牙齿代替拳头，体会着牙齿间的快感。

这些行为在父母的严责下收敛了，潜藏起来。父母也逐渐忘掉了某种恐惧。但在成年之后，他不无恐惧地发现，在他血液中滋生了另一个狂暴之源——性欲。而且，当性欲高潮恰与满月之夜相合时，狂暴的野火常常烧毁一切樊篱。

温哥华、香港、曼谷的狂暴之夜，那些可怜而讨厌的妓女……

田歌是他心目中的爱神。他绝不会在她的躯体上放纵那个魔鬼，但七天来的耳鬓厮磨浓缩着他的情欲，如今它已经变成咆哮奔腾的山洪。

他已经无法控制它了。

"不，我一定要控制它。"

温哥华那晚是一个性感的、年轻的黑人妓女。香港和曼谷是身材娇小、面目清秀的黄种人妓女，拉斯维加斯则是个白人女子，非常健壮，就像一匹纯种母马。他知道自己的性能力超过所有的男人，在他狂暴的轮番攻击下，那些女子常常下体出血，而血腥味又会导致他的彻底癫狂。那几晚的结局已不可回忆，他只记得曾发泄过、咬过，他也留下了应付的钱。

但这些不能加在田歌身上。

那时，他的生活已经对父母封闭了，即使是常常伴他去各地参赛的教练也不清楚，最多知道鲍菲偶尔会出去放纵一晚。他对自己的得意弟子十分宠爱，因此有意无意地忽略了弟子的异常。

性欲之火逐渐高涨，烧沸了血液。血液猛烈地冲击着太阳穴，那个魔鬼醒了，正狞笑着逼过来。他无法制服它。

也许母亲的声音能帮助他驱走魔鬼？母亲的声音，那遥远的但清晰可辨的催眠曲……他返回卧室，接通了家里的电话。

"妈妈，是我。"

妈妈在屏幕上焦急地看着他，急切地说："鲍菲，这些天来为什么不同家里联系？你已经知道了吗？"

"我知道。我知道那个魔鬼正在控制我的四肢、内脏和大脑。"

"孩子，你爸爸的宣布是必不可免的，但他未免过于仓促。无论如何，他该事先同你深谈一次呀。希望你能理解他。实际上他对基因嵌接术一直心怀警惕，他不想把这个危险的魔鬼留在手中。他早就决定在本届奥运会闭幕前向世人公布的，他不愿违反自己的承诺。"

基因嵌接术？魔鬼？

"孩子，快回来吧。纵然你体内嵌有猎豹的基因，但你仍是妈身上掉下的血肉。爸妈爱你胜过一切。如果你听到了什么言论，不要去理会它。好吗？"

猎豹基因？

"孩子，你为什么不说话？我知道你此刻的心绪一定很乱。田歌呢？她知道详情吗？你爸爸告诉我，她是个极可爱极善良的女孩，她一定不会计较你的身世。她在你的身边吗？我想同她谈一谈。"

在近乎癫狂的思维里，他总算弄明白了是怎么一回事。猎豹基因！原来他身上嵌有猎豹基因！许多人生之谜至此豁然明朗。他想起小时候就爱咬母亲的乳头，稍大时是伙伴的肩头，再往后是妓女的喉咙。那时，他不知道为什么会从齿间感到极度的快感。也许那时他已幻化为一头猎豹，正在月光下大吃大嚼呢。他咯咯地笑道："田歌已睡了，我不会打扰她的。再见。"

田歌忽然透过窗户看见了恋人的身影，他正倚在栏杆上，仰着脸呆呆地看着月亮。田歌悄悄开门出去，从后边揽住他的腰。这次谢豹飞没有热烈地拥抱她，他的身体显得非常僵硬，定定地盯着满月，像是在竭力回忆一个前生之梦。他的嘴里有很浓的威士忌的味道。田歌探头看看，发觉他的表情似乎在生气，也许是因为自己的拒绝？她温柔地说："天晚了，回去休息吧。"

她调皮地把情人推回他的房间，与他再次吻别，回到自己的床上。半个小时后，刚刚入睡的田歌被门锁的扭动声惊醒，赤身裸体的谢豹飞披着月光走进她的房间，他的雄性之旗挺然翘立。田歌面庞发烧，忙起身为他披上一件浴袍。谢豹飞顺势把她紧紧搂在怀里，他的肌肉深处泛起不可抑制的震颤。在这一瞬间，田歌再次泛起那个念头："要不就放纵一次？"但她仍克制住自己，柔声哄劝道："鲍菲，你答应过的，请你成全我的愿望，好吗？"

没有回答。田歌突然发觉恋人变了，他的目光十分狂热，没有理性。他抽出右手，一把撕破田歌的睡衣，裸露出浑圆的肩头和一只乳房。

田歌怒声喝道："豹飞！"她随即调整了情绪，勉强笑道，"豹飞，你是否喝醉了？我知道这几天你一定很难受，你冷静一点，好吗？我们坐下来谈话，好吗？"

谢豹飞仍一言不发，轻易地拎起田歌，大踏步地走过去，把田歌重重地摔到床上，然后刺啦一声，把她的睡衣全部扯掉。田歌勃然大怒，抓起毛巾被掩住身体，愤怒地喊："豹飞！你把我当成什么人？娼妓？女奴？"

谢豹飞又一把扯掉毛巾被，把田歌按在床上，绝望的田歌抽出右手，狠狠地给了他一耳光。这记耳光似乎更激起了他的兽性，他贪婪地盯着月光下她白皙诱人的胴体，喉咙里喘息着，扑了上去。

他很快制服了田歌的反抗。半个小时后，他才支起身体。身下的田歌早已停止了挣扎，头颅无力地垂在一旁，长发散落在雪白的床单上，下体浸在血泊中，浓重的血腥味扑鼻而来。谢豹飞并未因兽欲已经发泄而清醒，血腥味刺激着他的神经，在他意识深处唤起了一种模糊的欲望：他要咬住这个漂亮的脖子，体会牙齿间咀嚼的快感。

全身的血液一阵又一阵凶猛地往上冲，在癫狂中他呵呵地笑着，低下头咬紧猎物的颈项。

田延豹租用的水上飞机降落在田歌号附近的水面上。他发觉情况异常，一架警用直升机落在这艘游艇上，警灯不停地闪烁着。警察的身影在艇上来回晃动。一艘快艇驶过来，靠近他的水上飞机，一个长着黑胡子的希腊警察在船舷上大声问他是谁，来这儿干什么。然后他用无线报话器同上司交谈了两句，探过身大声喊着："请田先生上船吧！"

田延豹交代飞机驾驶员停在此地等他，急忙跳到船上，他心中那种不祥的预感更强烈了。他急急地问："先生，出了什么事？田歌还好吗？"

这位警察一言不发，仔细地对他搜了身，带他来到游艇。在餐厅里，警官提奥多里斯更加详细地询问了他的情况，尤其是追问他为什么"恰在这时"赶到凶杀现场。田延豹的眼前变黑了，声音喑哑地连声问："是谁被害了？是谁？"

提奥多里斯遗憾地说："是田小姐被害，凶手已经拘留。是船上的女仆发现的。可惜我们来晚了，你妹妹是一个多可爱的姑娘啊。"

提奥多里斯警官带他走进那间豪华的卧室，蜡烛形的镀金吊灯放射着柔和的金辉，照着那张极为宽敞、洁白松软的卧床。那本该是白雪公主才配使用的婚床，现在，田歌却躺在白色的殓单下面。田延豹手指颤抖着揭开殓单，田歌的头无力地歪着，黑亮的长发散落一旁。她眉头紧蹙，惨白的脸上凝结着痛苦和迷惘。也许她至死也不能相信命运之神会对她如此残酷，不相信她挚爱的恋人会这样残忍。

再往下是赤裸的肩头和乳胸，田延豹放下殓单，声音嘶哑地说："让我为她穿上衣服吧，她不能这样离开人世。"

警官同情地看看他，考虑到已不需要保留现场，便点头应允。他退出房间，让希腊女仆过来帮忙。女仆从浴室端来热水和浴巾，眼神战栗着，不敢正视死者。田延豹低声说："把热水放下，你到一边去吧。"

他轻轻揭开殓单，姑娘的身体仍如美玉般洁白而润泽，乳胸坚挺，腰部曲线流畅，像一尊完美的艺术品。但她身上布满了伤痕，像是抓伤和咬伤，脖项处有两排深深的牙印，已经变成紫色的瘀斑。她的下身浸在血泊中，血液已经黏稠，但还没有完全凝结。田延豹细心地揩净她的身体，在衣橱中找出她从家里带来的一套白色夏装，穿好，最后他留恋地凝望着田歌的面庞，轻轻盖上殓单。

走出房间，他问提奥多里斯警官，凶手在哪儿，他想同他谈一谈。他苦笑道："放心，我不会冲动，告诉你，我也是曾杀入奥运百米决赛的运动员，我想以同行的身份同他谈一谈，以便妥善了结此事。"

提奥多里斯犹豫片刻后，答应了，带他走进隔壁房间。谢豹飞被反铐在一张高背椅上，头发散乱，脸上有血痕，赤裸的身上披着一件浴衣。警官告诉田延豹，他们赶到时，谢豹飞精神似已错乱，绕室狂走，完全没有逃跑的打算，不过警察在逮捕他时经历了相当激烈的搏斗。警官小声骂道："这杂种！真像一头豹子，力大无穷。"

田延豹拉过一把椅子坐在他的面前，冷冷地打量着他。凶手的目光空洞狞厉，没有理性的成分，紧咬着牙关，嘴巴残忍地弯成弓形。

田延豹冷冷地说："谢先生认出我了吗？我是田歌的堂兄，也是一名短跑选手。小歌是我看着长大的，看着她从一个娇憨的步履蹒跚的小丫头，长成快乐的豆蔻少女，又长成玉洁冰清的美貌姑娘。我总是惊叹，她是造物主最完美的杰作，钟天地灵秀于一身。坦白地说，没有哪个男人不会对她产生爱慕之心。但我不幸是她的堂兄，只好把这种爱慕变成兄长的呵护，小心翼翼地守护着她，不让她受到一丝伤害。后来她遇上了你，我庆幸她遇见了理想的白马王子，我这个兄长可以从她的生活中退出来了。但是……"

在他沉痛地诉说时，提奥多里斯一直鄙夷地盯着谢豹飞，他能看出田先生沉痛的诉说丝毫未使那个杂种受到触动，他的目光仍是空洞狞厉。

田延豹停顿下来，艰难地喘息着，忽然爆发道："我宰了你这个畜生！"

他像猎豹一样迅猛地扑过去。精神迷乱的谢豹飞凭本能做出了反应，他敏捷地带着椅子蹿起来，但手铐妨碍了他的行动，在0.1秒的迟缓中，田延豹已经掐住他的脖子，两人连同椅子倒在地板上。提奥多里斯和另一名警察愣住了，因为田延豹一直在冷静地谈话，没料到他会突然爆发。他们立即跳起来，想把两人拉开。但田延豹的双手像一双铁钳，两个人无论如何也拉不开。眼看谢豹飞的脸已经变色，眼神已经开始涣散，提奥多里斯只好用警棍对着田延豹的脑袋来了一下。

田延豹晕了过去，两名警察这才把他的双手掰开。谢豹飞卡在椅子中间，头颅以极不自然的角度斜垂着，就像一株折断的芦苇。提奥多里斯急忙试试他的鼻息，翻看他的瞳孔——他已经死了，他是被高背椅硌断了脖子。

提奥多里斯十分懊丧，向警察局通报了这个情况。两个小时后，又一架直升机飞来。游艇上已经没有可停机的空地了，所以直升机悬停在空中，放下一架软梯。费新吾和谢可征从软梯上爬下来，旋翼气流猛烈地翻搅着他们的衣服。当他们站在两具尸体前时，谢教授努力克制着自己没有失态，只有手指在神经质地抖着。

对田延豹的审判在雅典拉萨琼法院举行。能容三百人的旁听席里座无虚席。这是一桩十分轰动的连环案，其中身兼凶手和被害人双重身份的鲍菲·谢既是百米王子，又是世界上第一位"豹人"，自然引起了新闻界极大的关注。田歌小姐虽然没有什么知名度，但这些天通过报纸电台的宣传，包括那些偷拍的热恋镜头，美貌的田歌已成了公众心目中最纯洁可爱的偶像。这种情绪甚至压倒了谢豹飞的名声，对田延豹的量刑无疑是有利的。

大厅中有一块被辟为记者席，各国记者云集此地，有美联社、路透社、共同社、俄通社……自然也少不了新华社。不过，由于凶手和死者都是中国人或华裔，这种情形对中国记者来说多少有些微妙，所以他们小心地保持着同其他记者的距离，沉默着，不愿与同行交谈。

审判厅前方的平台上放着三把黑色的高背皮椅，这是三名法官的座席。平台前边是证人席，小木桌上放着一本封皮已旧的《圣经》。左面是被告席，田延豹已经入席，他显得十分平静超脱，给别人的强烈印象是：他心愿已毕，以后不管是上天国还是下地狱都无所谓了。

费新吾坐在旁听席的第一排，一直同情地看着他，眼前不时闪过田歌的倩影，笑靥如花，俏语解人，水晶般纯洁……有时他想，换了他在场，照样会把那个该千刀万剐的凶手拍死！他回过目光，扫了一眼前排的一个空位，那是谢先生的位置，大概今天他不会来了。

那天，他们赶到田歌号游艇，目睹了一对恋人惨死的场景。作为凶手的田延豹没有丝毫歉疚，目光炯炯地盯着死者的父亲。作为苦主的谢教授反倒躲避着他的盯视，只是失神地看着死去的儿子。田延豹被押走后，费新吾陪谢教授到岛上开了一间房间，他想尽量劝慰这个被丧子之痛折磨的老人。谢教授沉默着，步履僵硬。等侍者退出房间，谢教授痛心地说："都怪我啊，没有及早发现豹儿是个虐待狂症患者，以致酿成今天的惨剧。"

费新吾心中渐次升起复杂的情感，怜悯、鄙夷夹杂着愤恨，因为他十分清楚谢教授的这个开场白是什么动机。他冷淡地问："谢豹飞仅仅是一个虐待狂？"

"对，美国是一个奇怪的社会，性虐狂和受虐狂比比皆是，他们在性高潮时会做出种种不可理喻的怪诞举动。据统计，在满月之夜发病率会更高一些。昨天是满月之夜吧？但我没发现豹儿也受到社会习俗的毒害，我对他的教育一直是很严格的。"

费新吾已经不能抑制自己的鄙夷了，他冷冷地问："你是想让我相信，他只是人类中的精神病人，与他体内嵌入的猎豹基因无关？"

　　谢教授一愣，苦笑道："当然无关，你不会相信这一套吧，一段控制肌肉发育的基因竟然能影响人性？"

　　费新吾大声说："我为什么不相信？什么是人性或兽性？归根结底，它是一种思维运动，是由一套指令引发的一系列电化学反应。它必然基于一定的物质结构。人性的形成当然与后天环境有很大关系，但同样与遗传密切有关。早在二十世纪末，科学家就发现有 XYY 基因的男子比具有 XY 正常基因的男子易于犯罪，常常杀死妓女，在公共场合暴露生殖器；还发现人类 11 号染色体上的 D4DR 基因有调节多巴胺的功能，从而影响性格，D4DR 较长的人常常追求冒险和刺激。其实，人体的所有基因与人性都有联系，或多或少，或直接或间接。作为一个杰出的学者，你会不了解这些发现？你真的相信猎豹的嵌入基因丝毫不影响人性？如果基因不影响性格，那么请你告诉我，猎豹的残忍和兔子的温顺究竟是由什么决定的？是在神学院礼仪学校的学习成绩不同吗？"

　　这些锋利的话使谢教授的精神突然崩溃了，他没有反驳，低下头，颤颤巍巍地回到自己的卧室。即使最冷静客观的科学家也难免被偏见蒙住眼睛，而这次他的偏见只是基于一个简单的事实：谢豹飞不仅是他的科研成果，还是他的儿子。

　　从那天晚上后两人没有再见面。第二天一早，费新吾就从这家旅馆搬走了，他不愿再同这位自私的教授住在一起，而且在那之后也一直没有同谢教授接触。这会儿，费新吾盯着旁听席上的空座位，心中还在鄙夷地想，对于谢教授来说，无论是儿子的横死还是田歌的不幸，在他心目中都没有占重要位置，他关心的是他的科学发现在科学史上的地位。

　　国家特派检察官柯斯马斯坐上原告席，他看见被告辩护人雅库里斯坐在被告旁边，便向这位熟人点头示意。雅库里斯律师今年五十岁，相貌普通，像一只沉默的老海龟，但柯斯马斯深知他的分量。这个老家伙头脑异常清醒，反应极为敏锐。只要一走上法庭，他就会进入极佳的竞技状态，发言有时雄辩，有时委婉，就像一个琴手那样熟练地拨弄着听众和陪审团的情感之弦。还有一条是最令人担心的：雅库里斯接手案件时有严格的选择，他向来只接那些能够取胜的（至少按他的估计如此）

业务，而这次，听说是他主动表示愿意当被告的律师。

不过，柯斯马斯不相信这次他会取胜。这个案件的脉络是十分清晰的，那个中国人的罪行毫无疑义，最多只是量刑轻重的问题。书记员喊了一声："肃静！"接着两名穿法袍的法官和一名庭长依次走进来，在法官席上就座，宣布审判开始。

柯斯马斯首先宣读起诉书，概述了此案的脉络，然后说："这是一个连环案，第一个被害人是纯洁美丽的田歌小姐，她挚爱着自己的恋人，却仅仅因为守护自己的处女宝就惨遭不幸，她激起我们深深的同情和对凶手的愤慨。但这并不是说田先生就能代替法律行施惩罚，血亲复仇的风俗在文明社会早已废弃。因此，尽管我们对田先生的激愤和冲动抱有同情，仍不得不把他作为预谋杀人犯送上法庭。"

柯斯马斯坐下后，雅库里斯神色冷静地走向陪审团，做了一次极短的陈述："我的委托人杀死谢豹飞是在两名警察的注视下进行的，他们都有清晰的证言，我的委托人对此也供认不讳。实际上，"他苦笑道，"田先生曾执意不让我为他辩护，他说他为田歌报了仇，可以安心赴死了。是他的朋友费新吾先生强迫他改变了主意，费先生说尽管你不惧怕死亡，你的妻子和未成年的女儿在盼着你回去！法官先生，陪审员先生，我的陈述完了。"

他突兀地结束了发言，把两个女人的"盼望"留给陪审员。

柯斯马斯开始询问证人。警官提奥多里斯第一个作证，详细追述了当时的过程。柯斯马斯追问："看过田歌小姐的遗体后，被告的表情是否很平静？"

"对，当然后来我才知道，这种平静只是一种假象。"

"他在要求见凶手谢豹飞时，是否曾说过'放心，我不会冲动，我想以同行的身份同他谈谈，以便妥善了结此事'？"

"对。"

"也就是说，他曾经成功地使你相信，他绝不会采取激烈的报复手段，在这种情形下你才放他去见鲍菲·谢的，是吗？"

"是的，我并不想因失察而受上司处分。"

柯斯马斯已在公众中成功地立起"预谋杀人"而不是"冲动杀人"的印象，他说："我的询问完了。"

律师雅库里斯慢慢走到证人面前。

"警官先生，被告在杀死鲍菲·谢之前，曾与他有过简短的谈话，你能向法庭复述吗？"

提奥多里斯复述了两人当时的谈话。雅库里斯接着问："那么，在田歌死后，他才第一次向世人承认，他也曾暗恋着漂亮的堂妹，但他用道德的力量约束了自己，仅是默默地守护着她，把爱情升华成悄悄的奉献，我说得对吗？"

"对。当时我们都很敬重他，他是一个正人君子。"

雅库里斯叹道："是的，一个真正的君子。我正是为此才主动提出做他的免费辩护律师。法官先生，我对这名证人的问题问完了。"

这名警官退场后，雅库里斯对法官说："我想询问几个仅与田歌被杀有关而与鲍菲·谢被杀无关的证人。这是在一个小时内发生的两起凶杀案，一桩案件的'因'是另一桩案件的'果'，因此我认为他们至少可以作为本案的间接证人。"

法官表示同意，按他的建议传来游艇上的女仆。

"请把你的姓名告诉法庭。"

"尼加拉·克里桑蒂。"

"你的职业。"

"案发时我是田歌小姐和鲍菲·谢先生的仆人。"

"请问，依你的印象，他们两人彼此相爱吗？"

"当然！我从没见过这么美好的一对情侣，这艘昂贵的游艇就是谢先生送给田小姐的。我真没有料到……"

"在四天的旅途中，他们发生过口角吗？"

"没有，他们总是依偎在一起，直到深夜才分开。"

"你是说，他们并没有睡在一起？"

"没有。律师先生，我十分佩服这位中国姑娘，她上船时就决定把处女宝留到婚礼之夜再献给丈夫。她对我说过，正因为她太爱谢先生，才做出了这样的决定。在几天的情热中她始终能坚守这道防线，真不容易！"

"那么，案发的那天晚上你是否注意到有什么异常？"

"有那么一点，那晚谢先生似乎不高兴，表情比较沉闷，我曾发现他独自到餐厅去饮酒。田小姐一直亲切地抚慰着他。我想，"她略为犹豫，"谢先生那晚一定是被情欲折磨，这对一个强壮的男人来说是很正常的，但谢先生曾赞同田小姐的决定，不好食言。我想他一定是为此生闷气。"

听众中有轻微的嘈嘈声。雅库里斯继续问："后来呢？"

"后来他们各自睡了，我也回到了自己的卧室。不久我听见田小姐屋里有响动，她在高声说话，好像很生气。我偷偷起来，把她的房门打开一条缝，见田小姐已经安静下来，谢先生歪着头趴在她的脖颈上亲吻。我又悄悄掩上门回去了。但不久，我发觉谢先生一个人在船舷上狂乱地跑动，赤身裸体，肚皮上好像有血迹。这时我忽然想到了电视上关于豹人的谈论。虽然谢先生那时一直隐瞒着姓名，但我发现他的相貌很像那个豹人。那一瞬间我突然意识到，"虽然已事隔一月，回忆到这儿，她的脸上仍浮出极度的恐惧，"谢先生刚才亲吻的姿势非常怪异，实际上他不像是在亲吻，更像是在撕咬田小姐的喉咙！"

她的声音发抖了，听众都感到一股寒意爬上脊背。女仆又补充了一句："我赶紧跑回田小姐的屋里，看到那种悲惨的景象，我真不敢相信自己的眼睛，因为谢先生曾是那样爱她！"

雅库里斯停止了询问："我的问题完了，谢谢。"

由于本案的脉络十分简单，法庭辩论很快就结束了。检察官柯斯马斯收拾文件时，特意看了看沉默的辩护人。今天这位名律师一直保持低调。当然，他成功地拨动了听众对凶手的同情之弦——但仅此而已，毕竟同情代替不了法律。看来，在雅库里斯的辩护生涯中，他要第一次尝到失败的滋味了。

田延豹在离席时，面色平静地向熟人告别，当目光扫到检察官身上时，他同样微笑着点头示意，柯斯马斯也点头回礼。他很遗憾，虽然不得不履行职责，但从内心讲，他对这位正直血性的凶手满怀敬意。

　　第二天早上九点，法庭再次开庭。身穿黑色西服的谢可征教授蹒跚地走进来，坐到那个一直空着的位子上。很多人把目光转向他，窃窃私语着。谢教授却在周围树起了冷漠之墙，高傲地微仰着头，半闭着眼睛，对周围的声音听而不闻。

　　法官宣布开庭后，雅库里斯同田延豹低声交谈几句，站起来要求做最后的陈述。他慢慢走到场中，苦笑着说："我想在座的所有人对被告的犯罪事实都没有疑问了。大家都同情他，但同情代替不了法律。早在上个世纪，在廉价的人道主义思潮冲击下，大部分西方国家都废除了死刑，唯独希腊还坚持着'杀人偿命'的古老律条。我认为这是希腊人的骄傲。自从人类步入文明，杀人一直是万罪之首，列于《圣经》的十诫之中。这是为什么？为什么杀死一只猪、羊不是犯罪，而杀人却是罪恶？这个貌似简单的问题实际是不能证明的，是人类社会公认的一条公理，它植根于人类对自身生命的敬畏。没有这种敬畏，人类的所有法律都失去了基础，人类的信仰将会出现大坍塌。所以，人类始终小心地守护着这一条善与恶的分界线。"

　　检察官惊奇地看着侃侃而谈的律师，心里揶揄地想，这位律师今天是否站错了位置？这番话应该是检察官去说才对。

　　雅库里斯大概猜到了他的心思，对他点点头，接着说下去："所以，如果确认我的委托人杀了人——不管他的愤怒是多么正当——法律仍将给他以严厉的惩罚。我们，包括田先生的亲属、陪审员和听众都将遗憾地接受这个判决。现在只余下一个小小的问题。"

　　他有意停顿下来，检察官立即竖起耳朵，心里有了不祥的预感。不仅是他，凡是了解雅库里斯其人的法官和陪审员也都竖起了耳朵，看他会在庭辩的最后关头祭出什么法宝。

　　在全场的寂静中，雅库里斯极清晰地、一字一顿地说："只有一个小小的问题，被告杀死的谢豹飞究竟是不是一个人？"

　　庭内有一刹那的停顿，紧接着是全场的骚动。检察官气愤地站起来。

　　没等他开口，雅库里斯立即堵住他："少安毋躁，少安毋躁。不错，在众人常识性的目光中，鲍菲·谢自然是人，这一点毫无疑问。他有人的五官，人的四肢，人的智力，说着人的语言，生活在人类社会中，具有人的法律地位，口袋里揣着美国的公民证、驾驶证、信用卡、保险卡等一大堆能说明他身份的证件。但是，正如大家所知道的，当他还是一颗受精卵时，他就被植入了非洲猎豹的基因片断。关于这一点，如果谁还有什么疑问的话，可以质询在座的证人谢可征教授。检察官先生，你有疑问吗？请你简单回答，有，还是没有。"

庭内的注意力没有指向检察官，而是全部转向谢可征，但谢教授仍是双眼微闭，浑似未闻。柯斯马斯不情愿地说："关于这一点我没有疑义，可是……"

雅库里斯再次打断了他，顺着他的话说了下去："可是你认为他的体内仅仅嵌有极少量的异种基因，只相当于人类基因的数万分之一，因此没人会怀疑他具有人的法律地位，对吧？那么，我想请博学的检察官先生回答一个问题，你认为当人体内的异种基因超过多少才会失去人的法律地位？1/1000？1/100？20/100？50/100？奥运会的百米亚军埃津瓦说得好，今天让一个嵌有 1/1000 猎豹基因的人参加百米赛跑，明天会不会牵来一只嵌有 1/100 人类基因的四条腿的豹子？不，人类必须守住这条防线，半步也不能后退，那就是，只要体内嵌有哪怕是极微量的异种基因，这人就应视同非人！"

柯斯马斯不耐烦地应辩道："恐怕律师先生离题太远了吧？我们是在辩论田延豹杀人案，并不是为鲍菲·谢的法律身份作出鉴定。那是美国警方的事。据我所知，世界上有不少人植入了猪的心脏，转基因山羊的肾脏。这些病人身上的异种成分并不在鲍菲之下，但并没有人对他们的'人'的身份产生怀疑。还有试管婴儿，可以说，这种繁衍生命的方式是违背上帝意愿的，科学界和宗教界都曾强烈反对，罗马教廷的反对态度至今不变。但反对归反对，世界上已有五十万试管婴儿降临于世，年龄最大的已经二十岁，他们平静地生活在人类社会中，享受着正常人的权利，从没有人敢说他们不具有人的身份。雅库里斯先生是否认为这些人——身上嵌有异种成分的或使用非自然生殖方式的人——不受法律保护？你敢对这几十万人说这句话吗？"

在柯斯马斯咄咄逼人的追问下，雅库里斯从容地微微一笑："检察官先生想激起五十万人的仇恨歇斯底里吗？我不会上当的。我说的非人不包括这些人，请注意，你说的都是病人，他们是先成为病人而后才植入异种基因。但鲍菲·谢是一个正常人，是植入异种基因后才变成不正常的人。这二者完全不同。"

柯斯马斯皱起眉头："我无法辨析你所说的精微字义。我想法官和陪审员也不会对此感兴趣。"

三位法官和十名陪审员都认真聆听着，但他们确实显得茫然和不耐烦。雅库里斯转向法官："法官大人，请原谅我在这个问题上精雕细刻。因为它正是本案的关键所在。我已经请来了生物学界的权威之一，相信他言简意赅的证词能使诸位很快拂去疑云。"

庭长略略犹豫，点头说："可以询问。"

满脸胡子的埃迪金斯走上证人席，依惯例发了誓。雅库里斯说："请向法庭说出你的名字和职业。"

"埃迪·金斯，美国马里兰州克里夫兰市雷泽夫大学医学院的遗传学家。顺便说一句——我知道某些记者对此一定感兴趣的——我是死者鲍菲·谢的父亲谢可征先生的同事。"

听众们对这个细节果然很感兴趣（这是否预示着同室相戕？），嗡嗡的议论声不绝于耳。谢教授冷然不为所动。费新吾的神色平静，但心中不免忐忑不安。庭辩的策略是雅库里斯、金斯和他共同商定的，它能不能取得最终成功，现在已到关键时刻了。

雅库里斯说："刚才我所说的病人与正常人的区别，你能向法庭解释清楚吗？请用尽量通俗的语言来讲，要知道，这儿的听众都不是科学家。"

"好的，我尽量做到这一点。"金斯简洁地说，"上帝曾认为，自他创造了人以后，人就是一成不变的。我想在科学昌明的二十一世纪，上帝也会承认自己的错误。实际上，人类的异化一直在进行着，从未间断。我们且不看从猿到人那种'自然的'异化过程，只看看'人为的'异化过程吧。从安装假牙、柳枝接骨起，这个异化就已经开始。现在，人类的异化早已不是涓涓细流，而是横流的山洪了。诸如更换动物器官、用基因手术治疗遗传病、试管婴儿、克隆人等，这些势头凶猛的异化使所有的有识之士都忧心忡忡。但是，'幸亏'此前的异化手段都是为病人使用的，其目的是让病人恢复正常人的状态，使他们享受上帝赐予众生的权利。极而言之，当这种种异化过程发展到极点，也不过是用'非自然'方法来尽量模拟一个'自然'的人。换句话说，这种手段只是为了更正上帝在工作中难免出现的疏漏，并未违背上帝的意愿。我的讲解，诸位是否都听明白了？"

法官和陪审员们都点点头。金斯继续讲下去："上述的例证中，也许克隆人算得上是半个例外，它不是使用在病人身上，而是用正常人来复制正常人。不过，我们姑且把克隆人也归到上述类型中吧。问题是，趾高气扬的科学家们决不会到此止步，他们还想比上帝做得更好。谢教授的基因嵌接术就是一次最伟大的里程碑式的成功。他能在二十六年前几乎是单枪匹马地做到这一点，实在是太难得了。我无法用语言表达我的敬佩——当然仅仅从技术的角度。"

谢教授成了众人注目的焦点，记者们忙碌地记录着。

"现在，在前沿科学界已经形成了一种共识——请注意，谢教授正是其中的重要一员，就连我的这些观点也有不少得之于他的教诲。这个共识就是，人类的异化是缓慢的、渐进的，但是，当人类变革自身的努力超越了'补足'阶段而迈入'改良'阶段时，人类的异化就超过了临界点。可以说，从谢教授的豹人开始，一种超越现人类的后人类已经出现了。你们不妨想象一下，马上就会在泳坛出现鱼人，在跳高中出现袋鼠人，在臭氧空洞的大气环境下出现耐紫外线的厚皮肤人等。如果你们再大胆一点，不妨想象一个能在海底城市生活的两栖人，一个具有超级智力的没有身体的巨脑人等。"他苦笑道，"坦率地说，我和谢教授同样致力于基因工程技术的开拓，但走到这儿，我就同他分道扬镳了。我是他的坚定的反对派，我认为超过某个界限、某个临界点的改良实际将导致人类的灭亡。"

雅库里斯追问道："你是说，科学界已形成共识，这种改良后的人已经超越了人类的范畴？"

金斯断然说："当然！我知道奥委会正陷入激烈的争论——豹人的成绩是否算是人类的成绩。依我看来，鲍菲的成绩当然是无效的，它不能算是人类的奥运成绩，倒可以作为后人类的第一个非正式体育纪录。"

"那么，人类的法律适用于鲍菲·谢吗？"

金斯摇摇头："这个问题由法律专家们回答吧。不过我想问一句，人类的法律适用于猿人吗？或者说，猿人的社会规则适用于人类吗？"

"谢谢，我的问题完了。"

金斯走下证人席。雅库里斯说："这位证人已经讲得很清楚了。法官先生，陪审员先生，我想本法庭面临的是一个全新的问题，我代表我的委托人向法庭提出一个从没人提过的要求——在判定被告'杀人'之前，请检察官先生拿出权威单位出具的证明，证明鲍菲·谢具有人的法律地位。"

柯斯马斯暗暗苦笑，他知道这个狡猾的律师已经打赢了这一仗。两天来，他一直在拨弄着法庭的同情之弦，使他们对不得不判被告有罪而内疚——忽然，他在法律之网上剪出了一个洞，可以让田先生脱身了。陪审员们如释重负的表情便足以说明这一点。其实何止陪审员和法官，连柯斯马斯本人也丧失了继续争下去的兴趣，就让那个值得同情的凶手逃脱惩罚，回到他的妻女身边去吧。

雅库里斯仍在侃侃而谈："死者鲍菲·谢确实是一个受害者，另一种意义的受害者。他本来是一个正常人，虽然也许没有出众的体育天才，但有着善良的性格，能赢得美满的爱情，有一个虽然平凡却幸福的人生。但是，有人擅自把猎豹基因嵌入他的体内，使他既获得猎豹的强健肌肉，又具有猎豹的残忍，因此才酿成了今天的悲剧。那个妄图代替上帝的人才是真正的罪犯，因为他肆意粉碎了宇宙的秩序，毁坏了上帝赋予众生的和谐和安宁。"他猛然转向谢教授，"他必将受到审判，无论是在人类的法庭还是在上帝的法庭！"

雅库里斯的目光像两把赤红的剑，咄咄逼人地射向谢教授，但谢教授仍保持着他的冷漠。记者们全都转向他，闪光灯闪成一片。旁听席上有少数人不知内情，低声交谈着。法官不得不下令让大家肃静。

很久，谢教授才站起来，平静地说："法官先生，既然这位律师先生提到了我，我可以在法庭作出答辩吗？"

三名法官低声交谈几句，允许他以证人的身份陈述。

谢教授走向证人席，首先把《圣经》推到一边，微微一笑："我不信《圣经》中的上帝，所以只能凭我的良知发誓，我将向法庭提供的陈述是完全真实的。"他面向观众，两眼炯炯有神，"这位律师先生曾要求权威单位出具证明，我想我就具备了这种权威身份。我要出具的证言是——的确，鲍菲·谢已经不能归于自然人类的范畴了，他属于新的人类，姑且把它命名为后人类，他是后人类中第一个降临于世界的。因此，在适用于后人类的法律问世之前，田延豹先生可以无罪释放。"

他向被告点头示意。法庭上所有人，无论是法官、被告、辩护律师、陪审员还是听众，都没有料到被害人的父亲竟然这样大度，庭内响起一片嗡嗡声。

谢教授继续说道："至于雅库里斯先生指控我的罪名，我想请他不要忘了历史。当达尔文的物种起源发表后，也曾激起轩然大波，无数'人类纯洁'的卫道士群起而攻，咒骂他是猴子的子孙。随着科学的进步，现在已经很少有人羞于当'猴子的子孙'了。不过，那种卫道士并没有断子绝孙，他们会改头换面，重新掀起一轮新的喧嚣。从身体结构上说，人类和兽类有什么截然分开的界限？没有，根本没有。所有生物都是同源的，是一脉相承的血亲。不错，人类告别了蒙昧，建立了人类文明，从而与兽类区别开来。但这是对精神世界而言。若从身体结构上看，人兽之间并没有这条界限。既然如此，只要对人类的生存有利，在人体内嵌入少量的异种基因为什么竟成了大逆不道的罪恶？

"自然界是变化发展的，这种变异永无止境。从生命诞生至今，至少已有90%的生物物种灭绝了，只有适应环境的物种才能生存。这个道理已被人们广泛认可，但从未有人想到这条生物界的规律也适用于人类。在我们的目光中，人类自身结构已经十全十美，不需要进步了。如果环境与我们不适合——那就改变环境来迎合我们嘛。这是一种典型的人类自大狂。比起地球，比起浩渺的宇宙，人类太渺小了，即使亿万年后人类也没有能力去改变整个外部环境。那么我要问，假如十万年后地球环境发生了很大的变化，人类必须离开陆地而生活在海洋中，或者必须生活在没有阳光、仅有硫化氢提供能量的深海热泉中？生活在近乎无水的环境中？生活在温度超过 80℃ 的高温条件下（这是蛋白质凝固的温度）？上述这些苛刻的环境中都有蓬勃的生命，换句话说，都有可供人类改进自身的基因结构。如果当真有那么一天，我们是墨守成规、抱残守缺、坐等某种新的文明生物替代人类，还是改变自己的身体结构去适应环境，把人类文明延续下去？"

他的雄辩征服了听众，全场鸦雀无声。

谢教授目光如炬地说下去："我知道，人类由于强大的思维惯性，不可能在一夜之间接受这种'异端邪说'，正像日心说和进化论曾被摧残一样，很可能，我会被守旧的科学界烧死在二十一世纪的火刑柱上，但不管怎样，我不会改变自己的信仰，不会放弃一个先知者的义务。如果必须用鲜血来激醒人类的愚昧，我会毫不犹豫地献出我的儿子，甚至我自己。"

记者们都飞快地记录着，他们以职业的敏感意识到，今天是一场历史性的审判，它宣布了"后人类"的诞生。谢教授的发言十分尖锐，简直使人感到肉体上的痛楚，但它有着强大的逻辑力量，让你不得不信服。连法官也听得入迷，没有试图打断这些显然已跑题的陈述。谢教授结束发言，居高临下地俯视着听众，高傲的目光中微带怜悯，就像上帝在俯视着自己的羔羊。然后他慢慢走下证人席，回到自己的座位上。

他的陈述完全扭转了法庭的气氛，使一个被指控的罪人羽化成悲壮的英雄。三名法官低声交谈着，忽然旁听席上有人轻声说道："法官先生，允许我提供证言吗？"

大家朝那边看去，是一个六十岁左右的老妇人，鬓发花白，穿着黑色的衣裙，看模样是黄种人。

法官问："你的姓名？"

"方若华，我是鲍菲的母亲，谢先生的妻子。"

费新吾恍然回忆起，这个妇人昨天就来了，一直默默坐在角落里，皱纹中掩着深深的苦楚。他曾经奇怪，鲍菲的母亲为什么一直不露面。现在看来，这个家庭里一定有不能向外人道的纠葛。谢教授仍高傲地眯着双眼，头颅微微后仰，但费新吾发现，他面颊上的肌肉在微微抖动着。庭长同意了妇人的要求，她慢慢走到证人席，目光扫过被告、检察官和陪审员，定在丈夫的脸上。她说："我是二十八年前同谢先生结婚的，他今天在法庭陈述的思想在那时就已经定型了。那时，我是他的一个助手，也是他坚定的信仰者。当时我们都知道基因嵌接术在社会舆论中是大逆不道的，所谓始作俑者，其无后乎，率先去做的人是不会有好结局的。但我和丈夫义无反顾地开始去进行这件事。

"后来，我们的爱情有了第一颗果实，在受精卵发育到八胚胎期时，丈夫从我的子宫里取出八颗胚胎细胞，开始了他的基因嵌接术。"她的嘴唇颤抖着，艰难地说，"不久前死去的鲍菲是我的第七个儿子，也是唯一发育成功的一个。"

片刻之后，人们才意识到这句话的含义，庭内响起一片嗡嗡声。

妇人苦涩地说："第一颗改造过的受精卵在当年植入我的子宫，我也像所有的母亲一样，感受到了体内的神秘变化，我也曾呕吐、嗜酸，感受到轻微的胎动。体内的黄体胴分泌加快，转变成强烈的母爱。我也曾多次憧憬着儿子惹人爱怜的模样……但这次妊娠不久就被中止了。超声波检查表明，他根本不具人形，只是一个丑陋的、能够生长和搏动的肉团而已！"

她沉默下来，回想起当年听到这个噩耗时五内俱碎的痛楚。不管怎样，那也是她身上的一块血肉。听众都体会到了一个母亲的痛苦，安静地等她说下去。

停了一会儿，她接着说："流产之后，丈夫立即把这团血肉处理了，没有让我看见，但我对这团不成形的血肉一直怀着深深的歉疚。直到第二个胎儿开始在腹中搏动时，这种痛楚才稍许减轻了一些。可是，第二个胎儿也是同样的命运。这种使人发疯的过程总共重复了六次。六次啊，这些反复不已的锯割已经超过我的精神承受能力，我几乎要发疯了。"

她苦笑道，"不过我并不怪我的丈夫，他探索的是宇宙之秘，谁能保证没有几次失败？等第七颗胚细胞做完基因嵌接术，丈夫不愿我再受折磨，想找一个代理母亲，我坚决拒绝了。我不能容忍自己的儿子让别人去孕育。还好，这次获得了空前的成功。我满怀喜悦，小心翼翼地把这个体育天才养育成人。不过，坦率地讲，我心里一直有抹不去的可怕预感，这种预感一直伴随着鲍菲长大。这次儿子来雅典比赛，我甚至不敢赶来观看。鲍菲在赛后曾欣喜地告诉我，说他遇上了世上最美的一个姑娘，我也为他高兴，谁料到仅仅三天后……"

她说不下去了。法官们交换着目光，都不去打断她。她接着说："一个月前，我来到雅典，儿子和田小姐的尸体使我痛不欲生。但你们可知道，我丈夫是如何安慰我的？他说，有人说鲍菲的兽性来自嵌入的猎豹基因，他要把第八颗冷冻的胚细胞解冻，进行同样的基因嵌接术，让他按鲍菲的生活之路成长，以此来推翻或验证这种结论。从那时起，我就知道我们之间的婚姻已经完结了。不错，谢先生是在勇敢地探索他的真理，百折不回，但这种真理太残酷，一个女人已经不能承受了。在那次谈话后，我立即返回美国，谢先生，"她转向旁听席上的丈夫，"你知道我回去的目的吗？我已经请人把最后一颗胚细胞植入我的子宫，但没有做什么基因嵌接术。我要以五十九岁的年龄再当一次母亲，生下一个没有体育天才的、普普通通的孩子！"她回过头歉然道，"法官先生，我的话完了。"

法庭休庭两个小时后，重新开庭，法官和陪审员走回自己的座位，两名法警把田延豹带到法官面前。法庭里非常寂静。在前一段庭审中，听众已经经历了几次感情反复，谢教授从一个邪恶的科学狂人变成悲壮的殉道者，但这个形象随后又被鲍菲母亲的话重重地涂上黑色。现在听众们紧张地等待着判决结果。

法官开始发言："诸位先生，我们所经历的是一场十分特殊的审判，诚如雅库里斯先生和谢可征先生所说，在所有人类的法律中，尽管人们可能没有意识到，但的确有两条公理，是法律赖以存在的、不需求证的公理，即人的定义和人类对自身生命的敬畏。现在，这两条公理已经受到挑战。"他苦笑道，"坦率地说，对此案的判决已经超出了本庭的能力。我想此时此刻，在新的法律问世之前，世界上没有任何法官能对此做出判决。对于法官的名誉来说，比较保险的办法是不理会关于后人类的提法，仍遵循现有的法律——毕竟鲍菲·谢有确定的法律身份。但是，我和大多数同事认为这不是负责的态度。金斯先生，还有谢可征先生都对后人类问题做了极有说服力的剖析。刚才的两个小时内，我又尽可能咨询了世界上有名的人类学家、社会学家、生物学家和物理学家，他们的观点大致和两位先生关于后人类的观点相同。所以，我们在判决时考虑了上述因素。需要说明一点，即使鲍菲·谢已经不属于现人类，也没有人认为两种人类间的仇杀就是正当的。我们只是想把此案的判决推迟一下，推迟到有了法律依据时再进行。所以，我即将宣读的判决是权宜性的，是在现行法律基础上所作的变通。"

他清清嗓子，开始宣读判决书："因此，根据国家授予我的权力，并根据现行的法律，我宣布，在没有认定鲍菲·谢作为'人'的法律身份之前，被告田延豹取保释放。鉴于本案的特殊性，诉讼费取消。"

《纽约时报》再一次领先同行，在电子版上率先发出了一份颇有分量的报道：

"法庭已宣布田延豹取保释放——实际是无限期地推迟了对他的判决。律师雅库里斯胜利了，他用奇兵突出的辩护改变了审判的轨道。公众情绪胜利了，他们觉得这种结果可以告慰死者——无辜而可爱的田歌小姐。

"但法庭中还有一位真正的胜利者，那就是科学之神，是谢可征、埃迪·金斯所代表的科学之神。她正踏着沉重的步伐迈过人类的头顶。这里有一个奇怪的悖论：尽管科学的昌明依赖于人类的智慧，依赖于一代一代科学家的推动，但当她踏上人类的头顶时，没有任何力量能够阻挡她的脚步。"

退庭后，记者们蜂拥而上，包围了田延豹和他的辩护律师。几十个麦克风举到他们的面前。费新吾好不容易挤到田延豹的身边，同他紧紧握手，又握住雅库里斯的手："谢谢你的出色辩护。"

雅库里斯微笑道:"我会把这次辩护看成我律师生涯的顶点。"他们看见谢豹飞的母亲已经摆脱记者,走到自己的汽车,但她没有立即钻进车内,而是抬头看着这边,似有所待。田延豹立即推开记者,走过去同她握手:"方女士,我为自己那天的冲动向你道歉。"

方女士凄然一笑:"不,应该道歉的是我。"她犹豫了很久才说,"田先生,我有一个很唐突的要求,如果觉得不合适,你完全可以拒绝。"

"请讲。"

"田小姐是回国安葬吗?是火葬还是土葬?"

"回国火葬。"

"能否让鲍菲和她一同火葬?我知道这个要求很无礼,但我确实知道鲍菲是很爱令妹的——在猎豹的兽性未发作之前。我想让他陪令妹一同归天,让他在另一个世界里向令妹忏悔自己的罪恶。"

田延豹犹豫了一会儿,爽快地说:"这事恐怕要我的叔叔和婶婶才能决定,不过我会尽力说服他们,你晚上等我的电话。"

"谢谢,衷心地感谢。这是我的电话号码。"

他们看到一群记者追着谢教授,直到他钻进自己的富豪车。在他启动前,新华社记者穆明提出了最后一个问题:"谢先生,你还会冒天下之大不韪,继续你的基因嵌入研究吗?"

那辆车的前窗落下来,谢教授从车内向外望了望妻子、田延豹和费新吾,斩钉截铁地吐出两个字:

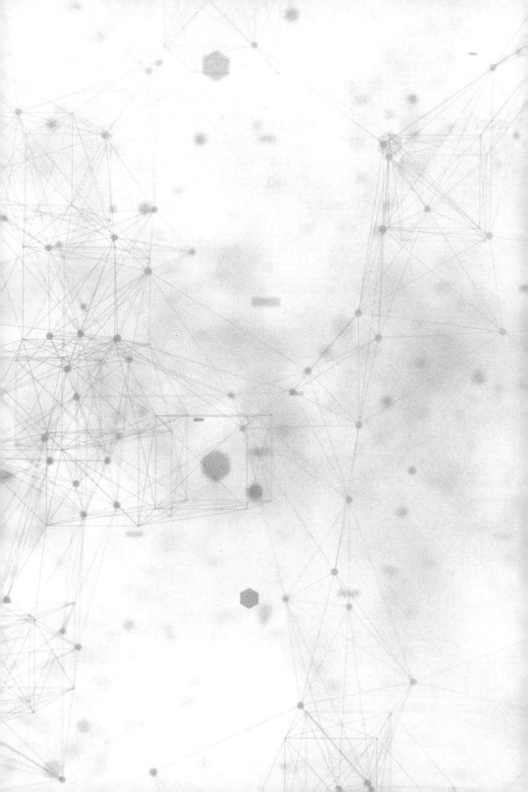

光荣与梦想

刘慈欣 / 文

刘慈欣（1963—），山西阳泉人，毕业于华北水利水电学院电力工程系，长期任计算机工程师，当代中国科幻领军人物，著有长篇小说《超新星纪元》《球状闪电》以及最负盛名的《三体》三部曲，另有短篇小说集多部。《三体》于 2015 年荣获第六十一届雨果奖最佳长篇小说奖，为亚洲作品首次获奖，其余获国内外奖项情况不可胜计。《光荣与梦想》发表于《科幻世界》2003 年第 8 期，后收入多种选集。

残破凋零的古国，还有一个为了梦想而奔跑的小女孩，看似渺小的她，终将改变一切。

被推迟的奥运会

晨光已照亮了半个天空，西亚共和国的大地仍然笼罩在黑暗中，仿佛刚刚逝去的夜凝成了一层黑色的沉积物覆盖其上。

格兰特先生开着一辆装满垃圾的小卡车，驶出了联合国人道主义救援基地的大门。基地雇用的西亚工人都走光了，这几天他们只好自己倒垃圾，不过这也是最后一次了。明天，他们这些联合国留在西亚的最后一批人员即将撤离，后天或更晚一些时候，战争将再次降临这个国家。

格兰特把车停到不远处的垃圾场旁边，下车后从车上抓起一个垃圾袋扔了出去，当他抓起第二个时，举在空中停了几秒钟，在这一片死寂的世界中，他看到了唯一活动的东西。那是地平线上的一个小黑点，它微微跃动着，仿佛时时在否认着自己是这黑色大地的一部分，在晨光白亮的背景上像一个太阳黑子。

一阵声响把格兰特的注意力拉回近处，他看到几个黑乎乎的影子移向他刚扔下的垃圾袋，像是地上的几块石头移动起来。那是几名每天必来的拾荒者，男女老少都有。这个被封锁了十七年的国家已在饥饿中奄奄一息。

格兰特抬起头，已能够分辨出那个远方的黑点是一个跑动的人体，在又亮了一些的晨光背景上，他觉得那个黑点像一只在火焰前舞动的小虫。

这时拾荒者中出现了一阵骚动，有人拾到了半截香肠，他飞快地把香肠塞进嘴里，忘情地大嚼着，其他人呆呆地看着他，这让他们静止了几秒钟，但也只有几秒钟，他们紧接着又在撕开的垃圾袋中仔细翻找起来。在他们已被饥饿所麻木的意识中，垃圾中的食物比即将升起的太阳更加光明。

格兰特再次抬起头，那个奔跑者更近了，从身材可以看出是个女性，她体形瘦削，在格兰特的第三个印象中，她像一株在晨光中摇曳的小树苗。当她近到连喘息声都能听到时，仍听不到脚步声。她跑到垃圾堆旁，腿一软跌坐在地。

这是一个十几岁的女孩子，皮肤黝黑，穿着破旧的运动背心和短裤。

她的眼睛吸引了格兰特，那双眼睛在她那瘦小的脸上大得出奇，使她看上去像某种夜行的动物，与其他拾荒者麻木的眼神不同，这双眼睛中有某种东西在晨光中燃烧，那是渴望、痛苦和恐惧的混合，她的存在都集中在这双眼睛上，与之相比，那小小的脸盘和瘦弱的身躯仿佛只是附属在果实上枯萎的枝叶。她脸色苍白地喘息着，听起来像远方的风声，她的嘴上泛着一层白色的干皮。

一名拾荒者冲她嘀咕了句什么，格兰特努力抓住这句西亚语的发音，大概听懂了："辛妮，你又来晚了，别再指望别人给你留吃的！"

叫辛妮的女孩子把平视的目光下移到撕开的垃圾袋上，很吃力，仿佛那无限的远方有什么东西强烈地吸引着她。

但饥饿感很快显现出来，她开始与其他人一样从垃圾里找吃的。现在，剩余的食物几乎已被别人拾完了，她只找到一个开了口的鱼罐头盒，抓出里面的几根鱼骨嚼了起来，然后吃力地吞下去，她想再次起身去寻找，却昏倒在了垃圾堆旁。格兰特走过去把她抱起来，她浸满汗水的身体轻软得令人难以置信，仿佛是一个放在他手臂和膝盖上的布袋。

"是饿的，她多次这样了。"有人用很地道的英语对格兰特说。后者把辛妮轻轻地放在地上，站起身从驾驶室中拿出了一瓶牛奶蹲下来喂她。辛妮在昏迷中很快闻到了牛奶的味道，大口喝了起来。

"你家在那里？"看到辛妮稍微清醒了些，格兰特用生硬的西亚语大声问。

"她是个哑巴。"

"她住得离这儿很远吗？"格兰特抬头问那个说英语的拾荒者。他戴着眼镜，留着杂乱的大胡子。

"不，就住在附近的难民营，但她每天早晨都要从这里跑到河边，再跑回来。"

"河边？！那来回有十多公里呢！她神志不正常？"

"不，她在训练。"看到格兰特更加迷惑，拾荒者接着说，"她是西亚共和国的马拉松冠军。"

"哦……可这个国家，好像有很多年没有全国体育比赛了吧？"

"反正人们都是这么说的。"

辛妮已经缓了过来，自己拿着奶瓶在喝剩下的奶。蹲在她旁边的格兰特叹息着摇摇头，说："是啊，哪里都有生活在梦想中的人。"

"我就曾是一个。"拾荒者说。

"你英语讲得很好。"

"我曾是西亚大学的英美文学教授，是十七年的制裁和封锁让我们丢失了所有的梦想，最后变成了这个样子。"他指指那些仍在垃圾中翻找的拾荒者说，辛妮的昏倒似乎没有引起他们的注意，"我现在唯一的梦想，就是你们把喝剩的酒也扔一些出来。"

格兰特悲伤地看着辛妮，说："她这样会要了自己的命的。"

"有什么区别？"英美文学教授耸耸肩，不以为然地说，"两三天后战争再次爆发时，你们都走了，国际救援断了，所有的路也都不通了，我们要么被炸死，要么被饿死。"

"但愿战争快些结束吧，我想会的，西亚的人民已经厌战了，这个国家已经是一盘散沙。"

"那倒是，我们只想有饭吃，活下去，你看他，"教授指指一个在垃圾堆中专心翻找的头发蓬乱的年轻人，"他就是个逃兵。"

这时，仍然靠在格兰特臂弯中的辛妮抬起一只枯瘦的手臂指着不远处联合国救援基地的那几幢白色的临时建筑，用两手比画着。

"她好像想进去。"教授说。

"她能听到吗？"格兰特问。看到教授点点头，他转向辛妮，一只手比画着，用生疏的西亚语对她说："你不能，不能进去，我再给你，一些吃的，明天，不要来了，明天我们走了。"

辛妮用手指在沙地上写了几个西亚文字。教授看了看，说："她想进去在你们的电视上看奥运会开幕式。"他悲哀地摇摇头，"这孩子，已不可救药了。"

"奥运会开幕推迟了一天。"格兰特说。

"因为战争？"

"怎么？你们什么都不知道？！"格兰特吃惊地看着周围的人说。

"奥运会与我们有什么关系？"教授又耸耸肩。

这时，一阵嘶哑的引擎声打断了他们的对话。一辆只有在西亚才能看到的旧式大客车从公路上开了过来，停在垃圾场边，车上跳下来一个人，看上去五十多岁，头发花白，他冲这一群人大喊："辛妮在这儿吗？威弟娅·辛妮！"

辛妮想站起来，但腿一软又跌坐在地。那人走过来看到了她："孩子，你怎么成了这个样子？还认识我吗？"

辛妮点点头。

"你们是哪儿的？"教授看看那人问。

"我是克雷尔，国家体育运动局局长。"那人回答说，然后把辛妮从地上扶起来。

"这个国家还有体育运动局？"格兰特惊奇地问。

克雷尔手扶辛妮，看着初升的太阳一字一顿地说："西亚共和国什么都有，先生，至少将会什么都有的！"

说完，扶着辛妮向大客车走去。

上车后，看着瘫软在破旧座椅上的辛妮，克雷尔回忆起一年前他与这个女孩相识的情景。

那个傍晚，克雷尔下班后走出体育运动局那幢陈旧的三层办公楼，疲惫地拉开那辆老伏尔加的车门，有人从后面抓住了他的胳膊，一回头，他看到了辛妮。她冲他比画着，要上他的车，他很惊奇，但她那诚挚的目光让人信任，于是他就让她上了车，并按她指的方向开去。

"你，哦，你是西亚人吗？"克雷尔问。他的问题是有道理的，长期进行某些体育项目训练的人，会留下明显的特征，这特征不仅仅是在身形上，还有精神状态上。虽然辛妮穿着西亚女性常穿的宽大的长衫，克雷尔专家的眼睛还是立刻看出了她身上的这种特征，但克雷尔不相信，在这个已十几年处于贫穷饥饿状态的国家里，还有人从事体育运动。

辛妮点点头。

车在辛妮的指引下开到了首都体育场。下车后，辛妮在地上写了一行字："请您看我跑一次马拉松！"

　　在体育场跑道的起点，辛妮脱下长衫，露出她后来一直穿着的旧运动衫和短裤，当克雷尔示意计时开始后，她步伐轻捷地跑了起来，这时克雷尔已经确信，这孩子是一块难得的长跑好材料，这反而使他的心头涌上一阵悲哀。

　　这座能够容纳八万人的西亚共和国最大的体育场现在已经完全荒废了，杂草和尘土盖住了跑道，西边有一个大豁口，是在不知哪年的空袭中被重磅炸弹炸开的，残阳正从豁口中落下，给体育场上方的看台投下一道如血的余晖。

　　战前，西亚共和国的体育曾有过辉煌的时代，但十七年前的那场战争以及随后而至的长期的封锁和制裁，使得体育在这个国家成了一种巨大的奢侈。国家对体育的投入已压缩到最小，仅仅是为了能零星派出几名运动员参加国际比赛，以满足对外宣传的需要。但近年来，随着这个国家生存环境的日益严酷，这一点投入也消失了，运动员们都不知飘向何处。国家体育运动局仅剩四名工作人员，随时都可能被撤销。

　　夕阳在西方落下，一轮昏黄的满月又从东方升起。辛妮在一圈又一圈地奔跑着，时而没入阴影，时而跑进如水的月光中，在这如古罗马斗兽场遗址般荒凉的巨大废墟中，回荡着她那轻轻的脚步声。克雷尔觉得，她是来自过去美好时代的一个幻影，时光在这月光下的废墟中倒流，一丝早已消逝的感觉又回到克雷尔的心中，他不由得泪流满面。

　　当月光照亮了大半个体育场时，辛妮跑完了第一百零五圈，到达了终点。她没有去做缓解运动，只是远远地站在那里，静静地看着克雷尔，月光下，她很像跑道上一尊细长的雕像。

　　"两小时十六分三十秒，考虑场内和场外道路的差别，再加三分钟，仍是迄今为止的全国最好成绩。"

　　辛妮笑了一下。马拉松运动员的特点之一就是表情呆滞，这是他们在训练和比赛中长时间忍受单调的体力消耗的缘故，但克雷尔发现辛妮在月光中的笑很动人，但这笑容像一把刀子把他的心割出血来。他呆立着，使自己也变成了另一尊雕像，直到辛妮的喘息声像退潮的海水般平息后，他才回过神来，把手表戴回腕上，低声说："孩子，你生错了时候。"

辛妮平静地点点头。

克雷尔弯腰拾起地上的长衫，走过去递给辛妮："我送你回家吧，天黑了，你父母不放心的。"

辛妮比画着，克雷尔看懂了，她说自己没有父母，也没有家。她接过衣服，转身走去，很快消失在体育场巨大的阴影中。

大客车向市郊方向驶去，辛妮在座椅上绵软无力地随着颠簸摇晃，疲乏和虚弱令她昏昏欲睡，但后座上一个人的一句话使她猛然醒过来："萨里，你是怎么把自己搞到监狱里去的？"

辛妮直起身，向后看，看到了那个被叫作萨里的人。她立刻认出了他，但无论如何也不会相信眼前这个可怜的家伙曾是西亚共和国最耀眼的体育明星。

亚力克·萨里是西亚在封锁期间在国际大赛中获得金牌的三个运动员之一，他曾在四年前的世界射击锦标赛上获得男子飞碟双多向射击的金牌，当时他是全国的英雄。辛妮仍清楚地记得他乘敞篷汽车通过中心大街时那光辉的形象。眼前的萨里却骨瘦如柴，苍白的脸上有好几道伤疤，他裹着一件肮脏的囚服，在这并不寒冷的早晨瑟瑟发抖。

克雷尔说："他去做一个走私集团头目的保镖，人家看上了他的枪法。"

"我不想饿死。"萨里说。

"可是你差点被饿死，在自由公民都吃不饱的今天，监狱里会是什么样子？那里每天都有人饿死或病死，我看你也差不多了。"

"局长先生，您把我保释出来确实救了我一命，可这是为什么？我们这是去哪儿？"

"去机场，至于去干什么我也不知道，我们只是奉命召集各个运动项目原国家队的队员。"

车停了，又上来好几个人，与大部分西亚人一样，他们都面黄肌瘦，衣服破旧，有人在不停地咳嗽，饥饿和贫穷醒目地写在他们的脸上，与一般人不同的是，他们都个子很高，这高大的身材更增加了他们的憔悴感，他们在车里弯着腰，像一排离水很久而萎靡的大虾。

辛妮很快认出了这都是原国家男篮的球员。

"嗨，各位，这些年过得怎么样？"克雷尔向他们打招呼。

"在我们有力气给您讲述之前，局长先生，先让大家吃一顿早餐吧！"

"是啊，作为高级官员，您体会不到挨饿的滋味，到现在您还在吃体育，可我们吃什么呢？我们一天的配给，只够吃一顿。"

"就这一顿也快没有了，人道主义救援已经停止了！"

"没关系，再等等吧，战争一爆发，黑市上就又有人肉卖了！"

就在男篮队员们七嘴八舌地诉苦的时候，辛妮挨个儿打量他们，发现她最想见的那个人没有来。克雷尔代她提出了这个问题："穆拉德呢？"

对，加里·穆拉德，西亚共和国的乔丹。

"他死了，死了有半年了。"

克雷尔好像并不感到意外："哦……那伊西娅呢？"

辛妮努力回忆这个名字，想起她是原国家女篮队员，穆拉德的妻子。

"他们死在一起。"

"天啊，这是怎么了？"

"您应该问问这世道是怎么了……他们和我们一样，除了打球什么都不会，这些年只有挨饿，可他们不该要孩子，那孩子刚出生，局势就恶化了，配给又减少了一半，孩子只活了三个月，死于营养不良，或者说是饿死的。孩子死的那天晚上，他们闹到半夜，吵一会儿哭一会儿，后来安静下来，竟做起饭来，然后两人就默默地吃饭，终于吃了这些年来的第一顿饱饭，您知道他们的饭量，把后半月的配给都吃光了。天亮后，邻居发现他们不知吃了什么毒药，一起死在了床上。"

一车人陷入沉默，直到车再次停下又上来一个人时，才有人说："哇，终于见到一个不挨饿的了。"

上来的是一位娇艳的女郎，染成红色的头发像一团火，描着很深的眼影和口红，衣着俗艳而暴露，同这一车的贫困形成鲜明对比。

"大概不止吃饱吧，她过得好着呢！"又有人说。

116

"也不一定，现在首都已成了一座饥饿之城，红灯区的生意能好到哪里去？"

"哦，不，穷鬼，"女郎冲说话的人浪笑了一下，说，"我主要为联合国维和部队服务。"

车里响起了几声笑，但很快被一阵剧烈的咳嗽声淹没。

"莱丽，你应该多少知道些廉耻！"克雷尔厉声说。

"哦，克雷尔大叔，不管有没有廉耻，谁饿死后身上都会长出蛆来。"女郎不以为然地挥挥手说，在辛妮身边坐了下来。

辛妮瞪圆双眼盯着她，天啊，这就是温德尔·莱丽？！这就是那个曾获得世界体操锦标赛铜牌的纯美少女，那朵光彩照人的西亚体育之花？！

剩下的路程是在沉默中走完的，二十分钟后，汽车开进首都机场的停机坪，已经有两辆大客车先到了，它们拉来的也都是前国家队的运动员，加上这辆车，共有七十多人，其中包括一支男子篮球队、一支男子足球队和十一个其他竞赛项目的运动员。

跑道的起点停着一架巨大的波音客机，在西亚领空被划为禁飞区的十多年里，它显然是这个机场降落过的最大和最豪华的飞机。克雷尔领着西亚共和国的运动员们来到飞机前，从舱门中走出几位西装革履的外国人，当他们走到舷梯中部时，其中一位挥手对下面的人群大声说了一句什么，运动员们吃惊地认出来，这人是国际奥林匹克委员会主席，但最让他们震惊的还是克雷尔翻译过来的那句话——

"各位，我代表国际社会到西亚共和国来，来接你们参加第二十九届奥运会！"

北京

原来北京是这样的！

当车队进入市区后，辛妮感叹道。

这个遥远的城市本来与她——一个身处西亚共和国的贫穷饥饿的女孩子没有任何关系，但奥运会在几年前就使北京变成了她心中的圣地。辛妮对北京了解很少，仅限于小时候看过的一部色彩灰暗的武侠片，在她的想象中，北京是一座古老而宁静的城市，她无法把这座城市与宏大壮丽的奥运会联系起来。她无数次梦到过奥运会和北京，但两者从未在同一个梦中出现过。在一些梦里，她像飞鸟般掠过宏伟的奥运赛场上的人海，在另一些梦里，她则穿行于想象中的北京那些迷宫般的小胡同中和旧城墙下，寻找着奥运赛场，但从来没有找到过。

辛妮瞪大双眼看着车窗外，寻找她想象中的胡同和城墙，但映入眼帘的是一片崭新的现代化高层建筑群，这林立的高楼在阳光下发出耀眼的白光，像刚开封的新玩具，像一夜之间冲天长出的白嫩的巨大植物。这时，在辛妮的脑海中，奥运会和北京才完美地结合起来。

这到达新世界的兴奋感像云缝中的太阳露了一下头，在辛妮的心中投下一线光亮，但阴郁的乌云很快又遮盖了一切。

与世界各大媒体想当然的报道不同，当西亚共和国的运动员得知自己将参加奥运会时，他们并没有什么兴奋和喜悦。像其他西亚人一样，十多年的苦难使他们对命运不抱有任何幻想，使他们对一切意外都有一种麻木的冷静，不管这意外是好是坏，他们所做的第一件事就是收紧外壳，保护自己。在得知这个消息后，甚至没有人提出问题，就连那些理所当然的问题，例如，没参加过任何预选赛，如何进入奥运会，都没有人提出。他们只是默默地走上飞机，麻木而又敏感地静观着事情的发展。

辛妮走进空荡荡的宽敞机舱，找了一个靠窗的座位坐下，并一直注意着这里发生的事。她看到国际奥委会主席把克雷尔和西亚代表团的几位官员召集到一等舱去了，一个多小时过去，还没有任何动静。运动员们也在沉默中静静地等待，终于看到克雷尔走了出来。他没有说什么，只是拿着一张纸核对名单。几十双眼睛都盯着他的脸看，那是一张平静的脸。这平静是第一个征兆，它告诉辛妮：事情不对。

很快，她那敏感的眼睛又发现了第二个征兆：克雷尔拿着名单返回一等舱时，用空着的一只手去开紧闭着的舱门，尽管那只手摸索了半天也没找到把手，他的双眼仍平视着前方而没有向下看，仿佛一时失明了似的。这时，辛妮证实了自己的预感——

事情不对。

在机舱里大家吃了一顿饱饭，每人都吃了两到三份航空餐，这些西亚人的饭量让那几名中国空姐很吃惊。然后飞机起飞了，辛妮透过舷窗，看着云海很快覆盖西亚的大地，这云海在整个航程中都很少散开，仿佛在下面隐藏着一个巨大的疑谜。

飞机在北京机场降落后，等了足有两个小时，换上统一服装的西亚体育代表团才走出机舱。当他们进入到达大厅后，立刻被一阵闪光灯的风暴照得睁不开眼。大厅中黑压压挤满了记者，他们在代表团周围拼命拥挤着，像一群看到猎物的饿狼，但总是小心地与他们保持两米左右的距离，使代表团行走在一小圈移动的空地中央，仿佛他们周围有一种无形力场把记者们排斥开来。更让辛妮和其他西亚人心里发毛的是，没有人提问，大厅中只有闪光灯的咔嚓声和拥挤的人们鞋底摩擦地板的沙沙声。

走出大厅时，辛妮听到空中的轰鸣，抬头看到三架小型直升机悬在半空，不知是警戒还是拍照。运送代表团的大客车只有两辆，却有十几辆警车护送，还有一支武装警察的摩托车队。当车驶上机场到市区的公路时，辛妮和其他西亚运动员发现了一件更让他们震惊的事：路被清空封闭了，看不到一辆车！

事情真的不对。

到达奥运村时，天已经黑了下来。当西亚运动员们走下汽车，他们心中的疑惑变成了恐惧：奥运村里一片死寂，几十幢整齐的运动员公寓楼大多黑着灯，当他们走向唯一一座亮灯的公寓楼时，辛妮注意到远处一个小广场中央的一排高高的旗杆，那些旗杆上没有国旗，像一长排冬日的枯树。在外面，城市的灯光映亮了半个夜空，喧嚣声隐隐传来，更加衬托了奥运村诡异的寂静。辛妮打了个寒战，这里让她想到了陵墓。

在运动员公寓的接待厅中，身为代表团团长的克雷尔对运动员们讲了一段简短的话——

"请大家到各自的房间，晚饭在一小时后会送到房间里，今天晚上任何人不得外出，一定要好好休息。明天上午九点钟，我们将代表西亚共和国参加第二十九届奥林匹克运动会的开幕式。"

辛妮、克雷尔和萨里同乘一部电梯，她听到萨里低声问团长："您真的不打算告诉我们真相？难道……和平视窗设想真要实现了？"

"明天你就会明白一切，我们应该让大家至少有一个晚上能睡好。"

和平视窗

辛妮仰望着雄伟的奥林匹克体育场，短暂的幸福和陶醉暂时掩盖了紧张和恐惧。不管未来几天发生什么，她已来到了所有运动员梦中的圣地，此生足矣。

但对即将到来的事情的恐惧并没有因此而减少，这两天她所经历的一切，越来越像是一个阴沉而怪异的梦。

早晨，西亚共和国代表团的车队从奥运村出发前往奥林匹克体育场，连接两地的宽阔公路旁聚集着人山人海，但辛妮看到，人群中没有鲜花、彩旗和气球，也没有欢笑和欢呼，这成千上万人集体沉默着，用同一种严峻的表情目送着车队，昨天那种让辛妮冷战的感觉又出现了，她觉得这像葬礼。

奥林匹克体育场外面十分空旷，有两道森严的警戒线。当车队驶过时，组成警戒线的武警士兵们整齐地敬礼。

车队在体育场的东大门停下，运动员们下车后，克雷尔团长召集他们站成一个方阵。辛妮站在方阵的第一排，她仔细地倾听着体育场内传出的声音，但什么也没有听到，这巨大的建筑内部一片寂静。克雷尔从车上拿出一面宽大的西亚共和国国旗，先后招呼萨里和另外两名较有建树的运动员出列，递给他们每人国旗的一角，当他在队列中寻找第四个人时，站在前排的莱丽自己走出来，从克雷尔的手中拿过国旗的最后一角。但克雷尔摇摇头，把国旗从莱丽的手中拉了出来，递给了随便选中的一个女运动员。

这巨大的羞辱使莱丽涨红了脸，她恼怒地盯了团长几秒钟，最后还是转身回到了队列中。

四名运动员把国旗展开，北京的微风在旗面上拂出道道波纹，国旗旁边的克雷尔对着运动员方阵庄严地说："西亚的孩子们，振作起来！现在，我们代表苦难的祖国，进入第二十九届奥林匹克运动会的主会场！"

在国旗的引导下，西亚共和国的运动员方阵开始行进，很快进入了体育场东大门高大的门廊。门廊很长，像一条隧道，辛妮走在方阵的前排，与其他运动员一起盯着前方越来越近的入口，她的心在狂跳，在她的意识中，入口那边是另一个时空，另一个不可知的命运和人生在那边等着她。

尽管有了精神准备，当辛妮通过入口看到体育场的全景时，还是浑身僵住了，只是在后面方阵的推动下机械地迈步前行，这时，避免精神崩溃的唯一办法就是保持这两天一直笼罩着她的感觉：这是一场噩梦。而她现在看到的已经很有力地证明了这一点。

他们面对着一个完全空旷的体育场。

九点钟的太阳照亮了这巨大体育场的一半，方阵仿佛行进在一个与世隔绝的盆地中，这荒凉的世界里只有他们的脚步声在回荡。震惊的眩晕过去后，辛妮看到宽阔的运动场的另一面有东西在动，很快她看出那是另一个运动员方阵，正与他们相向行进。那个方阵也由一面四个运动员抬着的大旗帜指引着，阳光下辛妮辨认出那是一面星条旗。与以往进入奥运会场时乱哄哄的样子不同，美国运动员的方阵十分整齐，呈一个整体方块以一种威严的节奏起伏着，像进攻中的古罗马军团。

在运动场中央，两个方阵行进到相距几十米时开始转向，最后面向简单的主席台停了下来，一切陷入寂静，仿佛时间停止了流动。

有一个人从运动场的一侧向主席台走来，他那单调的脚步声在空旷的看台间回荡，像恐怖的读秒声。来人不是国际奥委会主席，而是联合国秘书长。

那个瘦削的巴西老人缓缓地走上主席台，注视着远处的两国运动员方阵，沉默了半分钟之久才开始讲话，经过巨大的音响系统，他的声音仿佛来自整个苍穹。

"第二十九届奥林匹克运动会将只有美利坚合众国和西亚共和国两个国家参加，它将代替这两国间即将爆发的战争。

"如果美国获胜，西亚共和国必须履行最后通牒中的条款，这个国家将被彻底解除武装，并将被分解为三个独立的国家，原西亚政府中的战犯将受到国际法庭的审判。如果西亚共和国获胜，战争将中止，目前处于对西亚攻击状态的美国及其盟国的军队将全部撤离，联合国将取消对西亚共和国的经济制裁，并欢迎其回到国际社会中来。"

秘书长把目光投向西亚运动员方阵："你们能够预测，在这届奥运会中，西亚共和国必败，但也请你们注意另一个事实——如果战争爆发，西亚共和国同样注定要战败，而那时，交战双方，特别是你们的国家，将付出血的代价。

"也许你们认为，这届奥运会只是为西亚共和国的投降寻找一个借口，不是这样的。举一个极端的例子，如果西亚体育代表团仅以一块金牌之差负于美国的话，虽然西亚仍被认为是战败，但结果已大不相同——这个国家不会被肢解，现政府也可以继续存在，同时保留常备军队，西亚所要做的，只是销毁自己的生化武器和支付仅为最后通牒中数量三分之一的战争赔款。当然，这种情况也不太可能出现，但西亚运动员在每个单项上获得的每一块金牌，都能为失败的西亚争得一定的权利。美西两国在联合国的框架下经过极其艰难的谈判所达成的协议中，对这一切制定了详细的条款。而对于西亚来说，获得金牌的希望也不是完全没有，比如亚力克·萨里和温德尔·莱丽，就分别在射击和体操上占有一定的优势。"

秘书长把目光从西亚运动员方阵上移开，仰望着北京夏日的晴空："这就是联合国和平视窗计划的第一次实施，是人类在新千年中为消灭战争进行的伟大试验！和平视窗计划的名称来自于尊敬的比尔·盖茨先生，在新世纪到来之时，为了使微软的智慧和财富有一个更加伟大的用处，盖茨先生主持了一个宏大的软件项目，开发了一个巨型模拟软件，使其能够在巨型计算机上用数字方式真实地再现各种规模的战争，最后达到在国家间用数字战争代替真实战争的目的，这个软件被命名为和平视窗。众所周知，这个设想失败了。首先，目前的软件技术还远没有达到能够全面模拟极其复杂的现代战争的程度，但设想失败更重要的原因还在于，在目前的国际政治条件下，软件初始数据的输入，以及交战国对模拟结果的认可都是不可逾越的障碍。尽管计划在投入巨资后失败了，但盖茨先生所种下的思想种子却生根发芽，并迅速成长起来。他使我们对战争有了一个全新的思维方向，即如果人类不能在短时间内消灭战争，至少可以让它以另一种较为无害的、尊重生命的方式进行。于是，在国际社会的一致赞同下，联合国再次启动了和平视窗计划。这是人类社会在社会学和国际政治上的阿波罗登月。五年来，各国有无数的政治家、社会学者、法律学者、伦理学者、自然科学家、军事家和其他各界人士为这个伟大的计划贡献了自己的智慧。

"和平视窗计划的关键是找出一个战争替代物，它必须满足两个条件：一、较为忠实地反映各交战国的综合国力；二、能够在一个被各交战国和国际社会认可的规则下进行战争模拟。计划的研究者们很快想到了奥林匹克运动会。单项体育，如足球，其水平与国家的政治、经济和军事实力关系不大。但奥运会的众多体育项目作为一个整体，其总的水平却能相当准确地反映一个国家的综合国力。同时，体育作为人类最古老的一项活动，已经建立了被全人类认可的完善的竞赛规则，而奥林匹克运动会到目前为止是世界上规模最大、影响最大的人类聚会。这就使得奥运会成为模拟战争最理想的工具。

"古希腊的奥运先哲们和上世纪的顾拜旦做梦都不会想到，他们所创立的奥林匹克运动会有一天会对人类具有如此重大的意义，而你们，这些从事本来十分单纯的体育运动的人们，更不可能想到自己有一天突然肩负如此重大的使命。但历史已经把你们推到这里，请不要回避。千年之后再回首，现在将是人类历史上最伟大的时刻，而你们，和平视窗的先驱者，将载入人类文明的史册。"

这时，又有两个人沿着跑道向主席台走来，其中一人是国际奥委会主席，另一人竟是身穿迷彩服的军人，他举着燃烧的火炬，肩上有四颗将星。走上主席台后，他用低沉的声音说："我是乔治·韦斯特，美国陆军上将，美军西亚战场司令官。再过五分钟，最后通牒就将到期，如果没有和平视窗，我将下令开始对西亚共和国的第一波空中打击，但现在，我将点燃奥运圣火。"然后，他向刚刚升起的五环旗敬礼，转身走上了通向大火炬的长长的阶梯。他以军人的步伐稳健地攀登着，上身和手中的火炬一直保持着笔直，最后，他在运动员们的眼中变成了巨大的奥运火炬下的一个小黑点，韦斯特将军向全世界举起了手中的火炬，庄严地静止几秒钟后，点燃了奥运圣火。

运动员们听到轰的一声沉闷的巨响，奥林匹克的火焰在蓝天上燃烧起来，没有欢呼，没有鸽群，死一般的寂静中，只有那团古老的巨火在呼呼作响，仿佛是掠过苍穹的浩荡天风。

两个国家的奥运会

开幕式后，各项比赛全面展开。在首批赛事中，最引人注目的是男子篮球，由西亚共和国临时组建的国家队对美国梦之队。与开幕式不同，此时看台上挤满了观众，大部分是记者，其中体育记者只占很小的比例，主要是从西亚前线蜂拥而来的战地记者。与以往的任何球赛都不同，没有人喧哗，甚至很少有人说话，球赛在寂静中进行，只能听到篮球击地的咚咚声和球鞋摩擦地板的吱吱声。当上半场快结束时，已经没有人再看比分显示板了。梦之队的那些篮球精灵们像几只黑色的大鸟在球场上轻盈地翱翔，仿佛在一首听不见的轻扬乐曲中跳着梦之舞，而西亚队只是混进这场唯美舞蹈中的一些杂质，试图对舞蹈产生一些干扰，但梦之舞似乎没有感觉到杂质的存在，如水银之河一般顺畅地流下去……

中场休息时，西亚队年迈的教练挥着瘦骨嶙峋的拳头，嘶哑地咳嗽着，对精神和体力都要耗尽的球员们说："不要垮掉，孩子们，不要让他们可怜我们！"

但他们还是被可怜了，下半场进行到一半时，有很多观众都不忍心再看下去，起身离开了。当终场的锣声响起后，梦之队黑色的篮球舞蹈家们离开球场，西亚队的球员们仍兀立在原地不动，像潮水退去后沉淀下来的沙子。过了好长时间，中锋才清醒过来，蹲在地上痛哭起来，另一个球员则跑到篮架下，虚弱地大口吐着酸水……

在之后的比赛中，西亚共和国在所有项目上都全面败北，这本在预料之中，但败得那么惨不忍睹，是谁都没有想到的。其实，即使在战后的被封锁阶段，西亚体育还是有一定实力的，近年来随着局势的恶化，政府无暇顾及体育，原来勉强维持的商业体育俱乐部也全部消失，这些参加奥运会的运动员已有三四年时间没有进行任何训练。同时，他们除体育外没有其他一技之长，大多在西亚的苦难岁月中沦为最穷的人，几年的饥饿和疾病使这些人已不具备作为运动员的起码体格。

奥运会的赛程在沉闷中已走完大半，这时的民意调查表明，即使是美国观众，也希望看到西亚运动员出现奇迹，人们把创造奇迹的希望寄托在两个西亚人身上，他们是莱丽和萨里。全世界都在等待着他们的出场。

然而，在随后到来的体操比赛中，莱丽还是让全世界失望了。她的技巧还算娴熟，但体力和力量已经不行了，多次失误，在她最具优势的平衡木上也掉下来两次，根本无法与美国队那些如彩色弹簧般灵捷的体操天使们相匹敌。体操的最后一场比赛开始之前，在进入赛场的路上，辛妮听到了莱丽和教练的对话——

"你真的打算做卡曼琳腾跃？"教练问，"以前你从来没有完全做成过它，高低杠并不是你的强项。"

"这次会成。"莱丽冷冷地说。

"别傻了！你就是高低杠自选动作拿满分又怎样？"

"最后得分与美国女孩的差距会小些。"

"那又怎么样？听我的，做我制定的那套动作，稳当地做完就行了，现在玩命没有意思的。"

莱丽冷笑了一下："您真的关心我这条命吗？说真的，我都不关心了。"

比赛开始，当莱丽跃上高低杠后，辛妮立刻看出她已变成了另一个人。她身上的某种无形的桎梏已经消失，比赛对她来说已不是一种使命，而是一种宣泄痛苦的方式，她在高低杠间翻飞，动作渐渐疯狂起来。观众席上出现了少有的赞叹声，但场内的体操专家们都一脸惊恐地站了起来，美国队那几位美丽的体操天使大惊失色地拥在一起，他们都知道，这个西亚姑娘在玩命。当做到高难度的卡曼琳腾跃时，莱丽完全沉浸在她的疯狂中，她成功地完成了空中直体一千零八十度空翻，但在抓住低杠腾回高杠时失手了，头向下，身体呈四十五度角摔在低杠下的地板上，坐在看台头一排的辛妮听到了脊椎骨断裂清脆的咔嚓声。

克雷尔抱着一面西亚国旗追上了担架，把旗的一角塞到莱丽的手中，这正是开幕式上引导西亚共和国运动员方阵的那面旗帜，莱丽死死地抓着那个旗角，她并不知道自己抓什么，她的双眼失神地望着天空，苍白的脸庞因剧痛而不断抽搐，血从嘴角流出来，滴到地上，又沾到拖地的国旗上。

"有一点我们可能没想到，"国际奥委会主席对记者们说，"当运动员成为战士后，体育也会流血。"

其实，人们对莱丽寄予如此大的希望，在很大程度上是媒体炒作的结果。莱丽的优秀只是相对的，即使她超常发挥，实力也比美国队相差甚远。但萨里就不同了，他是真正的世界冠军，而与其他项目相比，停止几年训练对一个射击运动员的影响相对要小一些。虽然美国是世界射击运动强国，在男子飞碟射击项目上也实力雄厚，曾在 1996 年亚特兰大奥运会上破飞碟双向射击世界纪录。但自从在 2000 年悉尼奥运会上取得该项目的铜牌后，水平就停滞不前。这次参赛的选手詹姆斯·格拉夫就在四年前的世界射击锦标赛上负于萨里，只拿到了铜牌。

所以，西亚共和国有很大希望能拿到这一块金牌，这将给本届奥运会的最后一个下午带来一个高潮。

前往射击比赛场的最后一段路，萨里是被西亚人高抬着走过的，西亚代表团的运动员在周围向他欢呼，这时他已经成了他们的神明，周围簇拥的摄像记者使全世界都看到了这个情景，如果这时真有不知情的人，肯定会认为西亚已取得了整个奥运会的胜利。在亚洲大陆遥远的另一端，西亚共和国的三千万国民聚集在电视机和收音机前，等待着他们唯一的英雄带给他们最后的安慰。但萨里一直很平静，面无表情。

在射击比赛场的入口处，克雷尔郑重地对刚刚被放下来的萨里说："你当然知道这场比赛的意义，如果我们至少拿到一块金牌，并由此为战后的国家争得一点权利，那么这场虚拟战争对西亚人就具有完全不同的意义。"

萨里点点头，冷冷地说："所以，我向国家提出参赛的条件是理所当然的。我要五百万美元。"

萨里的话像一盆冰水，把围绕着他的热情一下子浇灭了，所有人都吃惊地看着他。

"萨里，你疯了吗？"克雷尔低声问。

"我很正常，与我给国家带来的利益相比，我要的并不多。这笔钱只是为了我今后能到一个喜欢的地方安静地度过后半生。"

"等你拿到金牌后，国家会考虑给予奖励的。"

"克雷尔先生，您真的认为这个即将消失的国家还有什么信誉可言吗？不，我现在就要，否则拒绝比赛。你要清楚，拿到金牌后，我是世界明星，退出比赛则同样会成为拒绝为独裁政府效力的英雄，后者在西方更值钱。"

萨里与克雷尔长时间地对视着，后者终于屈服地收回目光："好吧，请等一下。"然后他挤出人群，远远地拿出手机打起电话来。

"萨里，你这是叛国！"西亚代表团中有人高喊。

"我的父亲是为国家而死的，他在十七年前的那场战争中阵亡，那时我才八岁，我和母亲只从政府那里拿到了一千二百西亚元的抚恤金，之后物价飞涨，那点钱还不够我们吃两个星期的饱饭。"萨里从肩上取下其他西亚运动员为他披上的国旗，抓在手中大声质问，"国家？国家是什么？如果是一块面包，它有多大？如果是一件衣服，它有多暖和？

如果是一间房子，能为我们挡住风雨吗？！西亚的有钱人早就跑到国外躲避战火了，只剩下我们这些穷鬼还在政府编织的爱国主义神话里等死！"

这时，克雷尔已经打完了电话，他挤进人群，来到萨里面前："我已经请示过了，萨里，你是在尽一个西亚公民应尽的义务，政府不能付你这笔钱。"

"很好。"萨里点点头，把国旗塞到克雷尔怀里。

"电话一直打到总统那里，他说，如果一个国家只有雇佣军才为它战斗，那它也没有继续存在的必要了。"

萨里没再说什么，转身离去，兴奋的记者们跟着他蜂拥而去。

以手捧国旗的克雷尔为中心，西亚代表团长时间默立着，仿佛在为什么默哀。不知过了多长时间，射击场内响起了枪声，詹姆斯·格拉夫正在得到奥运会历史上最容易得到的金牌。这枪声使西亚人渐渐回到现实，他们不约而同地把目光集中到了一个人身上。刚才跟随萨里的大群记者也跑了回来，把几百个镜头一起对准了这个人。

威弟娅·辛妮，将参加一小时后开始的本届奥运会的最后一个项目：女子马拉松。

记者们知道辛妮是哑巴，谁都不提问，只是互相低声说着什么，像在观看一个没见过的小动物。在人群和镜头的包围中，这个黑瘦的西亚女孩恐惧地睁大双眼，瘦小的身体瑟瑟发抖，像一只被一群猎犬逼到墙角的小鹿。

幸好克雷尔拉起她挤出重围，登上了开往主体育场的汽车。

他们很快到达了奥林匹克体育场，这里将在傍晚举行第二十九届奥运会的闭幕式，也是马拉松的起点和终点。

下车后，他们立刻被更多的记者包围了，辛妮显得更加恐惧和不安，紧紧靠在克雷尔身上，克雷尔好不容易摆脱了纠缠，带着辛妮走进一间空着的运动员休息室，把几乎令她精神崩溃的喧闹关在了外面。

克雷尔拿了一杯水走到惊魂未定的辛妮面前，在她眼前张开紧攥着的另一只手，辛妮看到他的掌心上放着一片白色的药，她盯着药片看了几秒钟，又惊恐地看看克雷尔，摇摇头。

"吃了。"克雷尔以不可抗拒的口气说，又放缓声音，"相信我，没有关系的。"

辛妮犹豫地拿起药片放进嘴里，尝到了酸酸的味道。她接过克雷尔递过来的水，把药片送了下去。几秒钟后，休息室的门轻轻开了，克雷尔猛地回头，看到一个身材魁梧的身影，他盯着那人看了半天，才吃惊地认出他来。

来人是韦斯特将军，在开幕式上点燃圣火的人，已对西亚共和国做好攻击准备的五十万大军的统帅。这时他穿着一身黑色的西装，双手捧着一个纸盒子。

"请您出去。"克雷尔怒视着他。

"我想同辛妮谈谈。"

"她不会说话，也听不懂英语。"

"您可以为我翻译，谢谢。"将军对克雷尔微微躬身，他那凝重的声音里有一种难以抗拒的力量。

"我说过请您出去！"克雷尔说着把辛妮挡在身后。

将军没有回答，用一只有力的手臂轻轻地把克雷尔拨开，蹲在辛妮前脱下了她的一只运动鞋。

"您要干什么？！"克雷尔喊道。

将军站起身，把那只运动鞋举到克雷尔面前："这是刚在北京的运动商店里买的吧？穿这样非定做的新鞋跑马拉松，不到二十公里脚就会打泡。"说完他又蹲下身，把辛妮的另一只鞋脱下来，一挥手把两只鞋都扔了出去，然后他拿起放在旁边的纸盒打开来，露出一双雪白的运动鞋，他把那双鞋捧到辛妮面前，"孩子，这是我个人送给你的礼物，是耐克公司的一个特别车间为你定做的，那个车间能做出世界上最好的马拉松鞋。"

克雷尔这时想起来了，三天前的晚上，有两个自称是耐克公司技师的人来到奥运村辛妮的房间，用三维扫描仪为她扫描脚模。他看得出这确实是一双顶级的马拉松鞋，定做这样一双鞋的价格至少要上万美元。

将军开始给辛妮穿鞋："马拉松是一项很美的运动，我也很喜欢，还是中尉的时候，我曾在陆军运动会上拿过冠军。哦，不是马拉松，是铁人三项。"穿好鞋后，他微笑着示意辛妮起来试试。辛妮站起来走了几步，那鞋轻软而富有弹性，与脚贴合极好，仿佛是她双脚的一部分。

将军转身走出去，克雷尔跟着他到了门口，说："谢谢您。"

将军站住，但没有转过身来："说实话，我更希望叛逃的不是萨里，而是辛妮。"

"这就不可理解了，"克雷尔说，"辛妮的成绩在西亚是最好的，但在世界上排名连前二十都进不了，更别提和埃玛比了。"

将军继续走去，留下一句话："我害怕她的眼睛。"

马拉松

新闻媒体早就把第二十九届奥运会称为寂静的奥运会，辛妮看到，开幕式时广阔而空旷的体育场现在已被由十万人组成的人海所覆盖，但寂静依旧。这人海中的寂静是最沉重的寂静，辛妮之所以没有在精神上被压垮，是因为埃玛的出现吸引了她的注意力。

西亚共和国在模拟战争中的彻底失败已成定局，萨里的离去使西亚人在精神上也彻底垮掉了，西亚体育代表团已先于他们的国家四分五裂。代表团中一些有钱或有关系的官员已经不知去向，哪里也去不了的运动员则把自己关在奥运村公寓的房间里，等待着命运的发落。没有人还有精神去观看最后一场比赛和参加闭幕式。当辛妮走向起跑点时，只有克雷尔陪着她，在十万人的注视下，她显得那么孤单弱小，像飘落在广阔运动场中的一片小枯叶，随时都会被风吹走。

与她相反，弗朗西丝·埃玛是被前呼后拥着走向起跑点的，她的教练班子有五个人，包括一位著名的运动生理学家，医疗保健组由六个医生和营养专家组成，仅负责她跑鞋和服装的就有三个人。埃玛现在确实已成为半人半神的名星。早在上世纪八十年代初，就有人根据世界女子马拉松最好成绩的增长速度预言，除去射击和棋类等非体力竞赛，马拉松将是女子超过男子的第一个运动项目。这个预言在三年前的芝加哥国际马拉松大赛上变为现实——埃玛创造了超过男子的世界最好成绩。对此，一些男性体育评论员酸溜溜地认为，这是男女分赛所致，在那次女子比赛的过程中，风速条件明显比男子的要好，如果当时斯科特（男子冠军）与她们一同跑，一定能超过埃玛的。这个自我安慰的神话在2004年雅典奥运会上被打破了，男女混合跑完全程，埃玛到达终点时把斯科特落下了五百多米，并首次使马拉松的世界最好成绩降到两小时以下，她由此成为本世纪初最为耀眼的运动明星，被称为地球神鹿。

这个叫埃玛的黑人女孩一直是辛妮心中的太阳，在她那几件可怜的财产中，最珍爱的是一本破旧的剪贴簿，里面收集着她从旧报纸和杂志上剪下来的上百张埃玛的照片，她在难民营的窄小的上铺旁边，贴着一张大大的埃玛的彩色运动照，那是一本挂历中的一张照片。辛妮去年在货摊上看到了那本挂历，但她买不起，就等着别人买，她跟踪了一个买主，看着那个杂货店主把新挂历挂到柜台边的墙上。埃玛的照片在三月份，辛妮就渴望地等了三个月，她常常跑到杂货店去，趁人不注意掀开前面的画页看一眼埃玛，在四月一日的清晨，她终于从店主那里得到了那张已成为废页的挂历，那是她最高兴的一天。现在，在起跑点上，辛妮偷偷打量着距自己几米远的对手，这时体育场和人海都在辛妮的眼中隐去，只有埃玛在那里，辛妮觉得她周围有一个无形的光晕，她在光晕中呼吸着世外的空气，沐浴着世外的阳光，尘世的灰尘一粒都落不到她身上。

这时，克雷尔轻轻一推，使辛妮警醒过来，他低声说："别被她吓住，她没你想象得那么可怕，我观察过，她的心理素质很差。"听到这话，辛妮转过脸，瞪大眼睛看着他。克雷尔读懂了她的意思："是的，她曾和世界上跑得最快的男人竞赛并战胜了他们，但那又怎么样？那一次她没有任何压力，但这次不同，这是一次她绝对不能失败的比赛！"他斜着瞟了埃玛一眼，声音又压低了些，"她肯定要采取先发制人的战术，起跑后达到最高速度，企图在前十公里甩开你，记住，一开始就咬住她，让她在领跑中消耗，只要在前二十公里跟住她，她的精神就会崩溃！"

辛妮恐慌地摇摇头。

"孩子，你能做到的！那片药会帮助你！那是一种任何药检都检测不出来的药，像核燃料一样强有力，难道你没有感觉出来吗？你已经是世界冠军了，孩子！"

这时，辛妮感到一种莫名的亢奋，一种通过奔跑来释放某种东西的强烈欲望。她又看了一眼埃玛，后者已做完了辛妮从未见过的冗长而专业的准备活动，与她并肩站在起跑线后面，埃玛一直高傲地昂着头，从未向辛妮这边看过一眼，仿佛她并不存在一样。

发令枪终于响了，辛妮和埃玛并排跑了出去，开始以稳定的速度绕场一周。她们所到之处，观众都站了起来，在看台上形成一道汹涌的人浪，人群站起来的声音像远方沉闷的滚雷，但除此之外没有别的声音，人们默默地看着她们跑过。

在以往的训练中，每次起跑后，辛妮总是感到一种安宁，仿佛她跑起来后就暂时离开了这个冷酷的世界，进入了自己的时空，那里是她的乐园。但这次，她的心中充满了焦虑，她渴望尽快跑完这一圈，进入体育场外的世界，她渴望尽快到达一个地方，那里有她想要的东西，一种叫 GMH-6 的药。

她奔跑在医院昏暗的走廊中，空气中有刺鼻的药味，但她知道，医院里已经没有多少药能给病人了，走廊边靠墙坐着和躺着许多无助的病人，他们的呻吟声在她耳中转瞬即逝。妈妈躺在走廊尽头的一间同样昏暗的病房中，在病床肮脏的床单上，她的皮肤白得刺眼，这是一种濒死的白色，就在这白皮肤上正有点点血珠渗出，护士已懒得去擦，妈妈周围的床单湿了殷红的一圈。这是最近有很多人患上的怪病，据说是由于最近那次轰炸中一种含铀的炸弹引起的。刚才，医生对辛妮说妈妈没救了，即使医院有那种药，也只是再维持几天而已。辛妮在医生面前拼命地比画着，问现在哪里还有那种药。医生费了很大劲才搞懂她的意思。那是一种联合国救援机构的医生最近带来的药，也许在市郊的救援基地有。辛妮从自己的书包中抓出一张纸和一支铅笔，一起伸到医生面前，她那双大眼睛中燃烧的焦虑和渴望让医生叹了口气，那是西欧的新药，连正式名字都没有，只有一个代号。

"算了吧，孩子，那药不是给你们这样的穷人用的，其实，饿死和病死有什么区别？好好，我给你写……"

辛妮跑出了医院的大门，好高好宏伟的大门啊，门的上方燃着圣火，像天国的明灯。

她记得三天前自己曾跟随着国旗通过这道大门，现在，祖国的运动员方阵在哪儿？现在引导她的不是国旗，是埃玛，她心中的神。正如克雷尔所料，一出大门，埃玛开始迅速加速，她像一片轻盈的黑羽毛，被辛妮感觉不到的强风吹送着，她那双修长的腿仿佛不是在推动她奔跑，而只是抓住地面，避免她飞到空中。

辛妮努力地跟上埃玛，她必须跟上，她自己的两脚在驱动着妈妈的生命之轮。这是首都的大街吗？什么时候变得这么宽阔了？旁边有华丽的高楼和绿色的草坪，却没有弹坑。路的两边人山人海，那些人整洁白净，显然是些能吃饱饭的人。她想搭上一辆车，但这一天戒严，说是有空袭，路上几乎没有车，好像只有那辆在埃玛前面时隐时现的引导车，可以看到上面正对着她们的几台摄像机。辛妮的意识深处知道自己不能搭那辆车，原因……很清楚，她已经到过那里了，她已经跑到联合国救援基地了，在一幢白房子里，她给那些医生看那张写着药名的纸。

"哦，不，"一名会讲西亚语的医生对她说，"不，这种药不属于救援品，你需要买的，哦，你当然买不起，我都买不起。"

那么，埃玛你还跑什么？我得不到那药了，妈妈……当然，我们要跑下去的，要快些回到妈妈那里，让她再最后看我一眼，让我再最后看她一眼。想到这里，辛妮心里焦虑的火又烧了起来，她下意识地加速，赶上了埃玛，几乎要超过她了！

让她在领跑中消耗——辛妮想起了克雷尔的嘱咐，又减速跟到埃玛身后。埃玛察觉到辛妮的举动，立刻开始了第二轮加速，她们已经跑了五公里，这个西亚毛孩子还没有被甩掉，埃玛有些恼怒了，地球神鹿显示出疯狂的一面，像一团黑色的火焰在辛妮前面燃烧。辛妮也跟着加速，她必须跟上埃玛，她希望埃玛再快些，她想妈妈……啊，不对，路不对，埃玛这是要去哪里？前方远处那根刺入天空的巨针是什么？电视塔？首都的电视塔好像早就被炸塌了。但不管去哪里，她要跟着埃玛，跟着她心中的神……她知道妈妈已经不在人世了。

浑身泥土和汗水的辛妮推开病房的门，看到妈妈已经没有生命的躯体被盖在一张白布下，有两个人正想移走遗体，但辛妮像发狂的小野兽似的阻挠着，他们只好作罢。那个给她写药名的医生说："好吧，孩子，你可以陪妈妈在这里待一晚，明天我们为你料理母亲的后事，然后你就得离开了，我知道你没地方可去，但这里是医院，孩子，现在谁都不容易。"

于是辛妮静静地坐在妈妈的遗体旁，看着白布上有几点血渍出现，后来惨白的月光从窗中照进来，血渍在月光中变成了黑色。不知过了多少时间，月光已移到了墙上，有人进门开了灯，辛妮没有看那人，只觉得他过来抓住了自己的手，那双粗糙的手按着她的手腕一动不动，过了一会儿，她听那人说："五十二下。"她的手被轻轻放下，那人又说，"天黑前我在楼上远远看着你跑过来，他们说你到救援基地去了，今天没有车，那你就是跑去的？再跑回来，二十公里左右，才用了一小时十几分钟，还要算上你在救援基地里耽误的时间，而你的心跳现在已恢复到每分钟五十二下。辛妮，其实我早注意到你了，现在更证实了你的天赋。你不记得我了？我是斯特姆·奥卡，体育教师，带过你们班的体育课。你这个学期没来上学，是因为妈妈的病？哦，就在你妈妈去世时，我的孙子在楼上出生了，辛妮，人生就是这样，来去匆匆。你真想像妈妈那样，在贫穷中挣扎一辈子，最后就这么凄惨地离开人世？"最后一句话触动了辛妮，她终于从恍惚状态中醒来，看了奥卡一眼，认出了这个清瘦的中年人，她缓缓地摇摇头。

"很好，孩子，你可以过另一种生活，你可以站在宏伟的奥运赛场中央的领奖台上，全世界的人都用崇敬的眼光看着你，我们苦难的祖国的国旗也会因你而升起。"

辛妮的眼中并没有放出光来，但她很注意地听着。

"关键在于，你打算吃苦吗？"

辛妮点点头。

"我知道你一直在吃苦，但我说的苦不一样，孩子，那是常人无法忍受的，你肯定能忍受吗？"

辛妮站了起来，更坚定地点点头。

"好，辛妮，跟我走吧。"

埃玛保持着恒定的高速度，她的动作精确划一，像一道进入死循环的程序，像一架奔驰的机器。辛妮也想把自己变成机器，但是不可能。她在寻找着下一个目的地，而目的地消失了，这让她恐惧。但她竟然支撑下来了，她竟然跟上了地球神鹿，她知道那神奇的药起了作用，她能感觉到它在自己的血管中燃烧，给她无尽的能量。路线转向九十度，她们跑到了这条叫长安街的世界上最宽的大街。应该更宽的，因为路的两侧应该是无际的沙漠。

在延续几年的每天不少于二十公里的训练中，辛妮最喜欢的就是城外的这条路。每天，辽远的沙漠在清晨的暗色中显得平滑而柔软，那条青色的公路笔直地伸向天边，世界显得极其简单，而且只有她一个人，那轮在公路尽头升起的太阳也像是属于她一人的。那段日子，虽然训练是严酷的，但辛妮生活得很愉快。与她擦肩而过的男人和女人都不由得回头看她一眼，他们惊奇地发现，这个哑女孩的脸色居然是红润的。与其他女孩一色儿的菜色面容相比，并不漂亮的她显得动人了许多。辛妮自己也很惊奇，在这个饥饿国度里她竟然能吃饱！

奥卡把辛妮安置在学校的一间空闲的教工宿舍中，每天吃的饭都是奥卡亲自给她送来的，面包、土豆之类的主食管够，这已经相当不错了，还不时有奶酪、牛羊肉和鸡蛋，这类东西只能在黑市上买到，且贵得像黄金。辛妮不知道奥卡哪儿来的那么多钱，作为教师，他一个月的工资还不够自己吃一个星期的饱饭。辛妮问过好几次，但他总是假装不懂她的哑语。

在亚洲大陆的另一端，西亚共和国已处于分裂的边缘，政府已经瘫痪，已被宣布为战犯的人都开始潜逃，普通公民则麻木地等待着。少数还在看奥运马拉松直播的人开始把消息传开来，越来越多的人回到电视机和收音机前。

路更宽了，宽得辛妮不敢相信，她知道自己奔跑在世界最大的广场上，左边是一座金碧辉煌的东方古代建筑，她知道那后面是一个古代帝国的宏伟王宫。右边的广场上是这个古老又年轻的广阔国家的国旗，辛妮最初以为这是一个王国，但人们告诉她这也是一个共和国，而且遭受过比她的共和国更大的苦难。这时她看到了红色的标志牌从身边移过，上书"二十一公里"，马拉松半程已过，辛妮仍紧跟着埃玛。

埃玛回头看了辛妮一眼，这是她第一次正眼看自己的对手。辛妮捕捉到了她的眼神，很是震惊——她眼中的傲慢已荡然无存，辛妮从中看到了恐惧。辛妮在心里大喊：埃玛，我的神，你怕什么？我必须跟上你！

虽是没有目的地的路，可辛妮有东西要逃避，她要逃开奥卡老师家的那些人，他们正在学校等着她呢！他们推着奥卡来到她的住处，来的有抱着婴儿的奥卡妻子，有他的三个兄弟，还有其他几个辛妮不认识的亲戚。他们指着辛妮愤怒地质问奥卡，这个野孩子是他从哪儿弄来的？奥卡说她是马拉松天才！他们说奥卡是浑蛋，在这每天都有人饿死的时代，谁还会想起马拉松？

"我们都知道你是个不可救药的梦想家，可你不该把那本老版《古兰经》卖掉，那上面的字是用金粉写成的，很值钱，那可是祖传的宝物，全家挨饿这么长时间都没舍得卖。而你竟用那些钱供这个小哑巴过起公主一样的日子来了，你自己的孙子还没奶吃呢！你没有听到他整夜哭吗？你看看他瘦成了什么样子……"

后来有传言说，辛妮是奥卡和威伊娜（辛妮的母亲）的私生子。开始，这种说法似乎不成立，因为在辛妮出生的前后几年，威伊娜一直居住在一座北方的城市，这是有据可查的，而那段时间，奥卡作为一名陆军少尉，正在南方参加第一次西亚战争，还负过伤。但又有传言说，奥卡的战争经历是他自己撒的一个弥天大谎，他根本没有参加过战争，也没有去过南方战线，在第一次战争时期，他实际上是和威伊娜在北方度过的。

三十公里，辛妮仍然紧跟着埃玛。赛况传出，举世关注，空中出现了两架摄像直升机。在西亚共和国，所有人都聚集在电视机和收音机前，屏住呼吸注视着这最后的马拉松。

这时，缺氧造成的贫血已使世界在辛妮的眼中变成了一团黑雾，她感觉到心跳如连续的爆炸，每一次都使胸腔剧疼，大地如同棉花，踏上去没有着落。她知道，那片药的作用已经过去。黑雾中冒出金星，金星合为一团，那是奥运圣火。我的火要灭了，辛妮想，要灭了。

韦斯特将军举着火炬，露着父亲般的微笑："辛妮，要想让火不灭，你得把自己点燃，你想燃烧自己吗？"

"点燃我吧！"辛妮大喊。将军伸过火炬，辛妮感觉自己轰地燃烧起来。

那天夜里，辛妮收拾好自己简单的行李到教工宿舍奥卡的房间去，他几天前就从家里搬出来住了。辛妮用哑语说："我要走了，老师回家吧，让小孙子有奶吃。"

奥卡摇摇头，他的头发这几天变得花白："辛妮，你知道，这是我们共同的事业……你非走不可吗？你还是觉得我为你所做的这些没理由？那好吧，我给你一个理由——他们说的是真的，我是你的父亲，我只是在赎罪而已。"

辛妮本来对那些传言半信半疑，听到奥卡这话她全信了，她并没有扑到父亲怀里哭，他欠她们母女的太多了，这使她很平静地接受了这个事实，但那仍然是辛妮有生以来最幸福的时刻，她毕竟有爸爸了。

这时，有一个女孩子的哭声隐隐传来，是埃玛，竟是埃玛。她边跑边哭，断续地说着什么，那几个词很简单，只有初一文化程度的辛妮几乎都能听懂："上帝……我该怎么办？告诉我……我该怎么办……"

辛妮几乎要可怜她了。我的神，你要跑下去，没有你，我该怎么办？我不知道目的地。

埃玛得到了回答，那声音是从她右耳中的微型耳机传出来的，不是上帝，是她的主教练。

"别怕，我们能肯定她已经耗尽体力了，她现在是在拼命，而你的潜力还很大，需要的只是冷静一下。听着，埃玛，慢下来，让她领跑。"

当埃玛慢下来时，辛妮曾有过短暂的兴奋感，但当她察觉埃玛紧跟在自己身后时，才意识到她遇到了致命的一招。辛妮目前只有三个选择：一是随对手慢下来，形成两人慢速并行的局面，这将使埃玛在体力和心理上都得到恢复；二是以现有的速度领跑，这样埃玛将有机会在心理上得到恢复（这也是目前她最需要的）。以上任何一种选择，都将使埃玛恢复她作为马拉松巨星的超一流战斗力，在最后一段距离的决斗中，辛妮必败无疑。唯一取胜的希望是第三种选择——迅速加速，甩开对手。

以辛妮目前已经耗尽的体力，这几乎是不可能成功的，但她还是做出了这个选择，开始加速。即使对于经验丰富的长跑运动员，领跑也是一个沉重的心理负担，正因如此，在马拉松比赛的大部分赛程中，参赛者都是分成若干个集团以一种约定的速度并行前进，每个集团中如有人发起挑衅，开始加速，除非他有把握最后甩开对手，否则只能作为领跑者，成为其跟随者通向胜利的垫脚石。而辛妮的比赛经验几乎为零，当前面的道路毫无遮挡地展现在她的面前，夏天的热风迎面扑来时，她像一名跟着一艘小艇在大洋中游泳的人，那小艇突然消失了，只有她漂浮在无际的波涛之中。她亟需一个心理上的依托，一个目的地，或一个目的，她找到了，她要去父亲那里。

奥卡把辛妮送到郊区的一名失业的田径教练那里，让教练对她的训练进行一段时间的指导。五天后，辛妮就得到了父亲去世的消息，她立刻赶回去，只拿到了斯特姆·奥卡的骨灰盒。辛妮在最后那段日子里，看着父亲的身体一天天虚弱，但她不知道，她这一段时间的训练费用是靠他卖血支撑的。辛妮走后，奥卡在一次上体育课时突然栽倒在地，再也没有站起来。同妈妈去世的那天晚上一样，辛妮静坐在学校的那个小房间里，惨白的月光透过窗子照在父亲的骨灰盒上。但时间不长，门被撞开了，奥卡的妻子和那群亲戚闯了进来，逼问辛妮奥卡给她留下了什么东西，同时在屋里乱翻起来。

学校的老校长跟进来，斥责他们不要胡来，这时有人在辛妮的枕头下找到了奥卡留给辛妮的一件新运动衫，里面缝了一个口袋，撕开那个口袋，拿出一个信封，上面注明是给辛妮的遗产。看来奥卡早就意识到自己的身体支撑不了多久了。

老校长一把抢过信封，说辛妮是奥卡老师的女儿，有权得到它！双方正在争执中，奥卡的妻子端着骨灰盒贴着耳朵不停地晃，说里面好像有个金属东西，肯定是结婚戒指！话音未落，骨灰盒就被抢去，白色的骨灰被倒了一桌子，一群人在里面翻找着。

辛妮惨叫一声扑过去，却被推倒在地，她爬起来又扑过去时，有人已经在骨灰里找到了那块金属，但他立刻把它扔在地上，他的手被划破了，血在沾满了骨灰的手掌上流出了醒目的一道。老校长小心地把那东西从地上拾起来，那是一块小小的菱形金属片，尖角锋利异常，他告诉大家，这是一块手榴弹的弹片。

"天啊，这么说奥卡真的在南方打过仗？！"有人惊呼道。

一阵沉默后，他们看出了这事的真相——

"辛妮，奥卡不是你的父亲，你也不是他的女儿，你没权继承他的遗产！"校长撕开信封，说，"让我们看看奥卡老师留下了什么吧。"

他从信封中抽出一张白纸，在一群人的注视下，盯着白纸看了足足有三分钟，然后庄重地说："一笔丰厚的遗产。"奥卡的妻子一把从他手中抢去了那张纸，老校长接着说出了后半句话，"可惜只有辛妮能得到它。"

一群人盯着纸片看了好长时间，最后，奥卡的妻子困惑地看着辛妮，把纸片递给她。辛妮看到纸片上只有几个字，那是她的老师、教练、虽不是父亲，但她愿意成为其女儿的人，用尽生命的最后力气写下的，笔迹力透纸背——

光荣与梦想。

辛妮以自己的极限速度跑出了三公里，没能甩掉埃玛。这段时间，有领跑者作为依托，埃玛的心理稳定下来，她由一名惊慌失措的女孩重新变回一名马拉松巨星，地球神鹿唤醒了自己沉睡的力量，开始反击了。一阵疯狂加速后，她超过了辛妮，并将两人的间距很快拉大。

看着埃玛渐渐消失的背影，力竭的辛妮知道一切都结束了，三十五公里的标志牌出现，还有七公里，这段距离对辛妮来说已是无限长了。她似乎在黏液中奔跑，速度很快减下来，最后变得几乎像行走一般。这时，她在路边的人群中看到了西亚体育代表团，她的同伴们在对她喊着，她听不到声音，但从口形能看出他们在喊："辛妮，跑到头！"

辛妮看到了克雷尔，他拼命冲她挥着双拳，其中的一只手攥着一个小药瓶，给辛妮的那片神力无比的药就是从这瓶中拿出的，这只是一瓶维生素 C。辛妮看到前方道路两旁的人群中，所有人都用手指着左上方，形成一片手臂的森林。他们指着路边一面巨大的显示屏，辛妮抬头看去，她认出了显示屏上出现的地方，那是西亚共和国首都的英雄广场，她每天早晨的训练都是从那里起跑的。现在，广场上是一片沸腾的人海。镜头移近，她又认出了所有人的口形，那几十万同胞在一起高呼："辛妮，跑到头！"

接着辛妮听到了声音，这是两侧的观众发出来的，这成千上万名中国人居然在短时间内同时学会了一句西亚语，这届奥运会的寂静被打破了，他们齐声高喊："辛妮，跑到头！"

黑雾又笼罩了辛妮的双眼，韦斯特将军在黑雾中出现，手拿已经熄灭的火炬："辛妮，你的圣火要灭了，你燃尽了自己。"

一团红光浮现，奥卡举着燃烧的火炬站起身来："不，孩子，还有东西可以燃烧，记得我留给你的遗产吗？"

韦斯特笑着摇摇头："别再燃烧了，辛妮。你不是圣女贞德，一切都已失败，燃尽一切，你什么都得不到。"

奥卡挥动火炬，火焰呜呜作响："不，孩子，分裂的祖国正因你而重新合为一体，你的圣火不能灭！"

辛妮冲奥卡大喊："点燃它！"

奥卡把手中的火炬伸向前来。轰然一声，光荣与梦想熊熊燃烧起来。

埃玛冲过终点后，体育场中的十万人静静地等待着。这时，北京的天空乌云密布，电闪雷鸣，闪电两次击中了体育场的避雷针，闪出耀眼的火球。十分钟后，辛妮进入体育场，步伐沉重地绕场一周后越过终点线，然后扑倒在地。

十万人同时站了起来，同全世界一起注视着静卧在体育场中的那个小小的身影。一片死寂中，只有奥运圣火在暴雨前的急风中轰轰作响。当把一面五环旗和一面西亚共和国的国旗盖在辛妮已没有生命的身体上时，人们吃惊地发现她竟面带微笑。

她实现了自己的光荣与梦想。

跑到头的国家

"这届伟大的奥运会标志着一个新纪元的开始，和平视窗将使人类最终抛弃野蛮，进入真正的文明，人类的道德水平将与技术进步同步上升。这一天来得太晚了，但终于来到了！从此，一个国家的体育水平将是其国力的重要标志，而竞技体育的最高水平是以全民的体育普及为基础的，所以，各国将把用于军备的巨大开支转移到提高人民的健康水平上，将出现一种新的更为健康文明的社会生活和国际政治形式。人类大同的理想社会还很遥远，但它的光辉已照到我们身上！"

这番讲话是国际奥委会主席在飞往西亚共和国的专机上发表的，他同奥委会的其他主要成员去西亚庆祝和平视窗计划的第一次成功。同机的还有从北京返回的西亚体育代表团，以及美国体育代表团的部分成员，后者都参加过比赛，他们不但获得了奥运金牌，还得到了总统颁发的自由勋章，因而都显得容光焕发。

奥委会主席指着美国代表团说："你们是人类战争史上最崇高的战胜者，我想，从苦难中解脱出来的西亚人民会把你们当作英雄欢迎的！"他又转向西亚代表团的方向，"你们也不是失败者，这届奥运会没有失败者，你们都是人类战胜野蛮的勇士，用体育为世界赢来了和平。"

两国运动员相互握手致意，开始还很勉强，后来大家都泪流满面地拥抱在一起。

这时机长走了过来，神色严峻地对所有人宣布："先生们，西亚上空已经被宣布为飞行危险区，我们是在邻国降落还是返回北京，请你们尽快决定。"

大家都不知所措地看着他。

"对西亚的全面军事打击已经启动，现在正在进行第一轮空袭。"

人们花了很长时间才理解了这句话的含义。

"你们背信弃义！"一名西亚运动员指着美国代表团怒吼。

克雷尔站起身制止了冲动的西亚运动员们："大家冷静，我想，背信弃义的可能是我们西亚人。"

"是的。"机长说，"据我们刚得到的消息，按和平视窗协议接管首都的多国部队遭遇了猛烈抵抗。"

"可……西亚军队已经解散了，所有的重武器都收缴了啊。"奥委会主席说。

"但轻武器都散落到了民间，现在，如果有一阵狂风吹开西亚所有的屋顶，您会看到每扇窗前都有一个射手。"

"这是为什么？"奥委会主席泪如雨下，抓着克雷尔激动地说，"你们的城市将是一片火海，你们的人民将血流成河，母亲将失去孩子，孩子将失去父亲，活下来的人将在垃圾堆中寻找食物……而最后，你们还是注定彻底战败，所有的结果还是一样。"

"这就是命运了。"克雷尔微笑着对主席说，然后转向所有人，"其实我早就预料到这一点了，和平视窗计划只是个美丽的童话，竞赛代替不了战争，就像葡萄酒代替不了鲜血。"他走到舷窗前，看着外面的云海，"至于西亚共和国，她只是像辛妮一样，想跑到头而已。"

亚力克·萨里辗转回到战火中的祖国，已是战争爆发一个星期后了。

奥运会闭幕式之后，在雷雨中的看台上，萨里站了很久，他凝视着辛妮倒下的地方，最后自语道："我，还是回家吧。"

首都保卫战正处于最后阶段，城市已大半失陷，虽然大势已去，但从外地增援的部队仍源源不断地进入在战斗的城区，这些部队由杂乱的人群组成，有穿军装的，更多的是扛枪的平民。

萨里向一名军官要一把冲锋枪，那人认出了他，笑着说："呵呵，我们可请不起救世主了。"

"不，普通一兵。"萨里微笑着说，接过了枪，加入了高唱国歌的队伍，在被火光映红了一半的夜空下，在颤动的土地上，向激战中的城市走去。

2003 年 3 月 7 日

于娘子关

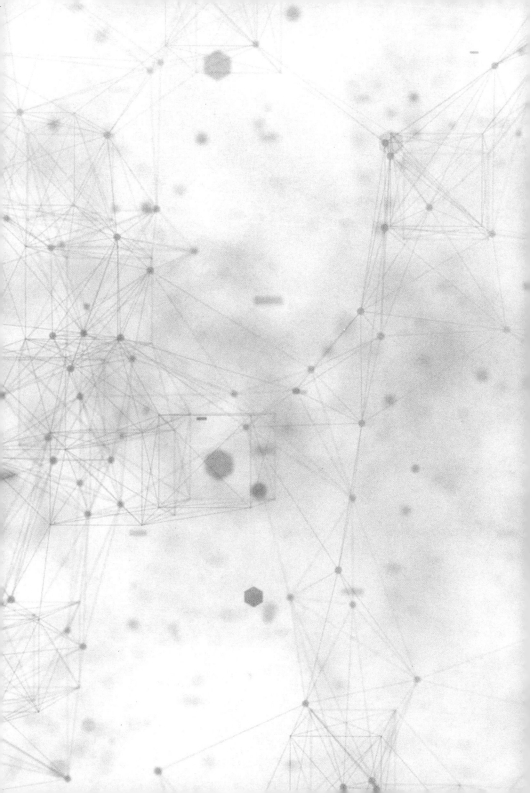

负限奥运会

罗夏/文

罗夏（1994—），原名田兴海，四川成都人，曾用笔名赤膊书生，新锐科幻作家。于 2015 年开始创作，有数篇科幻小说发表于《银河边缘》《作品》、蝌蚪五线谱网、小科幻 APP 等平台，作品《冥王星密室杀人事件》入选《2016 中国悬疑小说精选》。《负限奥运会》于 2016 年发表蝌蚪五线谱网站，后实体发表于《作品》2018 年第 2 期，为对刘慈欣《光荣与梦想》致敬之作，此次发表亦获刘慈欣首肯。

史上最不可思议的奥运会！夺冠需要最慢的速度，运动员们各出奇招，怎样的招数才能获得胜利？

"我没记错的话，你是一位真正的奥运冠军。为什么要来参加负限奥运会？"

辛妮的中文意外流畅，她歪着脖子，目光自下而上，蜿蜒扫过。眼神中有一丝疑惑，又有淡淡的挑衅。肤色是西亚共和国特有的那种菜青、象征饥饿的颜色。腰间却有一本烫金的经书，用手夹得很紧。

"真正的奥运冠军……"我嗤笑两声，"没错，2056 年在马尼拉，我参加男子 100 米短跑决赛。出了田径场有个菲律宾小孩拦住我的路，说他可以打败我。他看上去像本地富人家的孩子，脚上是最新款的 AJ。"

"你真被他打败了。"辛妮的语气不像疑问。

"不止。"我点上一支烟，看着天上的飞机云，它拖出的长尾巴，就像冗余的那部分人生，"是像条狗一样被打败了。"

"从来没有一位对手能在跑道上甩开我那么远。在我用尽全力的情况下，他轻描淡写地就击败了我，然后说'你输了'。语气就像小学生说'我们去吃甜甜圈吧'那么轻松随意。当然，说不定他本来就是小学生。"

"一个经过基因强化的小孩而已。"辛妮噘嘴，带着她特有的倔强和不屑。

"可是，这样的小孩已经到处都是了。"我盯着她，"总有一天，所有人都能比奥运冠军快。辛妮，'更高、更快、更强'的时代已经过去了。"说出这句话的时候，我感觉无比虚弱，就像垂垂老矣，行将就木。

"所以才选择'更低、更慢、更弱'？"辛妮问。

"你真以为'更低、更慢、更弱'很容易？"我说，"中国有句古话，'反者道之动'。极致的慢和极致的快一样，都是很难做到的，那是另一种伟大的竞技了。"

"但负限奥运会比拼的不是体力，我不觉得一个传统奥运会冠军参加负限奥运有任何优势。"辛妮说话很直，但看上去并无恶意。

"我不是因为有没有优势才参加的。"

"那是为什么？"

"为了复仇。"

"向谁复仇？"

"向那个小男孩，向所有人。"我掐灭烟头，指纹又一次被烧焦，这是我的习惯，掐烟头从来只用指腹。天边的云点染上一层殷红的光，让我想起拜伦写阿波罗的那首诗——"我步履所至，云霞如焚。"

"原来你记仇。"辛妮有些错愕。

"体育精神，锱铢必较。"我说，半是认真半是玩笑的语气。

"更何况我并不是你说的那种只会跑步的傻大个儿，进国家队之前，我在剑桥学过数学。要是在学术界评一个跑步冠军，除了阿兰·图灵我谁也不怕。"

辛妮没有理会我的玩笑，她的表情严肃起来，一字一顿地对我说："叶先生，负限奥运会 100 米决赛，我会努力打败你。"

"怎样都好。"我心不在焉地答道。

想到我将要在比赛中使用的那个方法，我就有些黯然。辛妮绝对没可能打败我，用那个方法，没有人能打败我。只是那样的胜利，未免有些凄凉。

两天后，负限奥运 100 米短跑决赛正式开始。比赛规则如下：

1. 负限奥运会 100 米短跑比赛的目的是挑战人类慢速的极限，赛出全人类跑得最慢的人；

2. 所有选手不同时比赛，单独完成比赛项目，评分标准是抵达终点的时间，最晚者胜；

3. 比赛过程中，选手在任何一个时间断面都必须处于运动状态，不能静止；

4. 可以使用辅助科技装备；

5. 在不违反前四条规则的情况下，选手可以自行定义比赛方法，并保留对此方法的解释权。

第一个上场的是日本选手井上越泽。他并没有穿运动服，而是一副浪人装扮，我心中隐隐有不妙的感觉。能进入决赛的人，都不简单。

发令枪响，井上越泽采取了一种令人意想不到的姿势起跑——他是倒着跑的。不是说倒着跑有多么新颖，恰恰是因为倒着跑太普通了。在初赛，乃至海选阶段，就有很多人采用这种跑法，事实证明，这对于降低跑步速度用处有限。井上越泽怎么会在决赛上使出这么没有想象力的跑法？

"没劲。"辛妮站在我旁边，轻轻瞥了一眼赛场就把视线移开了。我却饶有兴致地看了一会儿，越看神色越凝重，事情没那么简单。

"难波跑法。"我笃定地吐出这四个字。

"什么？"

"你仔细看他的姿势。"我说。

辛妮看了一眼："这姿势很奇怪，同手同脚。"我接过话头："没错，但同手同脚只是对难波跑法的粗浅理解，真正的难波跑法，包含一整套相当庞大严密的训练体系，有着极为复杂的呼吸技巧，早就失传了。"

"为什么叫'难波'，有什么说法吗？"辛妮问。

"难波是大阪的一个地方，江户时代，难波的信使特别多，当时很多信使是没有马的，传递邮件和货物一般都是用双脚进行，速度决定了他们买卖的数量。于是他们发明了一种奔跑的方法，据说一天可以跑几百公里。后来人们就把这种可以极大提升奔跑速度的跑步方法称为难波跑法。"

"可我们比的是谁跑得慢啊。"辛妮说。

我说："没猜错的话，日本应该是完整复原出了古武术中的难波跑法，并在此基础上开发出了反难波跑法。不只是简单的倒着跑，每一个关节的扭动，每一次呼吸的节奏，都反过来了。这种反难波跑法，可以极大地降低奔跑速度。使用正常跑法的人，再怎么努力也做不到比反难波跑法更慢。"

井上越泽的成绩最终证实了我的猜测，100 米的距离，他跑了整整八天。比赛过程中，他全靠营养液维持生命。计算机分析指出，这八天他一直在纳米尺度上保持匀速运动，没有一个时刻是静止的，所以成绩完全有效。初赛最好的成绩是四天，井上越泽超越了这个成绩整整一倍。

辛妮也没想到日本选手能有这么强，但她的表现还算淡定，难道她藏着一手？我不禁有些期待。

第二个出场的是英国人艾伦·兰伯特。他出现的时候，我们甚至没有意识到那是一个活生生的人。艾伦整个人包裹在一个雪茄形机械中，那个机械的外壳采用透明设计，可以看见里面成千上万个齿轮和轴承，还隐隐传出松油的味道。

艾伦·兰伯特接受赛前采访时说："英国文明是大机器的文明。机械赋予我们严谨，也赋予我们艾萨克·牛顿式的英雄气质。但第五次科技革命之后，这种气质已经在英国消亡殆尽了，我来到这里，就是提醒英国人找回那种气质。"

接着，他向记者详细介绍了他的辅助器械："尽管科技日新月异，但人类最伟大的发明却是六千年前出现的，那就是——轮子。简简单单的一个圆，却在文明史上发挥了巨大的作用。利用两个轮子，加上简单的传导装置，就能构成一种传动式机械结构——自行车。这种机械结构可以把人类的移动速度成倍提升，而耗费的能量却远比奔跑来得少。我的参赛思路也由此衍生而出：能否发明出另一个向度上的自行车，通过机械传导，将人类的移动速度成倍降低？"

"了不起的工程师思维。"我不由赞叹道。

艾伦接着说："要发明这种自行车看似简单，实则非常复杂。就像当初人类找到圆一样，我首先要在几何上找到一种图形，只有采用这种形状的轮子，才能将同样动能做的功降到最低。而要找到那种几何图形，其难度丝毫不亚于解决'倍立方'这样的世界级数学难题。在这一步上，我卡住了，一卡就是八年。直到有一天我在无聊中翻看约翰·伯努利的书，从天而降的灵感才击中了我。1630 年，伽利略提出了'最速降曲线问题'，即一个质点在重力作用下，从一个给定点到不在它垂直下方的另一个点，如果不计摩擦力，问沿着什么曲线下滑的时间最短？1696 年，约翰·伯努利再次提出这个问题，莱布尼茨、洛必达还有牛顿都分别给出了正确的解答。这个问题的研究，直接推动了变分学的出现。而我要找那种几何图形，和最速降线问题之间存在一种隐秘的近似。在利用变分学提供的合适的数学工具后，我很快就找到了那种图形。"

原来他八年前就开始准备了，那时负限奥运会的概念才刚刚被提出来。我看了辛妮一眼，她低着头，用手揪着衣服不断打着结，不知道在想什么。

这时，艾伦把脚抬了起来，把机械装置的轮子展示给我们看。那个轮子的形状无法用语言描述，因为感觉那种形状不应该存在于世界上，就像从高维空间偷出来的一样。非要形容的话，它就像一个浸泡在水里的正二十六边形，有一种怪异的扭曲感，却惊人得优美。我可以断言，单凭这一项发现，艾伦足以跻身世界一流的数学家行列。

艾伦在机械装置中备够了充足的食物，他最终的成绩是一个月零五天，结束的时候北京都已经立秋了。薄薄的一层秋雨落下来，路边凋零了很多花。这时，井上越泽已经回国了。艾伦的成绩刚刚超过他时，他就收拾东西去了机场，一边走一边唱着一首我们听不懂的歌。

下一个，轮到了辛妮。

在比赛前一晚，我请辛妮吃饭——北京烤鸭。她一个人整整吃掉了三只，连汤都喝得一滴不剩。她没有喝酒，却莫名醺然，一边吃一边抬头，以一种古怪的眼神看着我。我被看得很不自在，就说："不够还可以加。"

她一下就哭了起来，瘦小的身躯不住颤抖，仿佛随时都会散架。实在很难相信这样一个孱弱的小女孩居然是代表一个国家的运动员。我曾经问过辛妮为什么要参加负限奥运会，她不假思索地告诉我，为了祖国。

"在传统奥运会上，西亚共和国没有任何机会证明自己。培养专业运动员所需要的资源，不是我们这样的国家能够承受的。"

"可负限奥运会需要的资源你们同样没有，艾伦的比赛你也看到了。"为了不让她将来太过失望，我选择不给她希望。

"叶先生，你知道军舰鸟吗？这种鸟可以在风里睡觉，所以即便有些鸟天生比军舰鸟飞得快，军舰鸟还是可以赶上去，因为它们从不停下来休息。"

所以你的国家是要成为军舰鸟吧？我没有问出口。

直到辛妮的比赛开始的那一刻，我才明白，军舰鸟并不只是一种比喻。

"只要能抵达终点，走哪条路并不重要。"这是辛妮面对记者的开场白，"西亚共和国是一个穷国，我们没有艾伦那样的天才科学家，也没有难波跑法那样的古老传承，但这不代表我们不想赢，西亚共和国有自己的智慧。我能走到今天，和四大强国并肩，就是这种智慧的明证。可惜，在决赛上，我们却要使用一种最笨的方法了。"

我看到辛妮在跑道上缓缓转身，背对终点。她要干吗？模仿井上越泽？不，不可能。凝望着辛妮缓缓弯曲的脊背和慢慢拱起的足弓，我的脑海里浮现出她昨晚说的那些话，我瞬间明白了一切！

"不要，辛妮！"我大声狂吼。辛妮回过头来看了我一眼，眼睛里有一点哀伤，但更多的是一种坚定的决绝。看到那个眼神，我知道一切都晚了。

"我将从起点出发，环绕整个地球，在我生命的最后一刻，抵达终点。"辛妮对着话筒，平静地说出了她的参赛计划。

"可是你这样是犯规的，因为几十年的时间内你必定会停下来睡觉。这就违反了比赛规则中不能静止这一条。"记者当即指出问题。

辛妮点点头，说："我们国家最优秀的科学家已经解决这个问题了，他们从军舰鸟身上得到了启发。在太平洋东部的赫诺韦萨岛，他们为在这里喂养后代的十五只成年雌性军舰鸟安装了头部加速度记录仪、GPS和脑电图（EEG）记录仪，并在接下来的十天里，对它们的飞行活动及大脑状态展开了彻底调查。结果显示，军舰鸟可以边飞边睡觉，得益于一种名为'不对称慢波睡眠'（asymmetric SWS）的机制。也就是仅让一半大脑进入睡眠状态，同时让另一侧保持相对清醒。根据这个原理，他们在我的头部安装了不对称慢波睡眠模拟装置，我可以用一半大脑跑步，另一半大脑进入慢波睡眠休息，这样的话几十年都不用停下来。简单来说，我变成了一只军舰鸟。而我的同伴们，将陪伴我一生，为我提供食物和水，必要的时候还要为我架桥铺路。"

这时，我才注意到有几个西亚人慢慢围到了辛妮周围，就像虔诚的信徒拱卫着女神。他们大多肤色黝黑，手有意无意地掩住衣服上的补丁。看向人群的眼神躲躲闪闪，像一群刚走出大山的孩子，一边好奇地张望繁华世界，一边竭力掩饰自己的贫穷。但他们已经是西亚共和国最出色的一批人了，这是辛妮的国家能为她提供的全部。

此时观众席一片哗然，奥委会和裁判组也陷入了激烈的讨论。争论的焦点不在于辛妮的参赛方式是否符合规定——选手有权自己定义比赛方式，而在于让辛妮参赛是否符合人道主义精神。毕竟她才二十岁，还有好长的一生需要度过。

如果不参加负限奥运会，她可能会嫁给一个英俊的男人，给他生一个哭声嘹亮的儿子。看着他长大，看着他纵马飞驰过大高加索山脉下的草原……在苍青色的天空下，半人高的草海荡起波浪，一直涌到天边。

奥委会最终讨论的结果是尊重选手的意志，他们将派遣特别行动委员会，几十年后在终点等待辛妮，并告知她最后的成绩和名次。不过在正式起跑前，国际奥委会主席还是郑重地最后一次询问辛妮的意见："你确定要为这次比赛付出一生吗？"

辛妮回答了，用的是她本民族的语言，后来我才知道她引用了来自她的国度的古老诗句：

在诸神那里必得到自己的路
我们将来没有恐惧，也不忧愁

辛妮起跑了，她的步伐并无考究，只是用很蹩脚的方式强行放慢着自己的速度。组委会进行了测算，按照她现在的速度，她将在两天后跑出田径场，一年后跑到位于北五环的奥林匹克森林公园，再用几个月时间就能彻底跑出北京的行政范围。之后，她将一路北上，在大约六年后跨越俄罗斯国境线，西伯利亚冰原严酷的地表环境将进一步减慢她的行进速度，不过这正合她意。也许再花个七八年她就能到达叶尼塞河，那时她已经三十几岁了。之后再用十年穿过北冰洋到达北极点，这需要依赖她的同伴为她修的路。等她从北极点跑到南极，她的人生已经所剩无几。这时，即使是最慢速的跑动也会使她感觉异常劳累，但她不会停下来休息，因为她是军舰鸟，军舰鸟睡在风里。

辛妮的赛程要持续几十年，当然不可能等到她结束再进行之后的比赛。辛妮出发的翌日，第四位选手就上场了。被媒体认为最有可能夺冠的美国人伊恩·琼斯。这个留着长头发、胡子邋遢的黑人，从出现在公众的视野开始就没说过一句话，不知道的甚至一度以为伊恩是哑巴。

有可靠情报称，伊恩之前是个乞丐，他在纽约狮子大道的正中央打坐冥想了三十七年。当地流传过一个说法，说伊恩是有大智慧的贤者，他在为全人类思考，探索人类思维边疆的极限，所以理应受到全人类的供养。路过的司机偶尔会扔一些面包和水给他，他靠这个活了下来。

有一天，沉思中的伊恩突然睁开双眼，在别人的搀扶下来到市政府。他的语言能力基本已经退化，用零星的几个单词和手势表达了他的诉求：他要求代表美国参加负限奥运会。而当时负限奥运会的概念还没提出来。纽约市政府的工作人员以为他是在冥想中发了疯，将他赶走了。临走时，他说了一句话："三天后，狮子大道。"

三天后，负限奥运会的概念正式提出，美国政府紧急成立专项小组遴选运动员。这时，纽约市政府才想起了伊恩，认为他有未卜先知的能力，急忙派人把他请了回来。他们一面崇拜着伊恩，一面又很怕他。站在伊恩面前，人们总有一种被凝视的感觉，而他明明闭着眼。

今天，伊恩再一次睁开了眼睛，他用手撑着地面，晃晃悠悠地站了起来。由于常年盘坐，他的大腿肌肉早已萎缩。工作人员递给他一根拐杖，他才艰难站稳。"这副样子倒是很适合参加负限奥运会。"我忍不住调侃了一句。伊恩蓦地转过头来看着我，那目光里仿佛真有火焰，我急忙避开他的视线，可是皮肤上却还是产生了一种灼烧感。

我离他的距离至少有八百米，那么远他怎么听见的？

只见伊恩缓缓走上跑道，拿着话筒对着裁判席说了两个单词："细胞，扫描。"裁判席表示没有理解伊恩的意思。美国代表团专门派人上前解释，伊恩选手要求启用细胞扫描仪。细胞扫描仪是出现争议判罚时的仲裁设备，可以对一个人全身上下的每一个细胞进行扫描，然后在计算机中建立数学模型，根据运算结果判断该选手是否处于静止状态。一般只有出现极端争议的情况下才会启用。

伊恩的要求并没有违反规定，裁判组启用了细胞扫描仪。随后伊恩站到起跑线上，做出一个非常符合国际田联标准的起跑动作。真不知道以他的身体条件是怎么办到的。发令枪响，伊恩的比赛正式开始。

可是——他没动。准确来说，是一动不动。

裁判席响起了警告声，伊恩的行为属于严重犯规。如果在听到警告后还是保持静止的话，将会被判为作弊。所有的观众都傻眼了，最有希望夺冠的人怎么会出现这么低级的失误？

等等！

我的目光落到细胞扫描仪上，上面的曲线剧烈起伏着，这分明显示伊恩正处于运动状态。裁判席也注意到了这个情况，暂停了警告，开始细致地研究细胞扫描仪，看样子他们认为细胞扫描仪出了问题。

这时，美国代表团解释道："细胞扫描仪并没有出问题，要理解现在的情况，需要大家先理解一个数学概念——极限。打个比方，$0.99999\cdots\cdots$无限循环等于1（注意不是约等于），就是一个简单的极限问题。伊恩虽然没有发生位移，但是他调用了每一个细胞，使身体处在一种无限接近于运动的状态，这点用细胞扫描仪就可以证明。类比数学上的极限概念，如果我们对此状态的伊恩进行求极限的运算，就可以得到一个运动的伊恩。他是那个处于无限循环状态的$0.99999\cdots\cdots$，毫无疑问，他就是1。"

美国代表团的解释没有错。伊恩那三十七年的冥想，使他对身体的调用能力达到了极致，他可以操控每一个细胞，使身体无限接近于"运动"，然后用意志强行控制身体不发生位移。按照规则，伊恩并非处于静止状态，同样按照规则，伊恩到达终点的时间最晚——他到达的时间是"正无穷大"。艾伦输了，井上越泽也输了，还有辛妮，也输了。

但我输了吗？不，我不这么想。

美国队的比赛当天上午就结束了（伊恩只要保持极限状态一瞬间就可以了，因为那一瞬间里包含永恒），下一个上场的就是我。我却没有急着准备，而是先联系了体育总局，请求他们帮我找到辛妮，告诉她不用再跑下去了。伊恩是无法超越的。其实我知道她不会听，这么做只是为了让我自己好受一点。

组委会很人道，害怕我再做出类似辛妮这样的悲壮之举，特意来问我要不要弃权，因为结局早已注定。我微笑着拒绝了，对来的人说："你们害怕基因修饰会使体育精神完全丧失，所以开发出了别出心裁的负限奥运会，但现在看来，这并没有用，奥委会早就把真正的体育精神搞丢了。"

"叶先生，那您认为的体育精神是什么？"奥委会派来的特使有些不服气。

"明天你就知道了。"我说。

他对我的自信表示惊讶，愣了好一会儿才说："明天，全世界都会关注您的比赛。"然后他向我鞠了一躬，转身告辞。

第二天，全球各大媒体齐聚新鸟巢，《新闻周刊》的封面全是我的照片。一来因为我是代表主办国压轴出场，二是因为伊恩已经确立了绝对的胜利，他们想看我还能玩出什么花样。巨大的圣火火炬熊熊燃烧，观众席上数万人呼喊我的名字，我从来没想过有一天还能重回奥运赛场。当初的队友一大半做了地方队教练，另外一大半进体校当了老师，如果没有负限奥运会，我的命运和他们是一样的。

发令枪响，我开始冲刺，用尽一个中年男人的全部力气。

观众应该会很惊讶吧，他们可能认为我已经放弃了比赛。没有关系，因为在短暂的惊愕之后他们就会发现，我消失了。在冲过终点的一瞬间，我消失了。

中国代表团稍后将为我进行比赛阐释，因为我本人已经没有机会解释了：我的比赛方法要追溯到1947年。那一年，普林斯顿来了一个名叫哥德尔的年轻人，他致力于寻找爱因斯坦方程组的新解。为了解释爱因斯坦那莫须有的"宇宙常数"，哥德尔提出了一个旋转宇宙模型：这种宇宙不膨胀，所有的物质都绕着一个对称轴匀速转动。后来随着爱因斯坦摒弃了自己的"宇宙常数"，哥德尔的旋转宇宙模型也不攻自破。

但我们的科学家在今年发现，哥德尔旋转宇宙和大爆炸宇宙并非水火不容，当二者被更先进的数学工具统一起来的时候，人类才发现了真实宇宙的图景。

哥德尔宇宙模型的真正意义，在于帮助我找到那条"路"。旋转宇宙中，转动对光锥产生影响。当我们离开中心，光锥就开始倾斜，这是因为转动的线速度增大了。在距转动轴一定距离的地方，光锥完全翻倒，然后倒扣起来，于是光线就沿着开口朝下（过去）运动。当你沿着倒扣过来的光锥行进的路线运动时，你就走进你的"过去"。

而那条路就直挺挺地摆在现实世界中，但从来没有人找到它，因为只有脑子里有完整宇宙模型的人，才能"看"到那条路。其实很容易理解，就像做几何题用到的辅助线，很多人怎么也看不到那条辅助线。但理解了哥德尔宇宙图景的人，早就知道了辅助线的位置，只需要把它画出来就行了。

我的那条"辅助线"就是和100米跑道重合的，新鸟巢还在设计的时候我就知道了，或者说跑道就是为了那条"辅助线"而设计的。只要头脑中清晰浮现出倒扣光锥行进的路线，我就能跑进"过去"。

我从今天出发，在过去抵达。所有的一切都被我抛在了明天，我会一天比一天年轻，我会跑进和辛妮吃饭的那个夜晚，跑进被菲律宾男孩打败的早晨，跑进第一次国家队队训时阴雨绵绵的下午。

而对于现实中的人们来说，我抵达终点的时间将是"无穷大加上任意数"，不过，无穷大加上任意数仍然等于无穷大，所以我会和伊恩并列负限奥运会100米短跑冠军。他赢了，但我也没有输。可惜的是，我永远无法参加颁奖典礼。

我在参赛的那天其实就已经死了，因为我没有了"未来"，我的每一天，都是在遍历过去的人生。

体育精神是什么？奥委会特使问的那个问题，在被菲律宾小男孩击败的时候我就已经明白了——

从来就没有什么虽败犹荣，世界上只有一种体育精神，那就是发现了竞技的残忍却依然热爱它。

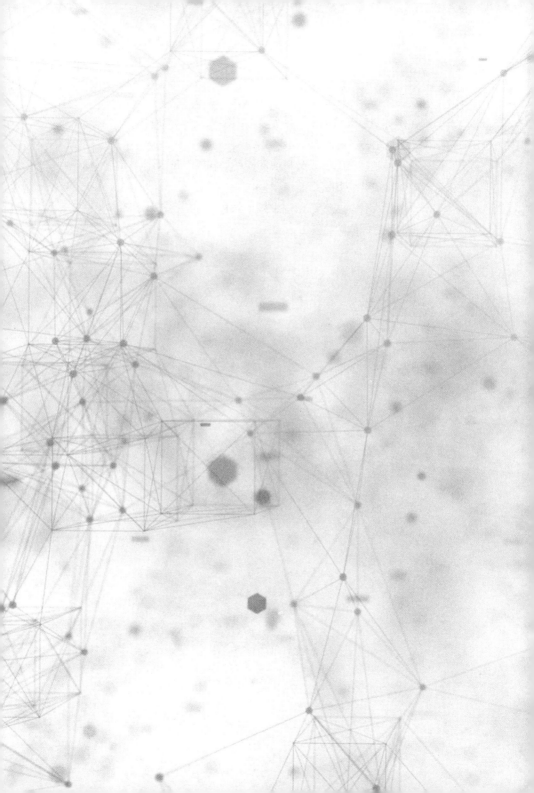

674 号公路

长铗 / 文

（2007 年第 19 届银河奖科幻小说奖）

长铗（1984—），原名刘志鹏，湖南邵阳人，毕业于中国地质大学(武汉)，当代硬科幻代表作家，著有短篇集《麦田里的中国王子》《星际掠食》等。后致力于区块链理论研究和技术普及，并创立巴比特公司，出版有国内第一本比特币专著《比特币：一个真实而虚幻的金融世界》及《区块链：从数字货币到信用社会》等，曾连获 2006、2007、2008 年度中国科幻银河奖。《674 号公路》发表于《科幻世界》2007 年第 11 期，于翌年荣获第十九届银河奖科幻小说奖。

神秘的 647 号公路，几乎没有人能够跑完，却吸引了全世界最优秀的赛车手来挑战，但这条路的秘密超过人们最疯狂的想象……

"嗨，伙计，去过 674 号公路吗？"红头发一只手搭在保时捷敞篷车门上，另一只手在一个姑娘身上游走。

674 号公路？外乡人露出迷惘，轻轻抽着鼻子，似乎不习惯尘土里弥漫的橡胶焦糊味。

"啊哈！他居然不知道 674 号公路！"红头发怪叫一声，他的同伴应声响起刺耳的唿哨。红头发在姑娘丰腴的臀部拍了一下，以印度仪仗兵夸张的姿势踩在油门上。保时捷喷出一屁股黑烟，两条深深的辙印像蛇信子般迅猛窜出，汹涌的尘土扑打着外乡人的车窗。

外乡人缓缓摇上车窗，打开车内唯一的电子设备：美国卫星地图。手指在屏幕上轻叩，轻易地找到了那个模糊的痕迹：卡里寇。若不是 170 英里外的那个著名的白银矿，这个小镇也许早已在地图上消失了。

这里没有连锁店，没有大公司开的煤气站，没有几乎遍布每个美国小城镇的快餐分店，没有沃尔玛，没有得克萨科加油站，没有壳牌公司，也没有麦当劳和伯格金，也没有玩偶盒商店。这儿就是卡里寇。

外乡人推开小镇的唯一一家酒吧"拓殖者之家"，里面喧闹的气氛顿时安静下来。酒鬼们把目光投向他，他们大多是矿工的儿子，目光就像探照灯般灼亮。外乡人脱掉他的皮外套，交给门口的侍应生，像是老顾客般径直朝吧台走去。德·丽尔夫人就立在吧台后面，她每天晚上都在这里，这儿的每个人都知道她，甚至那些匆匆的过客也惦记着她，还把她的芳名远播他乡。没错，她就是卡里寇最引人注目的存在：酒吧的老板娘。

"我想，你一定知道杰克·汉弥尔顿的故事，小姑娘。"外乡人抿出老道的微笑，他有一个棱角分明的坚硬下巴，泛着钢灰色。

"哈，他居然叫我小姑娘！不过，老娘喜欢这个称呼。"德·丽尔夫人环顾左右，夸张地向她的顾客们炫耀她的新昵称。男人们用敌意的目光射向外乡人，这里面包括那个红头发，外乡人一进门就被他盯上了——这个不知道 674 号公路的愣头青居然敢来"拓殖者之家"！

"当然，这方圆五百英里的陈芝麻烂谷子的事我全知道，说吧，帅哥，你想听哪一段？"德·丽尔夫人摇曳着腰肢，玻璃杯里的红色液体漾了出来，有几星泡沫洒到了外乡人的脸上。

"674 号公路。"外乡人一字一顿地说。

"哦，又是 674 号公路。每一个远道而来的小伙子都要听这一段，就像没断奶的孩子围在祖母的膝下要听《格林童话》。"老板娘故意提高声调，让周围的人都能听到他们的交谈内容。男人们露出鄙夷的神色。的确，674 号公路追捕的故事早已远播他乡，只有那些开着红色法拉利拉风的毛头小子才会兴冲冲地打听这些。

十九世纪中下叶，美国西部淘金热热气未消的时候，在南加州的东部，又传出了有银矿的消息，而且蕴藏量丰富。1881 年 3 月的一天，三个探矿的人来到卡里寇，安下营寨，他们要在这里试一试运气。一天、两天、三天过去了，他们一无所获，第四天，随着一声欢呼，卡里寇的繁荣历史拉开了帷幕。矿工们在这片褚红色的干燥土地上建立了三个小镇，卡里寇是其中最大的一个。卡里寇在英语里的意思是粗印花棉布，因为这里的山峦就像姑娘们的印花裙子一样漂亮。三个大型银矿、硼砂矿分布在三个小镇周围，从每个小镇到任意一个矿山都有一条路况不佳的公路，一共九条，构成这荒凉之境的全部交通。674 号公路是九条公路中的一条，它连接了卡里寇与最大的那个矿山：白银谷。它为什么叫 674 号？这个数字不属于美国公路交通网的顺序编号，也许是纪念某个棒球明星的本垒打纪录，天知道。但有一点是可以肯定的，它是个不祥之数。在这条短短 170 英里长的公路上，发生的交通事故难以计数，甚至它从建完后的第一天起就被废置了。第一辆通过它的是一辆运砂车，人们还来不及纪念它在修建公路中的功勋，它便不争气地滚到了深不可测的大峡谷里。于是人们相信这条砂子路是被魔鬼诅咒过的，传说印第安人的祖先沉睡在这条路下，他打个哈欠就能把道奇卡车吹上天。住在卡里寇镇的矿工们要去白银谷，宁愿绕道其他的路。

但是真正使 674 号公路声名远播的是三十年前那场惊动 CNN 的荒野大追捕。美国 153 号通缉犯、赛车手出身的杰克·汉弥尔顿在五十辆警车的驱赶下，发疯般地冲进 674 号公路。警察们得意扬扬地看着他们的猎物绝尘而去，没有追赶，而是在 674 号公路与其他几条公路的交叉口设了路障，在白银谷与卡里寇镇的两头张开口袋，然后警长先生带领着他的手下到"拓殖者之家"喝酒去了。

"他会后悔的，他会吓得尿裤子，当他看到满路的汽车残骸……"警长向酒吧的所有听众宣布，但是后来后悔的是他。

杰克·汉弥尔顿从这条盲肠一样短的窄小公路上消失得无影无踪，蜿蜒在大峡谷边沿的 674 号公路除了几个分岔口，不可能有其他的出口，但是在路障守候的警察一无所获。有个蠢蛋发誓他听到了呼啸而过的引擎声，那剧烈的声波甚至吹动了他猪鬃粗的眉毛，可他却连个汽车影子也没见着。杰克·汉弥尔顿驾驶的是一辆 1953 年制造的克尔维特，黑色的车身漆配以抛光处理的底辐式车轮，嚣张的折叠式车顶就像响尾蛇毒牙般伸缩自如，搭载 7.0 升 V8 引擎，高达 500 匹的最大输出马力与 550 牛米的扭矩令人侧目。这辆速度怪兽是通用汽车设计大师哈里·厄尔的失败作品，只推出了三百多辆便被停止生产。因为它暴烈的脾气、复杂而别扭的操控性能、单薄的安全系统令人望而生畏。

杰克·汉弥尔顿却对它情有独钟，所以他若驾驶这样一辆奇特的车逃亡天涯应是很引人注目的事。但是他的确是连人带车蒸发了，直升机把这块巴掌大的满目疮痍的大地搜寻了个遍，悻悻而归。警长只好向追踪而来、失望至极的 CNN 记者宣布，那个坏蛋被大峡谷吞没了，连个响屁也没闻着。

"这还不是故事的全部。"老板娘慵懒地喷了口酒气，脸上泛出红潮，几颗雀斑在红潮里若隐若现。她说："最精彩的一段不属于杰克汉弥尔顿那个疯子，而是阿弗莱·切。当然不是每个人能像我这样亲昵地叫他切，你懂吗？帅哥。"

"切？那个拙劣的赛车手阿弗莱·切？"外乡人讥诮道。

老板娘愠怒地扫他一眼："懂什么？毛小子！切是那个时代最伟大的赛车手，没人能比他更快！他是唯一全程跑完 674 号公路的人，我见证了他的辉煌！"

外乡人把宽大的手掌按在德·丽尔夫人的手上，安抚她胸脯内波涛起伏的激动情绪："慢慢说，我洗耳恭听。"

德·丽尔怔怔地打量着外乡人骨节粗大的手指，目光柔和下来，笼罩在他壮硕的脖颈上，微微一笑："你也是个行家，小子。赛车手需要健硕的体魄，急转弯时脖子需要承受五倍于自身重量的离心力。切常给我说一些赛车常识，但我记不住，哈哈。那时我还是个小姑娘，他把我塞到他的车尾厢内，他说没有姑娘敢坐在他的旁边，他要让我清醒地见证他逾越 674 号公路。他做到了！我虽然藏在车尾厢内，身体被绳子牢牢固定着，但还是吓了个半死。小子，坐过过山车吗？虽然你眼睛闭着，但你还是能感觉到那种忽上忽下、心仿佛要从胸口撞出般的惊心动魄，不是吗？"

"我好奇的是，既然你待在车尾厢内，你怎么知道他不是在别的一条什么马路上兜了一圈呢？"

"你怀疑他？"德·丽尔夫人的目光变得严厉起来。

"不是，我只是觉得这个世界太荒谬了，如果阿弗莱·切是纽博格林十二小时耐力赛纪录的保持者，他还全程跑完过魔鬼之路 674 号公路，他怎么会在亚利桑那州宽阔的高速公路上飞出他的挡风窗玻璃呢？要知道那次交通事故，他负全部责任。"

"够了！"德·丽尔夫人怒不可遏地把酒泼到外乡人的脸上。两个彪形大汉围过来。

"北方佬，你对我们的老板娘做了什么？你不介意坐一回地道的'矿井电梯'吧？"两个大汉把粗壮的手臂探进外乡人的腋下，企图把这个北方口音的小子扔出去。外乡人的身子却纹丝不动。

"放下他！"黑暗中一个夹着浓痰的嘶嘶嗓音说。

闹哄哄的四周立即安静下来，密集的人群闪出一条过道，一个蹒跚的脚步缓缓走近，来人满头苍发，脸上长满了肉疣，就像是铺了一层油亮的卵石。

"可是……"壮汉想解释什么，却又戛然而止，因为他被来人犀利的目光刺得一噤。

"年轻人，到我这儿来一趟。"

外乡人面无表情地望望左右，跟着那个蹒跚的步子走出酒吧。

红头发扒开百叶窗望向窗外："嗨，大家看，那小子的车没有后视镜！"男人们挤到窗前观看，有人把啤酒瓶愤怒地摔在地上，因为那是一个巨大的挑衅。

没有后视镜！因为没有人能赶上他！而这里的顾客没有一个不是狂热的车手，矿山早已告别淘金时代的繁荣，674号公路把全世界的飙车小子召集到了这里。

"那是一辆破车！"红头发鄙夷地朝窗外吐了口唾沫。诚然，相比他那辆鲜亮的御林军红保时捷，外乡人的车就像一个寒碜的乡巴佬。

"也许，那厚重的车厢改装一下可以装土豆。"红头发的调侃引得一阵哄笑。

"那是一辆好车。"一个幽长的声音说。但是快乐的人们没有听到这句忠告，挤在男人中间的德·丽尔夫人回过头来，看到一个衣衫褴褛的糟老头自斟自饮，他的脸像是用砂纸磨掉了半边，鼻子与眼睛连成一块，样子恐怖吓人。德·丽尔夫人认识这个老头，他肯定是这个小镇上的人，常常能在酒吧最偏僻的一张小桌上找到他的身影。有喝酒的主顾称这个老头是在教堂里打杂的，雷耶博士收留了他。他是个酒鬼，却没有好的信誉，赖了不少酒账，都是雷耶博士帮他偿付的。

德·丽尔夫人很鄙夷这个老酒鬼的癫话，那是辆好车？狗屁！灰白色的车体，不少地方还脱了漆，多久没打蜡了，也确实打不了蜡，该报废了。不过，它的排气管真粗！德·丽尔夫人的眼珠都快蹦出来了，她从来没有见过这么粗的排气管，不，她见过。那还是她风姿绰约的少女时代，同样风华正茂的切驾驶的跑车也有如此夸张的排气管。她亲眼看见切给他心爱的四驱车装上这个丑陋的装置，就像机械师给大炮装上大口径炮管一样得意。

"他们叫我雷耶博士。但我宁愿你叫我牧师，我就是这个小镇唯一的牧师，在宗教活动之余，我还兼供应汽车零配件。"这个硕大的头颅说，他苍白的头发炸立着，像雄狮般威严，下巴垂着薄而密的褶皱，

164

就像是公鸡肉垂。

"您是个多面手。"外乡人谦卑地恭维道。

"没办法，这个小镇人口太少，人们不得不身兼数职才能应付过来。"

"这里甚至有消防队！我来的时候看到了，消防队门口有一块小牌子，上面写着卡里寇不同年份的人口。1881 年，40；1887 年，1200；1890 年，810；1951 年，20……"

"你的记忆力不错，小伙子，干哪行的？介意我问吗？"雷耶博士揭开一瓶窖藏葡萄酒，"砰"的拔盖声在教堂房间里显得悠长，余音消弭后房间便陷入令人窒息的沉默。

"我是个推销员，推销《圣经》。"

"你的业绩一定不错，买得起一辆好车。"雷耶博士的目光割过外乡人紧绷的脸皮，外乡人脸一红，迅即恢复一个推销员才有的老练和镇静："这辆车是父亲的遗产，我不是个好推销员，因为我这副面孔不讨乡下主妇们喜欢。"他似乎被自己的幽默逗乐了，他的爽朗大笑与他的口音一样，来自北方。

雷耶博士递给外乡人一杯酒："卡里寇不是你应该来的，北方人，这里总共只有八十个常住人口。"

外乡人止住笑，不自然地紧了紧脸皮："是的，和那些不知天高地厚的飙车小子一样，我也是慕 674 号公路之名而来，我是个赛车爱好者。"

"改装是多余的，懂吗？年轻人。比如你那辆宾利，它拥有一个英国克鲁的本特利工厂纯手工打磨的发动机，纯种大不列颠皇家血统，你为什么要把它伪装成笨重的德国货呢？"

"也许我是个外行。我本以为把发动机的位置后移七英寸，降低传动系统的高度会带来更可靠的操控性。"外乡人波澜不惊地解释道。

"你是对的，这可以带来更低的车身重心，但这不是无限制高速公路，对于 674 号公路而言，过低的底盘无异于自杀。你想跑 674 号公路？"

外乡人坚毅地点点头。

雷耶博士凝视外乡人灰色的眸子良久，说："跟我来。"

他跟在博士沉重的步子后，路过教堂大厅一排排长椅，进入一个堆满杂物的侧间，推开一道严实的铁门，沿简陋的梯子下到地下室。

"嗯？牧师，收购废铁也是您的业务之一？"

"如果你真的懂行的话，就知道这是另一个'白银谷'。"博士费力地俯下身子，吭哧吭哧搬起一个增压涡轮，"1985，原产加拿大安河圣嘉芙莲市……这个，V12、4.8升引擎，兰博基尼，72年产，全世界只剩下十二台。这些都是674号公路上失事的汽车残骸。希望你的宾利不会成为我新的收藏。"

"我需要一个大的涡轮增压器。"外乡人说。他的目光瞥见黑暗的一角里一张尘土密布的帆布，帆布下匍匐着一个冷气逼人的铁家伙，就像一头久困藩篱的猛兽蛰伏不动，令人不寒而栗。

"嗨，小子，这儿。"红头发的脚搁在方向盘上，打了个响指。

外乡人闷声闷气地走过去。他的身后立即围拢了几个朋克青年。

"北方佬，多久没洗脸了？我是说，你需要一块镜子、一块后视镜照照你白白的小屁股。"

外乡人皱了皱眉，加利福尼亚下午的阳光跟桶装啤酒一样廉价，把光秃秃的旷野上卑微的人影晒得晕乎乎的。外乡人眯着眼，看见德·丽尔夫人正袅袅婷婷地走过来。

"我不喜欢多余的东西。"外乡人说。

"啊哈。"红头发怪叫一声，"我也一样。也许我该卸你一条多余的腿换上一个备用轮胎。"

他的伙伴附和着哄笑。

"什么乐着了你们，小伙子？"德·丽尔夫人用她慵懒的调子问道。这个声音之于她的年龄的确是稚嫩了点。

"我在给这个新来的上课，告诉他不是每个人都可以在卡里寇飙车。夫人，告诉他我是谁！"红头发偏过头向他的女朋友索要亲吻，被涂满鲜红指甲油的手指掐了一把。

"他上过《蜜蜂报》的头条。"德·丽尔夫人向外乡人介绍说，似乎已经忘掉了那天酒吧里的不快，"他叫亚当，喜欢让警察追着屁股跑，曾经有过摆脱三十辆警车围捕的纪录。洛杉矶的本·杰明警官恨死他了。听说那警官也是一名不错的车手，有一次差点逮住他……"

"哈，我让他亲吻了我的屁股，最后放了一个臭屁，一溜烟甩开了他。他是个蠢蛋，他应该感谢我，要是我真踩了刹车，他会被我的保时捷钛合金装甲屁股顶到天上去。当初我真该废了他！要不，我也不会藏到这个鬼地方来……"

"行了行了。"德·丽尔夫人打断他，"这是你第多少次重复自己的故事了。"

"夫人，你还没提我在伦敦的艳遇呢。苏格兰场的那群吃白饭的浑球，开的是莲花、兰博基尼、陆虎，硬是被我耍了个遍！最刺激的还是我在越南干的那一仗……"

"是中国。"女朋友提醒他。

"都一样。"红头发漫不经心地嚼着口香糖。

"跟他的偶像一样，是个自大狂。"德·丽尔夫朝外乡人挤挤眼。

"他的偶像是？"

"杰克·汉弥尔顿。"

一提到偶像的名字，喋喋不休的红头发亚当立即安静下来，歪着脑门，匕斜着眼，挑衅地望着他。

"真巧。"外乡人耸耸肩，"我的偶像是阿弗莱·切。"

德·丽尔夫人愣在原地，外乡人壮硕的肩膀撞开周围的人墙，砰地一声拉开他那辆灰白色的宾利，远远地扬扬手："夫人，介意我载你一程吗？"

"你不是对切充满敌意吗？"德·丽尔夫人小心翼翼地坐在副驾驶位置上，好奇地打量着车内的装饰。没有车速表，没有转速表，没有油量表、里程表、机油压力表、气压表……一个也没有。她直冒冷汗。

"可恨的偶像。不矛盾。"外乡人找出一盘旧磁带，塞进录音机里，

"克林特·克莱克的歌，喜欢吗？"

"当然。"

"除了尾灯，什么也没有……"一个嘶哑苍凉的男低音舒缓地流淌出来，这音乐怎么这么耳熟呢？德·丽尔夫人偷偷望着外乡人的侧面轮廓，阳光给他冷峻的脸颊笼上一层金边，令那硬线条显得柔和了不少。

"你这车上什么也没有，你怎么……我是说，这安全吗？"德·丽尔夫人怯怯地问道。她想起自己年轻那会儿，也是这样羞涩地问她崇拜的切一些白痴问题。

"眼睛会受欺骗，耳朵不会。用耳朵去听，变速箱内齿轮的啮合是这个世界上最美妙的声音。"

"你用香水？"德·丽尔夫人饶有兴致地打量着他，似乎不相信这个粗犷的男人也会使用香水，还是可爱的橘子味。

"香水？不，空气清新剂而已，这辆车有恶心的血腥味。"

"血腥？"德·丽尔夫人不安地在座椅上扭动屁股，这棕红色的手工皮革椅套似乎无处不隐藏着血色的罪恶，掉漆的镀铬件反射着森森白光。

外乡人笑了："不是谋杀案，一次普通的交通事故而已。"

但敏感的女人很快有了新的担心："你确信你的车技没有问题？"

外乡人掰开锈迹斑斑的金属板，从里扯出两根电线，只听见"砰"的一声，火花四射，引擎便轰隆隆地启动了。

"你觉得呢？"外乡人转头问她。

德·丽尔夫人耸耸肩，没有回答，心里却暗暗叫苦：上帝，是什么让我上了他的破车？老娘不会是春情萌动了吧？见鬼！

鲜亮的保时捷蹿到老宾利的旁边，红头发伸出一只手："伙计，可以出发了吗？"

西部慷慨的阳光斜射在这个寂静的小镇上，红褐色的山峦光秃秃的，光影在沟壑丛生的山体上游走，公路两旁稀稀拉拉的三角叶杨耷拉着几片枯叶，几乎没有风。三条公路合拢在小镇的西头，两辆对比鲜明的车对峙在岔路口，小镇上不多的几幢建筑中陆陆续续走出来人。

他们汇集在这不大的岔路口，交头接耳地说着什么。

"也许你应该下车检查一下车况，比如察看一下弹簧上的楔片，紧紧轮胎上的螺母什么的。"德·丽尔夫人观察着窗外，红头发的哥们儿正扬着扳手，围拢在保时捷旁边，上上下下地忙着。

外乡人没有回答，他的视线盯在正前方，似乎想用他的眼神杀死挡风窗上的一只苍蝇。

突然车窗上贴上一个鬼脸，德·丽尔夫人惊得一退。

"滚开！老酒鬼。"她气急败坏地把糟老头的头往窗外推。

"我有话要与小伙子说。"老头皮笑肉不笑地说，下嘴唇上挂着涎水，那满口的暴烈酒气令她作呕。

外乡人露出略为惊讶的表情："请讲。"

老头却示意他把头伸过来。

外乡人别扭地侧过他宽阔的肩膀，两个奇怪的男人就这样在德·丽尔夫人胸前交流着什么，近在咫尺，她却一个字也没听清，但那老头的表情无疑是威胁与警告。

"他讲什么？"德·丽尔夫人摇上车窗。

"他让我把他的酒账付了。"外乡人回过一个孩子般的笑脸。

"你被骗了。"德·丽尔夫同情地望着他。

"怎么讲？"

"你听说过有那么一种人吗？没有工作，不务正业，专门在酒吧推销他们悲惨的人生，然后博取同情与酒钱，他就是那样一个人。"

"我没有听过他的故事，但我觉得为他付酒账是划算的。"

还很嫩。她心想。不知怎么，有一种叫作愁绪的东西悄悄笼上她的眉间，她开始担心什么，害怕什么，怜悯什么。懂吗？年轻人，在这里年轻是最大的错误。她想起了切，那个二十五岁便名噪天下的不可一世的切，他死的时候才三十三岁，有人说他的死只是意外，但她知道那绝不是意外，那是一个阴谋。唉，二十年过去了，回忆这些干什么呢？她有些咒怨自己，目光却落在外乡人的肩膀上，久久不散。

天色暗下来，高原的阳光消退得像响尾蛇一样迅速，那日渐浓重的夜幕加重了她内心的忧郁。

"还等什么？胆小鬼！"红头发亚当朝窗外吐了口唾沫。

"你先，674号公路。"外乡人面无表情地回答。

"674号？"亚当不敢相信自己的耳朵，在轰鸣的引擎声中，他撕破喉咙喊道，"那是条死路！"

外乡人没有回答，只是冷冷地笑着。

红头发亚当把口香糖狠狠拍在后视镜上："老子奉陪！"

保时捷像一条猩红的火舌喷了出去，卷起铺天盖地的尘土，空气里充斥着汽油味和焦糊的橡胶味。灰白色的宾利沉吼一声，轮胎发出惨烈的嘶鸣，震得地面悚悚抖动。德·丽尔夫人上身猛地撞在椅背上，一种令人窒息的压迫感扑面而来，她的喉咙里蹦出一个尖细的声音。你还是小姑娘吗？她不禁有点懊恼。其实没有人能听到这个声音，高达一百五十分贝的噪音早已堵塞了所有人的耳朵。

世界在顷刻间变得模糊，窗外三角叶杨嗖嗖飞过，此刻它们的影子紧密得就像自行车轮旋转的钢丝。在颠簸与喧嚣中，她终于明白了许多问题：为什么不装转速表，为什么不装GPS，为什么不装车控电脑……那些问题的答案是如此清晰，因为你的眼睛根本来不及关注这些，甚至一眨眼一侧目都可以让汽车瞬间陷入失控。对手车尾甩下的尘雾迷离了你的双眼，层出不穷的弯道步步紧逼，你甚至来不及喘息，你所要做的便是紧盯路面，就像一条暴戾恣睢的蟒蛇的路面，它不停扭动身躯，时不时回头射出冷飕飕的毒信子：一个高坎，一个水坑，或者干脆一个悬崖。

德·丽尔夫人的手指深深陷进座椅，胸口被安全带勒得生疼，她心有余悸地从窗外收回视线，垂落到她的车手身上。他在想什么？也许此刻，只有这个还有一丝生疏感的年轻人才能带给她些许平静。

前面的车尾灯陡然亮了，现在是黑夜。加利福尼亚州的黑夜浓得像墨汁，它很贪婪，很饥饿，似在发出咕噜咕噜的胃的蠕动声。那灼目的血红车灯突然模糊了，不，是变大了。疲惫的对手放慢了车速。他害怕了？外乡人挤挤干涩的眼球，腹底涌出一个带胃酸味的咆哮：

来吧!

前方的车突然发生了异动,一个女孩的尖叫刺破夜空,外乡人面色陡然变得凝重。他想起保时捷上还有一个妖艳的女孩,那种不谙世事却强为世故的孩子,她不应在车上。千万不要迷恋一个车手,速度是这个世界上最不可靠的东西,它就像吗啡,把你抛入高空,当你重回大地时,才发现,一切已经碎了。

他恍惚看见了红头发亚当的操作:松开刹车踏板,入弯的一瞬间,左晃方向盘,车头一沉,再闪电般地大幅右转方向盘,保时捷整个车身横着滑过去,轮胎啮噬着砂石地面,剧烈的刹车声穿刺着耳膜,泥砂四溅。

漂亮的操纵!

"不要相信漂移。"外乡人想起父亲的忠告,"弯角是为抓地力跑法而准备的,漂移永远比抓地跑法更慢。"

"坐稳了。"外乡人说。

德·丽尔夫人纤细的脖子猛地倒向外乡人的肩膀,所有的禁忌与矜持都在一刹那崩溃,有个魔鬼般的声音说:让车和人一起摇滚吧。尖叫声像洪水决堤而出,撕心裂肺,吞没一切。很久没有这么吼过了。

"弯道已经经过了。"外乡人冷静地说。

她汗涔涔地坐正身子,双腮火辣。真羞耻,她看到了玻璃上的自己。

"前面那辆车呢?"她问。

"在后面。"

红头发亚当怒不可遏地把脚跺在转速表上:"平生第一次被人超了弯!浑蛋!"

他的女朋友无力安抚他的愤怒,她被颠了个七荤八素,保时捷豪华的车厢被她吐了个遍。

他左右扳动方向盘,却发现前面的宾利忽左忽右,亲密地堵在他前面,两条车轨缠绵得不可开交,使他无法超车。

"大爷踢你屁股!"红头发亚当咆哮道。回头一看有气无力的女朋友，又无奈地松开油门踏板上的脚，他焦灼地瞥了一眼窗外，前车的尾灯光柱正好扫过这一片天空，他的瞳孔突了出来。"那是什么？"红头发惊恐的声音迅速被深不可测的夜空吞没。

仿佛一种冥冥的响应，宾利的前轮突然抱死，在路面上硬生生地犁出两道深沟。德·丽尔夫人觉得自己的心似要飞出挡风玻璃，却又被安全带扯了回来。

"发生了什么？"

回答她的是一声巨响，她看得真真切切，正前方摔下一个庞然大物，把路面撞出一个大窟窿，金属零件四处飞溅，其中一个把宾利的挡风玻璃砸出一朵拳头大的雪花。

从天而降的是那辆色彩艳丽的保时捷，它的车前灯依旧忠实地工作着，斜射着漆黑的天空。车尾则摔了个稀巴烂，前轮兀自旋转着，在半截斜支着的断轴上。

外乡人从残骸中拖出血肉模糊的红头发，把哭兮兮的他塞进宾利的车尾厢。

"她死了她死了！"红头发亚当张牙舞爪地要与外乡人拼命，但他很快被轻易制服了。外乡人检查了保时捷，那个女孩的胸腔破了个大洞，血液泛着泡涌出来，人已经没气了。

外乡人怔怔地站立良久。他想起三岔口老酒鬼的忠告，他不禁问自己，那种不可一世的自信、争勇斗狠的张狂是否来得正常？我还可以继续前进吗？或者我还可以掉转车头？但是车后的景象让他凄然一笑，尾灯所指示的方向分明是黑黢黢的深渊，后轮胎甚至是悬空的。

"啊，那里！"德·丽尔夫人颤抖地伸出手臂。外乡人顺着她的手臂望去，一个黑影正好路过保时捷前车灯的光柱，那是一辆漆黑如墨的双座跑车，它在窄小的光柱里转瞬即逝，但它的红色尾灯依旧留在夜色中，一明一灭。外乡人明白了什么，迅速登车启动引擎，向那辆幽灵般的车追去。

这是个漫长的夜晚，外乡人记得很清楚，卫星地图上显示674号公路只有区区170英里长，但是宾利以时速100英里行驶了整整一晚，火花不停地从引擎盖边蹦出来，火花塞扑扑地吭哧着。很多次他几乎已经被黑色跑车甩掉了，但不久，那红色的尾灯又及时亮起，像是暮色里缥缥缈缈的亚历山大灯塔，天微微亮时，它又隐没在晨光之中。它就像是一个怪梦，消退得无影无踪，让清醒过来的他禁不住怀疑那是不是幻觉。宾利跌跌撞撞地回到卡里寇镇，他的引擎爆掉了六个汽缸，引擎盖已经灼红，烫得可以点燃香烟。外乡人怔怔地坐在驾驶椅上，沉浸在他的迷惘之中。红头发在拼命地踢车尾厢，外乡人却浑然不觉。突然，他从凝固的思考中苏醒，扭头轻吻了下女人的脸颊。

德·丽尔夫人"哎呀"一声，面红耳赤。上帝，发生了什么？我大得可以当他妈。她的胸脯像是有只兔子在上蹿下跳，她深深地吸入一口气，顿时一股初恋般的眩晕击中了她。

"柠檬味？这车厢里有柠檬味。"她肯定地说。

外乡人缓缓地扭过头来："你确定不是橘子味？"

没有人能真实地描述这场夜幕下的惊魂追逐，三个亲历者同时病倒了，难以用恐惧、精神上的刺激来解释他们莫名其妙的病症。他们的胃口倒是变大了，身子却在急剧消瘦，像是有幽灵在悄悄摄取他们的魂魄与营养。

雷耶博士带走了他们，这个小镇上每一个濒临死亡的人都会交给雷耶博士，他是唯一的牧师。在雷耶博士的精神治疗与老酒鬼的悉心照料下，他们竟奇迹般地恢复了健康。或许雷耶博士还有另一个职业：医生。

"真不知道该如何感谢您。"外乡人真诚地说。

"感谢死神吧，感谢它没有带走你。"雷耶博士埋头在一堆玻璃仪器后，娴熟地配制着溶液。他的背后弥漫着可疑的白汽，蒸发皿里黄绿色的液体沸腾着，泛出油亮的泡泡，泡泡破碎之后，便有刺鼻的气味溢出。外乡人把目光从那不知名的液体上抽离，落在雷耶博士长满肉疣的丑脸上。

"死神也开车吗？"外乡人似笑非笑地问。

雷耶博士的目光盯在他的滴管上，似乎没有听见这句话。外乡人走近博士的工作桌，饶有兴致地观察着他的工作。

"你是历史上第二个成功跑完 674 号公路的人。第一个，想必你已经熟知他的故事……"

"可是他付出了生命。"

"那只是个意外。"博士举起一个锥形瓶，在眼前耐心地晃动。

"不，这个世界上有太多的追逐游戏。一毫秒的领先也许需要用一生来偿付。这样的速度又有何意义呢？"外乡人平静地说。

"不！"博士把毛细管插入溶液，"生活的交通规则对一个车手来说是不适用的。在车手的词典里只有一个词语：超车！"

似乎有什么触动了外乡人的内心，他安静地立着。

博士从壁炉里取出一个火红的玻璃半成品，用铁钳夹住瓶颈："我需要一个水冷循环器，你可以帮我一个忙吗？"

外乡人帮博士夹住瓶身，博士则用凿子在瓶身钻了个孔，然后，用另一把铁钳夹住瓶颈，从瓶身的小孔里穿进，又巧妙地黏合在瓶底。

瓶身里的热水流经瓶颈，被瓶外的冷空气冷却，再次进入瓶身，冷却瓶身内的热水，最后从瓶底流出，真是完美的设计。外乡人痴痴地欣赏着博士的玻璃工艺，心想老头子真是个多面手。但他很快发现，这个水冷循环器不能工作，因为瓶颈要进入瓶身不得不在瓶身上凿个孔，但在水压下，热水会溢出的。外乡人把目光抬起，困惑地望着博士。

博士似乎读懂了他的心思，说："只是实验品，没有应用价值。我这辈子无时无刻不在与这个我所寄居的世界抗争着。但都失败了，原因很简单，因为我生活在这里。深陷泥潭的人不可能攘自己的鞋帮以自救。其实你也一样。"

"我？"

"不错。对一个车手来说，他也是在与这个摩擦之源——生活着的世界抗争着。他想超越，他想极速，可是他不是一个光子。上个世纪，有个想与时间过不去的老头发明了相对论，让人看到了时间倒流的希望。现代科学却否定了这种可能性，但肯定了另一种与时间赛跑的方法——我们回不到过去，但我们可以跳跃到将来。一个较高速运动状态的物体，时间流逝得比较低速的参考者更慢，从这层意义上来看，我们是活在将来不是吗？"博士咧嘴笑了，但这笑有几分怆然。正确的理论反照着可怜的现实，一个每天以 F1 赛车速度运动的车手的时滞效应累积起来也不会超过一毫秒吧？但是博士的话暗示着一种象征，一个车手生命意义的证明。

"你从前也是一名车手？"外乡人突然发问。因为他刚才注意到博士在忘情地演说中使用"我们"。

博士从满脸红光的亢奋中恢复常态，冷冰冰地回答："我是一名牧师，不希望有第二次重复。"他把一台电泳仪器的线路装好，打开电源，玻璃容器里的溶液陡然变得浑浊，胶体颗粒在其中井然游弋。

"你在进行一项实验？"外乡人迟疑地问道。

"我曾提过，我爱好广泛。"博士仔细观察着玻璃器里的温度计，"缓冲液对温度要求苛刻，人体温度对恒温环境构成糟糕的干扰……"博士撤灭了房间里的灯。

外乡人明白自己在这里不再受欢迎，便恭敬地告辞了。

"你个杂种！你害死了她！你害死了她！"红头发亚当像一头发怒的公牛，气汹汹地挥拳冲过来。外乡人躲开他的重拳，借势把他摔在地上。但亚当的狐朋狗友迅速提着酒瓶扑上来，一阵乱打，外乡人寡不敌众，被打倒在地。红头发亚当从地上爬起来，揪住外乡人的硬衣领，用膝盖顶住他的小腹，恶狠狠地说："帅哥，大爷已不在乎在警察局的卷宗上添一笔新债了，今天，我要在你脑门开香槟！"

"放手！"人群外一个低沉的声音呵斥道。众人回头一看，居然是那老酒鬼。

"老不死的，滚开！"红头发亚当甩过去一砖头，却被看似颓唐的老头机灵地躲开了。一个留着莫西干头的朋克青年狞笑着走过去。

"哎哟！"这个人高马大的家伙痛苦地歪倒在地，哀声求饶。老头尖利的手指掐在他的虎口上。

"放开他，他救了你，你却执迷不悟。"老酒鬼威严地说。

红头发亚当迟疑片刻，尖叫道："要不是他这个浑蛋用下三滥的手段堵在我的车前，我的车怎么会失控？"

"要不是他用车限制了你的车速，恐怕你早已一命呜呼！"

红头发怔怔地松开手，外乡人像没事似的揩干嘴角的血迹，缓缓蹲了下去。因为他看见人群外一双焦灼的眸子。

"我不信，我不信！我怎么会失手？100英里的时速我会控制不住？"亚当痛苦地摇着头，那晚噩梦般的情景像一条冰冷的蛇爬上他的后背。

"你的失控是因为你的眼睛看到了不该看的东西。你自己想想你那晚看到了什么！"老酒鬼严厉地诘问道。

"不、不。我什么也没看见。我，呜……我什么也想不起来了。"亚当双手抓着头发，坐在地上，号啕大哭起来。他的伙伴面面相觑，手足无措。

"他到底看到了什么？"外乡人走出人群，轻声问老酒鬼。

"山、树、戈壁，加州大漠风景而已。"老酒鬼似笑非笑地回答。

外乡人一愣："可是……"

外乡人想要追问什么，老酒鬼已踉踉跄跄地走远，扬着一个方形铁皮酒罐冲德·丽尔夫人邪邪一笑："老板娘，酒账记他的。"

"你不该来这里。"德·丽尔夫人轻轻揩拭着外乡人脸上的血迹。

"674号公路是赛车的圣地，而我是一名车手。"外乡人脸上挂着几分年少轻狂，眺望着远方。在热浪的炙烤下，地平线像青烟一般扭动着身子。

"不，你不是。"德·丽尔夫人用她幽黑的眸子凝视着他游离的目光，肯定地说。

"不错，我得承认，德·丽尔夫人也是卡里寇小镇的魅力之一。"外乡人眨了眨眼，便一瘸一拐地向酒吧走去。

德·丽尔夫人望着他的背影，发了会儿呆。他绝不是一名红头发亚当式的车手，因为他的理想里少了分狂热，却透着一股与他的年龄不相称的镇静。

虽然外乡人恢复了健康，但他还得与德·丽尔、亚当一同定期接受雷耶博士的药物注射。

"博士，卡里寇小镇有图书馆吗？我来的时候路过教堂的祷告间，发现里面堆满了书籍。"外乡人一面配合老酒鬼的全面检查，一面问雷耶博士。

"教堂里的确有一间图书室，要知道卡里寇矿工的儿女们也得接受教育。你对哪方面的知识感兴趣呢？"

"关于本镇历史、风土人情方面的。如果可以的话，我想在里面待一下午。"

"没有问题。"雷耶博士背对着他对亚当进行检查，"但是，出于对你的健康负责，你最好信任我的治疗，不必偷偷把针头拔下来。"

外乡人讪讪地从口袋掏出一个小瓶子："小时候我就不喜欢打针，尤其是这种在躺椅上待一整天的点滴，所以我偷装了一小瓶，我还以为直接喝下去也能治病。"

"不必解释！"博士转过头用意味不明的目光望着他，"只是葡萄糖液。"

"我知道，抱歉。"外乡人羞愧地垂下头去。

"好奇心是无济于事的，年轻人。以后我们打交道的日子还长着呢，你明白我的意思吗？因为你需要我，你离开我，或者卡里寇小镇，只会死路一条！"博士慈祥的目光突然射出寒光，连一旁迷惑不解的德·丽尔夫人、亚当都被逼人的寒意刺得全身发毛。

1849 年，一队寻找金矿的牛仔误入美国内华达山脉东麓的一块长 208 千米、宽 8—18 千米的山间盆地，几经磨难，方才脱险。从此，"死亡谷"之名不胫而走。死亡谷是北美最干燥的地方，年降水量不足一百毫米。它又是全美最热的地方，最高气温达 56.6 摄氏度。而死亡谷中最与众不同的还是它的石头。有人发现谷中的石头竟像动物一样，能够爬动。1969 年，科学家们对谷中的石头进行了仔细观察后，发现所有的石头在一年中都离开了原来的位置，移动距离最大达 364 米。是什么力量赋予了石头神奇的生命呢？

后来，一些采矿者在这一带发现了金、银、铜等各种矿产，到了 19 世纪 80 年代，又发现了硼砂，不少人前来此地开采，直至今日还可以看到当年硼砂厂的废墟。至于炭窑，则大约建于 1875 年，炭窑的修筑主要是为了提炼矿石中的纯银，十个窑子一列排开，平均高度为 25.6 英尺，直径约 30 英尺，窑顶的外形就像是东正教教堂的圆形尖顶，迄今窑子里仿佛仍隐约可以闻到燃烧杜松的气味。因此在那一段时间，死亡谷还出现了小市镇，卡里寇是其中最大的一个。

卡里寇位于死亡谷西北缘，毗邻莫哈韦沙漠，这里原是印第安保留地。1881 年，大量采矿工人汇集到此地，在福克斯河畔建立了卡里寇小镇。鼎盛时，卡里寇有二十多家酒馆，皮革厂、蜡烛作坊、铁匠铺、消防队等一应俱全。卡里寇镇原有崎岖小径攀附上大峡谷、河谷边沿，通至 67 英里外的白银谷，后拓荒者们把小径加宽重建，铺以砂石，命名为 674 号公路。但因此公路弯急路险，地质条件复杂，建设之初便缺乏实地勘测与规划，投付使用后多有交通事故发生，不久便被废置。采矿工人宁愿绕道卡林硼砂矿、福克斯镇，再辗转至白银谷。

外乡人合上《美国西部小镇旅游词典》，目光在一排排书脊上游走，突然停在书架最顶层的一摞牛皮纸包装的案卷上。他取下案卷，拭去密布的尘埃，一行蓝黑墨水的字迹映入眼帘。墨水里的金属色素氧化后，字迹像被水浸过后变得漫漶不清，但依稀还能辨认出封面上几个单词——"674 号公路""交通记录"等字样，记录者不明。

1883 年 5 月 13 日，车型：福特；车牌号：RMBRWTC 911；罹难者：北星矿业公司老板亨利·莱斯；失事原因：不详。

1933 年 6 月 19 日，车型：道奇货车；车牌号：GEORGE 51237；罹难者：刘易斯·卡罗琳、阿尔卡特·甄尼；幸存者：山姆·道格拉斯；失事原因：仪表失常，车体倒置……

1935 年 9 月 9 日，车型：普利茅斯；车牌号：LAND OF LINCOLN 1984；幸存者：亨利·利蓝；失事原因：换挡时发动机熄火，仪表不灵……

外乡人合上卷宗，重新抹上一层厚灰，小心地把它复归原位。然后他移开靠里墙的一排书架，他的动作凝固了——书架后一个胡桃木相框撞进他的视线。他打燃火机凑到相框前，上面写着：1954，纽博格林。照片中的男人站在一辆赛车前，高举着香槟。照片已经非常陈旧，霉菌与水汽侵蚀了它的表面，但照片上那辆漆黑的赛车，依旧反射着白冷的光，寒意透过玻璃镜面，让他看得出神。

外乡人从牛皮靴里取出一把窄小的匕首，小心翼翼地刮掉地板砖缝隙里的石灰，没多大工夫，便取下了一平方英尺大小的地板砖。他敲了敲地板砖下的水泥，传来中空的脆音。外乡人用肩膀擦擦腮帮，浮出欣慰的笑。他用书架上盖着的布一层层包裹铁锤，对着那块区域砸了下去。一声沉闷的崩裂声，水泥块碎了。外乡人细致地掰开水泥块，防止它们下坠进地下室发出刺耳的撞击声。外乡人清理出一个一尺见方的窟窿，便灵活地攀爬下去。他对自己的位置感非常自信，他甚至能判断出自己着地的位置。地下室里堆满了汽车零件，且一团漆黑。要找一个合适的着陆点还真不容易。外乡人踩在一个变速箱上，"铿"的一声打燃他的火机，在那团昏黄的光团里，他的目光迅速落到角落里一张偌大的帆布上。这光亮虽然幽微，但那帆布下展露的一角黑漆仍旧反射着令人肃然起敬的威仪感。外乡人走近那个庞然大物时步子有点踉跄，靴子不时碰到金属零件，当他明白自己是在逼近一个传奇、一个真相时，他已经顾不得那么多了。

他颤抖着抓起帆布一角，以牛仔甩套绳的姿势掀起了它。在满天飞舞的尘埃中，一辆纯黑双座跑车赫然入目。这辆可敬的美国跑车鼻祖克尔维特制造于 1953 年，几十年过去了，它光洁的表面仍旧如刚出厂时那般崭新锃亮，昏暗的地下室因它的存在而显得更明亮了。它拥有一个庞大的轮距，轮拱近乎夸张地向外抛起，一个巨大的扰流尾装在车身后部以提供更强的高速稳定性能。发动机盖板上"鲨鱼嘴"进气栅格就像一头猛兽翻着鼻孔，高尾鳍式车尾翼张地耸起，就像是在向不自量力的追赶者竖起中指。蛮横无理的正宗美式跑车，原始的机械结构，锋利的线条，令人心悸的大排量引擎，不可一世的马力与扭矩，浑身每一个零件都在诠释简单粗暴的设计理念。外乡人静静地欣赏着这头猛兽，似乎听到了它撕破空气的咆哮声。

"该结束了。"一个苍凉的声音响起。车尾灯应声而亮，刺目的光柱让外乡人目眩神迷，这辆本应陈列在汽车博物馆的经典跑车突然从沉睡中苏醒，引擎的轰鸣震得地下室顶棚的尘土纷纷坠下。

雷耶博士从车窗探出头来："你是个好车手，但不是一个好的警官。当我的引擎启动，没人能追上我，没人！"

外乡人微微抖动嘴唇："莫尔斯警长与他昔日的伙计们正在教堂外的每一个方向恭候着您。博士，不，尊敬的杰克·汉弥尔顿先生。"

"莫尔斯警长？"

"曾经被你在 674 号公路上戏耍过的莫尔斯警长先生，他是您的老朋友，他托我给您带个信，感谢您三十年来为他垫付的酒账。"

博士斑白的胡子里蹦出"哼"的一声："你以为那群蠢猪也可以围剿我？"

话音未落，轰的一声巨响，面朝公路的那堵墙颓然崩塌，在克尔维特致命的动力下，五英寸厚的砖墙像泡沫板一样不堪一击。转瞬之间，克尔维特已狂奔在空寂的旷野之中。排成群狼阵形的警车叫嚣着围追堵截。三岔路口，克尔维特急刹在 674 号公路口画着骷髅头的警示牌前，像一头决绝的斗兽，昂首向它的仇敌告别。

警车们闪出一条笔直的通道，灰白色的宾利狂飙猛进至最前沿，闻讯赶来的 CNN 记者的镁光灯也无法追踪它风驰电掣般的速度，他们的底片上遗憾地拖曳出长长的尾迹。宾利在克尔维特后五十米处停住，像是在为一位尊敬的长者致意。

"三十年前，那辆幽灵般的克尔维特便是从这条 674 号公路上神秘消失的，今天，它重现江湖，而它的速度依旧那么可怕。"CNN 记者紧锣密鼓地向着摄像机报道。

在簇拥过来的话筒前，曾经的莫尔斯警长、今天的老酒鬼那张恐怖的脸笑得面目全非。

"莫尔斯警长，您是怎么发现克尔维特的影踪的？三十年来您一直在锲而不舍地寻找这条漏网之鱼吗？"

"莫尔斯警长，观众朋友对三十年前杰克·汉弥尔顿那次蹊跷的逃脱很感兴趣，您能详细为我们介绍一下当年的情形吗？"

"警长先生，您曾经因为那次失败的抓捕被当局处分。请问，这一事件是否影响到您的人生？还有，您后来曾在 674 号公路上遭遇不幸的车祸，请问这一车祸真实的情形您还记得吗？"

"不，请不要称呼我警长先生，我现在并无任何公职在身，现在我是酒鬼莫尔斯，他们都这样叫我。我与杰克·汉弥尔顿过不去，事出一段私人恩怨。当年，杰克这个浑蛋从我的手掌中侥幸逃脱，给我的职业生涯带来了灾难性的后果。而后来，我在 674 号公路遭遇车祸，又是杰克先生救了我的小命。所以我与他有一段说不清道不明的过节。"老酒鬼抿了口酒，蒜头鼻上泛出红潮，一段陈年往事涌上心头，就像一个腹底泛出的酒嗝，充斥着复杂的气味。

外乡人示意警车停止警鸣，这午夜的小镇便陷入地狱般的宁静。

三十多年前，两个传奇车手如双子星横空出世，赛车界无法评价两人的优劣，正如有人偏爱简单粗暴的美式车，有人偏爱操作性能优异的日系车。杰克·汉弥尔顿与阿弗莱·切便是赛车领域的两个美的极致。杰克·汉弥尔顿像狼，噬血般迷恋速度，他的车采用压缩能力巨大的单涡轮，他毫不在乎低转速下的涡轮迟滞效应。一旦他的车进入直赛道，在单涡轮令人恐惧的压缩能力下，低转不足的差距在高转时可以轻易挽回。阿弗莱·切是弯道之王，他的车排斥一切现代电子辅助设备，甚至在高科技多气门引擎大行其道的时代，仍旧义无反顾地坚持使用旧式推杆式 V8 引擎。为了追求赛车转弯时的灵敏性，他完全不考虑一个车手所承受的颠簸极限，使用硬得不能再硬的弹簧以减小车身的侧向滚动。杰克·汉弥尔顿与阿弗莱·切，谁才是那个时代的速度之王？纽博格林耐力赛成为两人正面碰撞的第一站。那次盛况空前的角逐中，杰克·汉弥尔顿赢得了胜利。阿弗莱·切在逼近终点的一刹那赛车失控，撞上了轮胎防护墙，差点丧命。但是二十天后，杰克·汉弥尔顿被剥夺了冠军资格，他被以谋杀罪告上了法庭。原来机械师出身的他，赛前在阿弗莱·切的车上做了手脚。从此，杰克·汉弥尔顿开着他漆黑的克尔维特踏上了逃亡的不归路……

加州的莫尔斯警长在卡里寇小镇发现了杰克的踪影，这才有了CNN追踪报道的那场惊心动魄的荒野大追捕。十年后，名噪天下的车王阿弗莱·切慕名来到674号公路，在直升飞机的跟踪拍摄下，以他高超绝伦的弯道技术跑完了全程。他完成这一壮举不久，便莫名其妙地撞上了一辆野营归来的校车。七名可爱的四年级学生遇难，阿弗莱·切便这样以不光彩的方式结束了他传奇的一生。以车技闻名于世的他竟然丧生于车祸，这真是个莫大的讽刺。没有人思考过这讽刺下的更深一层的意义，除了他的儿子。那一年，他九岁。

外乡人从一名警官手里拿过扩音器，冷静地问道："你为什么要救我？我认出了它，那天晚上是它引领我跑完了674号公路。"

一个怆恻的狂笑在夜空里飘飘荡荡，就像是魔鬼的嘲讽。笑声过后的嗓音却又恢复了一个牧师才有的悲悯与慈爱。

"因为你是一名车手。我相信任何一名伟大的赛车手都不愿自己的后视镜里寥无人烟。他渴望有人同道，甚至赶超自己！"

"可是，你差点谋杀了我父亲。"外乡人手里的扩音器微微颤抖。

"不是差点，是已经。你以为切是怎么死的？哈哈哈哈，他为什么莫名其妙来到卡里寇镇？是想像开宝马的毛头小子那样兜风吗？当然不。是我，给他下了战书，这才驱使他来向魔鬼的跑道挑战，他真蠢。他难道不知道除了我，这个世界没人能驾驭674号公路吗？他试图挡在我前面，我欣赏他，但是绝不能容忍有人比我更快，在纽博格林不行！在巴纳维亚盐滩不行！在674号公路，更不行！当然，那是许久以前的事了，那个年少轻狂的年代……事实上，我第一眼便认出了你的身份，因为我认出了他的车。"老杰克的声音像河谷里斗折直下的湍流，淌入宽阔的平原，变得波澜不惊。就像一个阅尽沧桑的人，言谈中不再有爱、恨、遗憾与向往，只有淡而悠长的平静。

该死！他的父亲是切。我爱上了切，还爱上了他的儿子！德·丽尔夫人不安地环顾四周，幸好夜幕为她掩盖了双腮的羞赧。

"不管怎样，我感谢你救了我，还有那特制的葡萄糖。"外乡人的言辞中不无讥诮。

黑色克尔维特里没有回答，片刻，他说："很好，你已经发现了那个秘密。有个伟人说，你不能在所有的时间欺瞒所有人，更何况是这么一个机灵的脑袋。我曾告诫你，改装是多余的，一辆外表寒碜的宾利，注定拥有一种与生俱来的贵族气质。而我，用强酸溶液腐蚀了自己的容貌，却腐蚀不了那颗迷恋速度的心脏。那的确是特制的葡萄糖液，经过手性分离后的葡萄糖，因为你们的身体并不能吸收普通营养物质。"

四下一片哗然，了解内情的人纷纷交头接耳，原来那奇怪的病症是因为身体不能吸收普通营养物质。可是，为什么？

"是什么启发了你？年轻人。"老杰克问道。

"我父亲的车祸。曾经，他的死带给我家的除了巨额的赔偿债务，还有巨大的耻辱。车手家族竟然要为一起恶性交通事故负全责。我恨我父亲！直到后来，我长大成人，才慢慢明白了一些事理，我想，以我父亲镇静沉稳的驾车方式，那次事故肯定隐藏着什么。于是我参考现场照片用石膏像复制了车祸时宾利里的情形，结果发现，我的父亲变成了一个左撇子。他在急转弯时偏错了方向，我推测，一定是他的身体发生了什么变化……"

现场寂静得只能听见 CNN 的录音设备工作的沙沙声，新闻栏目负责人龇牙咧嘴地冲他的手下做着手势。

"为了亲历我父亲所经历的变化，我决定重温父亲的纪录。这便是我来到卡里寇镇的原因。父亲曾告诫我，在一条危险的跑道上应采用低的底盘。谁都知道，低底盘有利于操控，但是车身高度还受限于另一个因素：空气动力。我很怀疑父亲的经验，因为气流从汽车上部流过和从底部流过的速度差造成了下压力，如果底盘离地间隙过小，会造成气流不能顺畅流过。也就是说，这是以牺牲速度的代价换来赛车的稳定性。后来我才明白父亲的告诫。这个世界，速度并不是最重要的，让轮胎死死地抓住地面才是至关重要的。正因为我使用了很低的底盘，才让我避免了亚当从高空跌下的厄运。要知道，674号公路是一条'空中索道'。甚至，它根本不属于我们这个世界……"

喂喂喂，小伙子，这不是天方夜谭节目。新闻栏目负责人暗暗叫苦，这话越说越离谱了。

"他不仅要感谢他的父亲，还得谢谢我。"老酒鬼莫尔斯对德·丽尔夫人神经兮兮地说。

"为什么？"

"是我忠告他要在夜幕里驾驭674号公路的。"

"夜晚岂不是更危险？"

"不。如果你了解674号公路是长在天上的话，就不会这样认为了。有时候蒙着眼睛过钢丝比睁开眼更安全不是吗？"

"长在天上？"德·丽尔夫人一脸茫然。她想起那辆在光柱里一闪而逝的幽灵车，它似乎也行驶在天上。

"没错，如果是在白天的话，你会发现自己就好像行驶在天花板上，戈壁与天空倒置了。"

他喝醉了吗？德·丽尔夫人怀疑地打量着老酒鬼迷离的眼，问，"那你是怎么知道的？"

老酒鬼摸了摸自己惨不忍睹的脸，皮笑肉不笑地说："这便是我与674号公路'亲热'时留下的纪念。"

"至于它为什么长这样，我也不知道。"他自言自语。太奇怪了，这又不是过山车，这是他三十年未解的疑题。

外乡人对四周的议论置之一笑，接着说："我查阅了这条公路上自1883年来所有交通事故的案卷，结果从少数几个幸存者的笔录中，发现了一个现象，那就是所有失事的车都有仪表失常、指针指向莫名其妙的红线区或一动不动的现象。另一个来自《美国加州地质调查》的发现是，在这片内华达山脉东麓的三角盆地里，存在一个极大的磁异常，这个磁异常也许便是仪表失灵的原因，死亡谷石头的奇怪自移现象也可以得到解释，如果它是一块铁磁性石头的话。但这还只是 674 号公路奇妙特质中微不足道的一个。"

克尔维特传来沉重的呼吸声，似乎连老杰克也被外乡人神奇的叙述吸引住了。

"就像一个玻璃球在天鹅绒桌面上滚动，它的底下会陷下一个小坑，二十世纪的物理学表明，我们的宇宙空间也是弹性的。一个质量巨大的天体会在周围形成一个黎曼几何描述的'小坑'。在这个小坑内，光线发生了弯曲。同样，在 674 号公路底下这个强大的磁性能量场里，一些奇异的拓扑性质表现出来。比如，674 号公路弯成了一个莫比乌斯环[1]。"

莫比乌斯环？这是魔术师经常玩的小玩意，拥有很高的知名度。而外乡人也正像一个魔术师，悄悄揭开一个奇妙的帷幕。新闻栏目负责人激动地抖了下手。

"莫比乌斯环只有一个面，而且它是闭合的。这便是我的宾利以时速 100 英里行驶了一整晚仍旧没有尽头的原因。但是 674 号公路并不是一个三维世界的莫比乌斯环纸带，事实上，在我们的空间设计一条莫比乌斯环公路是行不通的。因为我们无法想象公路的背面是什么。而在更高的维度上，674 号公路却有它的另一面，而且我们就像是莫比乌斯纸带上的蚂蚁，可以浑然不觉地爬到纸带的另一面去。但前提是你最好不要看你的车窗，因为窗外倒置的景象足以让一个高超的车手神志昏聩。"

红头发亚当心悦诚服地点点头，曾经他自认为车技睥睨于杰克·汉弥尔顿，现在才发现自己就像是纸带上一只蚂蚁般渺小不堪。

"是的，我们无法想象 674 号公路在四维空间里是怎样扭曲的，

注解

1. 1858 年，德国数学家莫比乌斯发现，把一根纸条扭转 180°后，两头再粘接起来做成的纸带圈，具有奇妙的拓扑性质。

但是我们可以借助三维莫比乌斯纸带上的扁形虫来理解它的另一个性质。扁形虫跟我们的手套一样，不存在一个对称面可以把它割成两个相同的部分。即它是非对称的，手性的。让我们看看一只扁形虫沿莫比乌斯纸带爬一圈会发生什么。魔术师会告诉你，扁形虫爬一圈回到原地，它竟然会整个翻了个边，它的左脚变成了右脚，它的右触角变成了左触角。我们固然不是扁的，但在四维的空间，我们是'扁'的。而且我们也是有左右之分的，这样当你成功沿674号公路跑完一圈，你会发现自己整个翻了个边，右撇子变成了左撇子，甚至身体内那螺旋着的氨基酸和DNA也转了向，以至于你的身体不能再吸收自然界的左旋氨基酸和右旋糖，所以我们这些可怜的扁形虫，不得不依靠杰克博士生产的'特殊营养液'才能苟延残喘……"

众人一片哗然，原来，博士的灵丹妙药不过是手性分离过的葡萄糖液和氨基酸而已。

"你现在明白为什么我要给杰克那浑蛋干活了吧？"老酒鬼问德·丽尔夫人。

"因为你同我们一样。"德·丽尔夫人眨眨聪慧的睫毛，"真有意思，三十年前他从你手掌里逃脱，三十年后你栽在他手心里。"

酒鬼莫尔斯脸一红，气急败坏地辩解道："我忍气吞声帮他干活是为了收集他的犯罪证据，你以为我真的是个老糊涂？你以为！"

他气冲冲地跑到宾利前："还等什么？年轻人，把老杰克抓捕归案吧！"

"你以为你能跟上他的速度？"外乡人反问他。

老酒鬼摊开一张地图："我已经在各个交叉路口设下重重路障，老狐狸这次插翅难飞！"

外乡人一笑："你还想重蹈覆辙？"

老酒鬼一愣："怎么讲？"

"674号公路与这块地方的其他八条公路根本没有交点！"

"不可能！"老酒鬼指着地图。

诚然，至少有两条公路与674号公路交错着，看起来如此。外乡人想起那个水冷循环器，看起来必须在瓶身上凿个孔才能让瓶颈弯进去，在三维世界它们必然是交错的，但是在更高的维度呢……

外乡人摇摇头："不要相信你的眼睛，这是你告诉我的经验。"

"可是这并非视觉错误，用数学知识也可以证明，从每个小镇到三个矿山各有一条路，总共九条路，不可能使这些路互不相交。"老酒鬼用红笔在地图上演示起来，这一刻，他一点也不糊涂。

"你的数学没错，可那是在平坦的三维空间。如果是在莫比乌斯纸带上设计你的交通图，你会发现，的确可能存在一条路，它连通卡里寇与白银谷，可以与其他任何一条路不相交！"

老酒鬼目瞪口呆地愣在原地。

"唯一能缉捕杰克的方法只有一个。亚当，告诉这位古板的警长先生，方法是什么？"外乡人微笑着说。

"唔……"亚当迷惘着，猛地一拍脑袋，"当然，是甩脱，哦不，是追上他！"

"没错，追上他！"外乡人赞许地拍拍亚当的肩膀，冷不防亮出一把亮晶晶的手铐。

"啊！你！你干什么？你究竟是谁？"亚当回过神来，他的手已经很无辜地被铐上了，而且手铐的另一头，是他绝对啃不动的老骨头：酒鬼莫尔斯。

外乡人依旧微笑着："你很讨厌的而且很想用你的保时捷装甲屁股顶翻的本·杰明警官，就是我。小子，你需要为在洛杉矶二十八次闯红灯与十三次恶意拒捕负责。莫尔斯警长，他就交给你了。"

酒鬼莫尔斯举了举他精瘦却强壮的手臂："没问题。"

本·杰明警官朝德·丽尔夫人挥挥手："小姑娘，我需要你坐在我的后面。"

"姑娘们，搭错车真是一辈子的遗憾。"德·丽尔夫人小声嘀咕着，矜持地移动着脚步。

"坐后面？"

"是的。我需要有一双灵敏的手放在我的肩膀上，当前面出现左转弯时，便用你的左手掐我的左肩膀，右转弯则用右手掐我的右肩膀。有位哲人说，习惯使我们的双手变得灵巧，却使头脑变得简单。我的父亲因为可怕的习惯送了命，并因此导致了不可原谅的悲剧。我并不想重蹈覆辙。"

"我明白了。对一个高明的车手来说，一些临机应变的操纵在专业训练下变得像本能一般迅捷，但是当左右颠倒后，这本能却是极其危险的。因为这种反应根本没有经过大脑。"德·丽尔夫人长长的睫毛下明波流转。

"很对。那还得看我肩膀上的疼痛能否战胜强大的本能反应。"本意味深长地说。

"当然，老娘的手指可不是吃素的！没少掐那些想揩我油的臭男人。"德·丽尔夫人笑得花枝乱颤。引擎在同一时间启动，震耳欲聋的轰鸣声让现场的气氛一下子沸腾了。其他警车却保持着难堪的沉默，因为他们知道 674 号公路不是他们所能驾驭的跑道，传奇的杰克·汉弥尔顿更是他们望尘莫及的遥远背影。

德·丽尔夫人把手轻放在本宽阔的肩膀上，她的手就像灵敏的探针，可以把本的内心清晰地读出来。他真像他的父亲，我早就应该看出来，唉，晚了，我竟然会……

幸好，难以启齿的心理活动很快被撕破空气的啸叫打断。

克尔维特轮胎在地面上疯狂地原地打滑，眨眼间便射了出去，漆黑的身躯很快与沉沉夜幕融为一体。那是一辆魔鬼的跑车，只有在黑暗中，它才会爆发出令人望而生畏的动力。灰白色的宾利粗大的排气管喷出愤怒的火焰，1600 转就迸发出 650 牛米的最大扭矩让它拥有一种与它的贵族血统不相符的暴烈脾气。它化作一枚制导导弹，紧紧咬住克尔维特的尾巴，身后的地平线与人群像长镜头一般拉远……

1954 年，美国犹他州，巴纳维亚盐滩。电子表定格在 4.996 秒，这是 555 米直线距离上一条崭新的纪录。福特车手、摩托车手、甚至 4000 马力 V10 柴油发动机集装箱货车司机都疯狂地与年轻的杰克拥抱。

只有一个冷峻清瘦的脸庞面朝着雪白的盐泽，冷冷地笑着。

"切，你知道'雷电'战斗机的时速是多少吗？380 千米每时，我在 555 米距离内跑进了五秒，我比他快！"杰克欣喜若狂地向他的伙伴历数世界的各项纪录。

"你见过蝰蛇的行进路线吗？"切挂着意味不明的笑。

"什么？"

"沙漠中的蝰蛇行进的路线，那是多么美妙的波浪形，而你，只会让你的轮胎在一望无垠的盐泽上惯性前进，看那丑陋的笔直的辙印，不觉得羞耻吗？"

杰克呆住了，庆祝的人群把香槟洒在他的头上，他却浑然不知。

"弯道上的冠军才是真正的速度之王！"切丢下这句掷地有声的话，开上他那辆与盐泽浑然一体的宾利汽车绝尘而去，激起的细碎盐粒扑打在杰克僵硬的脸庞上，他舔到了满嘴的咸腥与苦涩。

"弯道上的冠军才是真正的速度之王！"三十多年前的那句话似乎从宽阔的盐泽上飘来，在这深壑空谷里激荡回响，老杰克的嘴角挤出一丝狞笑。他打开车载电脑，智能电脑迅速用醒目的红色标示着一个急剧的发夹型弯道，老杰克连减两个档，右脚本能地大踩一脚刹车，克尔维特的尾部伴随着一声嘶叫，向右滑移，他快速回转方向盘，并重压油门，后轮乖巧地恢复抓地，停止横滑，两个固特异轮胎冒着青烟，几乎变形到它的物理极限，强行制止住惯性飘移，回归到正确的路线上。

连续几个缓弯与简单的直角弯后，车手不祥的直觉漫遍本的全身，前面几道深深的刹车痕迹割过他的眼球。"坐稳了！"他大喝一声。

直升飞机上密切跟踪的 CNN 记者突然扯掉耳机，跳了起来："那小子在干什么？他的车速至少挂到四挡以上，他跟他的父亲一样是个疯子！他竟然想以全速穿过那个发夹弯！"机载雷达很快传来宾利的车速：180 英里每时。

"当车达到一定的速度，人类晶状体就会像一个弹簧压缩至它的极限，这时眼睛四周的景物会模糊一片，我们只能看到两眼之间极狭小的一块，那也许就是你鼻子尖上恐惧的汗珠。"三十年前父亲的声音萦绕在他的耳旁，就像变速箱内同步锁环内锥面与齿轮外锥面的摩擦音一般清晰。他毅然闭上眼睛，视网膜残留着前车尾灯的拖曳，让最后一帧嘲笑的画面见鬼去吧！他默数着三、二、一……他猛地扭转方向盘 270 度。

宾利发出协和客机着陆般可怖的摩擦音，车底盘的优质空气弹簧"铿"的一声断裂了，转弯时的侧倾超出了它的弹性极限。德·丽尔夫人尖叫一声，从安全带里飞了出去，横撞在钢制车身上。亏得德国莫泽尔工厂优良的历史传统，特型钢的车身承受住了她的撞击。尖利的石壁棱角像电锯切割着宾利碳纤维的车门，德·丽尔夫人的腮帮咯吱作响，就像有一把钢锉啮噬着她可怜的牙床。窗外火花飞溅，像礼花般绚烂。

CNN 记者激动得一抖，尖叫道："他成功了！他牺牲掉一扇车门，让车身与石壁强行磨合，强大的摩擦修正了宾利的路线，现在他开始全速狂飙……宾利现在就像一头尖角涂着鲜血的公牛，它前进的呼啸甚至带动了道路旁的有刺灌丛！现在已没有什么障碍可以阻挡它的前进！它飙了！它飙了！它与克尔维特之间只剩下直线距离，直线！该死，它飙出了我们的视线……"

"浑蛋，你这天上飞的居然跟不上地上跑的！"新闻组负责人踢了前面的驾驶椅一脚。

飞行员很无辜地哭丧着脸："尼古拉斯·凯奇还曾驾驶福特野马甩脱警用直升机呢。"

后视镜里一条滚滚黄尘汹涌而来，很快就席卷整个镜面。杰克的脸庞滚下一颗浑浊的老泪，车顶铿然一声折叠进舱，旷野的风凶猛地灌进车厢，切割着他的脸，泪滚过的河床顿时干涸。

防抱死制动系统的制动液已然焦干，刹车无奈地发出尖利的呜咽。呛鼻的尘埃与汽油味散尽后，车内响起一个暗哑的嗓音，伴随着震颤的吉他弦音："时间走了，一切是云烟，记忆散了，一切是少年……"

老杰克伏倒在方向盘上，肩膀微微抖动。

宾利在五十米外戛然而止，年轻的车手有节奏地打着前灯，向前面的对手发出关切的问候。

"让我像一个车手那样死去吧！"一个苍凉的声音在深幽空谷里飘飘荡荡。

宾利低沉有力的引擎声应声熄灭，恭敬地保持着沉默。

克尔维特四只轮胎发出破败的哀鸣，倏地弹射出去，深不可测的黑谷迅速吞没了它。

清晨，宾利"扑扑扑"地蹒跚归来，迎接它的是长枪短炮般严阵以待的摄像机。

"奇怪，车内的柠檬味清香又变回了橘子味。"德·丽尔夫人抽着鼻子，湿漉漉的发梢紧贴着额头，眸子深陷在眼窝里，那幽亮之中还残存着一丝惊惶与余悸。

本从座椅上取出一个小瓶子，微笑着说："这里面装有一种叫苎烯的有机物，存在两种手性亚类，一种柠檬味，一种橘子味，这意味着我们从左撇子状态又回归了正常。"

德·丽尔夫人的嘴巴张成"O"状，一眨不眨地望着这个神奇的车手，似乎他浑身都在释放魔术般的气味。

一向少年老成的本在这火热的目光里也不禁窘了。他下意识地挠挠肩膀，又左张右望，说："小姑娘，如果你愿意的话，你可以一直搭我的顺风车，直到这个世界的每一个地方。"

哦！上帝。德·丽尔夫人的胸口像引擎盖一样"突突突"跳动，心脏比昨晚的弯道惊魂还要难以控制。她一脚把一个试图爬上车来的记者踢下去，目光落在本惨不忍睹的肩膀上，莞尔一笑，用小姑娘的声音说："当然愿意。只是，你真的不怕我掐吗？"

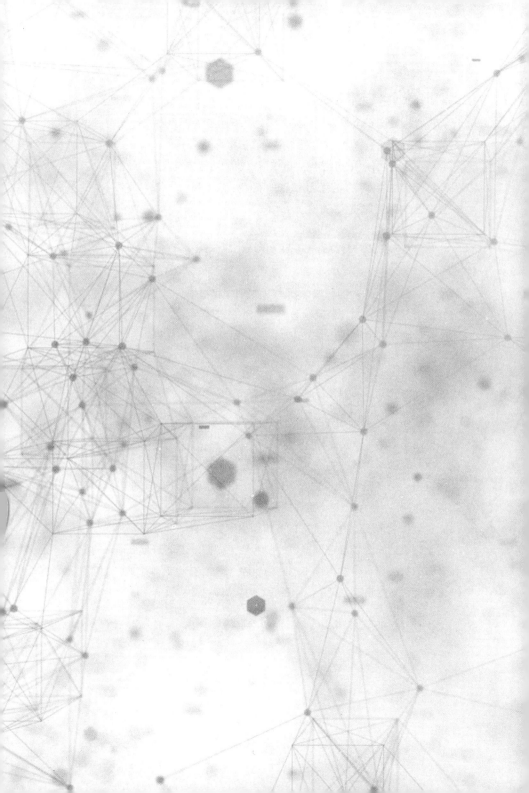

梦绕地心

谢云宁 / 文

　　谢云宁(1982—)，四川遂宁人，现居成都，电子工程师，当代硬科幻代表作家。2004 年发表处女作《回溯》，后笔耕不辍，以科技想象与人文关怀的结合见长，代表作有短篇小说集《超频交易商》及长篇小说《宇宙涟漪中的孩子》《穿越土星环》。曾荣获 2005 年"银河奖"最佳新人奖，《宇宙涟漪中的孩子》等作品三次获全球华语科幻星云奖银奖。《梦绕地心》发表于《科幻世界》2012 年第 9 期。

　　伟大的阿根廷球星梅西，在辉煌球场生涯中有一个致命的弱点，而这一切竟和生活在地心的龙族有关……

需要声明的是：本文只是一篇科幻小说，讲述的是与现实无关的另一个平行宇宙中梅西的故事。

罗萨里奥的黄昏

这是 1999 年 6 月的一个黄昏，位于南半球的阿根廷已进入漫长而寒冷的冬季。阿根廷第二大城市罗萨里奥宽阔的街道上人烟稀少，满是欧式建筑的街道两旁色彩炫目的霓虹灯早早地闪亮起来，无所事事的人们大多拥进了酒吧与咖啡馆中。尽管从七十年代末蔓延至今的金融危机让这个曾经富庶无比的国家债台高筑，通货持续膨胀，失业人口众多，八十年代与英国马岛一战更是让这个国家雪上加霜，可阿根廷人仍习惯流连于大大小小的酒馆，大口咀嚼着牛排，大口品味着咖啡与红酒，或是在缠绵悱恻的旋律中跳上一曲浪漫而忧郁的探戈，抑或围拢在电视前为一场足球转播激越不已。

这样纸醉金迷的景象每个傍晚时分都会在这个城市的每个角落上演，失意的人们总喜欢在微醺醉意中追忆早已变成云烟的昨日繁荣与浮华，而探戈与足球则成了所有阿根廷人心底最后的图腾与慰藉。

就在此刻，位于城市中心的格瓦拉广场上，十二岁的梅西正在坚硬的花岗岩地面上孤独地练着球，此时他身高还不到 140CM，滚动的硕大足球与他瘦弱的体形相比起来并不相称。在一旁冰冷的台阶上，他的父亲豪尔赫正面无表情地坐着，目光沉郁而落寞。

尽管没有对手，梅西的动作还是做得一板一眼，他时而加速带球，时而用力假晃，时而又狠狠地急停急转，看上去心事重重的他像是刚受了什么委屈，要把所有不快都倾泻到脚下的足球上。

黄昏的广场上一片空寂，除了梅西父子，只有一个个子不高、年近四十的中年人正在驻足，他已经远远观看了梅西很久，从他略显疲惫的神情、一脸久未修整的络腮胡，以及背上的一个超大户外旅行包看起来，这应该是一名途经此处的外地旅行者。

旅行者悄悄走近了埋头练球的梅西，他突然晃动了一下身体，做出要抢球的动作。可梅西一下子就反应了过来，左脚将足球轻巧一拨，球立刻穿过了旅行者略略张开的胯下，与此同时梅西飞速动作，又得到了球的控制权，就这样，梅西用穿裆的方式戏耍了来者。但来者一点也没有生气，反倒像是来了兴致，转身再次发起了逼抢。梅西不慌不忙地拨弄起了足球，足球犹如粘在了他的脚底，尽管来者有着绝对的身高优势，但每每当他的脚尖快要触到足球的那一瞬间，足球又被梅西转移走了。

终于，旅行者停止了抢球，大口喘着粗气，叉腰站在原地。

"先生，这是你的儿子吧？我想告诉你，他是我见过的小孩里面踢球技术最好的一个。"缓过气来的旅行者走到豪尔赫面前，兴冲冲地说，"这样下去，未来他一定会成为一代巨星。"

"一切都结束了。"豪尔赫并没有抬头，只是冷冰冰地哼出这样一句话。

"我不明白你的意思——"

豪尔赫没有回应，而是动作僵硬地将放在身旁的一张纸递向旅行者。

旅行者接过纸，这是一张医院的诊断书，他目光飞快地扫过纸面，不由得皱起了眉头，"侏儒症？"旅行者惊讶道。

"我的孩子已经在纽维尔老男孩俱乐部少年队踢了七年球，可就在今天，他被诊断出患有先天性侏儒症，由于缺乏生长所必需的激素，他的身体将永远定格在十二岁……"豪尔赫暗哑的声音中带着浓重的哭腔，"我们阿根廷盛产世界上最好的牛肉，世界上最好的奶酪，可是我的孩子却是吃着土豆和胡萝卜长大的，我知道是营养不良导致了孩子的病。"说着，豪尔赫双手抱住头，陷入深深的自责。

这一刻，不远处的小梅西也停止了带球，他低下头慢腾腾地走到父亲面前，可怜巴巴地望着父亲。

旅行者默默坐在豪尔赫身旁，他不知该怎样安慰这位伤心不已的父亲。此时，悄然升起的薄雾慢慢笼罩了整个寂静的广场，他看见梅西瘦削的身影在昏暗雾色的映衬下显得愈发单薄，这一刻，仿佛全世界的重量都压在了他小小的肩头。

"如果真是侏儒症的话，现在的医学应该有一些办法。"旅行者斟酌着开口道，"兴许无法让小梅西长到多高，但能足够达到正常人的水平，你们的马拉多纳个子也不高，但同样征服了全世界。"

半晌之后，豪尔赫缓缓抬起头来："医生告诉我依靠每周注射激素可以帮助梅西长高，可这是一笔金额不菲的支出，我明天去和俱乐部谈一谈，如果他们愿意为梅西提供治疗费用，我愿意和俱乐部签一份无论何种条款的合同。"

"希望你们好运。"旅行者祝福道。

"谢谢。"豪尔赫叹了口气，站起身来，"旅行者，看起来你对足球很在行。"他装作不经意地擦了擦湿润的眼角，移开了话题。

"先生，你可以叫我图尔尼。我年轻时也在少年队踢过球。"

"哦。"

"但我天赋平平，很早就放弃了踢球到大学进修自然科学，如今我在欧洲从事地球物理方面的研究，这次是前往南极完成一项科考任务，只是科考船途经阿根廷，我一个人上岸来到这里朝圣。"

"朝圣？"

"是的，切·格瓦拉出生在这座城市。"旅行者转头望着竖立在广场中央的格瓦拉铜像。

"格瓦拉……"豪尔赫喃喃道，这是所有阿根廷人的骄傲，"说起来，格瓦拉早年也是个出色的足球运动员，那次伟大的环美洲之旅，身无分文的他就是靠沿途教授当地小孩踢球凑得了摩托车油费和一路的旅费。"

"是啊，直到后来他患上严重的哮喘才不情愿地当起了守门员。"旅行者激动地附和道，"足球，或许是世界上最为众生平等的一项运动，在非洲，在拉丁美洲，无数贫民窟的孩子在凹凸不平的田野、街道上奔跑，追逐足球，梦想着足球能够改变他们的未来。"

就这样，豪尔赫和旅行者在夜色中畅谈起了格瓦拉、足球、信仰……而一旁的梅西仍孤零零地站在越来越深重的迷雾中，这个为足球而生的精灵不知道自己脚下的足球能否为他打破宿命的魔咒。

　　第二天上午，罗萨里奥市中心，纽维尔老男孩足球俱乐部。

　　这里是梅西奋战过七年的地方，可是今天他将永远地离开这里，这个曾经培养出战神巴蒂斯图塔这样的巨星的俱乐部拒绝为小梅西提供治疗费用，从而浇灭了梅西和他父亲最后的希望。当很多年之后，已成名的梅西被记者追问此事时，对此早已释怀的他并没有过多责怪老东家当年的薄情，毕竟很难有哪家俱乐部会情愿把宝押在一个前途未卜而又天生有缺陷的小孩子身上。

　　可是在这一刻，小梅西已哭成了一个泪人，他一手拉着父亲的手，一手怀抱着心爱的足球，无限留恋地回望着一块块他抛洒过汗水的绿茵茵的球场，当他路过少年队训练场时，所有小队员都停下了训练，默默注视着曾是他们球场上的领袖离开基地。

　　"梅西——"一个黑眼睛的女孩大声呼唤着他的名字，从训练场奔跑了过来。

　　这个女孩名叫安东内拉，是梅西关系最好的队友的表妹，五岁的梅西刚进入老男孩少年队时他俩就相识了，学校没课时她总喜欢来训练场看梅西踢球。

　　"安东内拉……"梅西低头嘟囔着，"我要离开球队了。"

　　晶莹的泪水一下子从女孩的眼眶涌了出来，她已经从表哥那儿听说了梅西离开的原因，她愣在原地，不知道该对梅西说些什么。

　　在沉默了半晌之后，豪尔赫继续拉着梅西向前走，安东内拉默默地跟在他们身后。就这样，三个人黯然走出了训练基地的大门。

　　出了基地不久，他们行至一个路口，远远地看见一个身着蓝色羽绒服的身影伫立在一个水果摊前，竟是昨天黄昏遇见的那位欧洲旅行者。

　　旅行者也看到了他们，疾步走了过来。"先生，我们又见面了。"

　　"你在等我们？"豪尔赫惊讶道。

　　"是的。"图尔尼揉了揉小梅西蓬松的金色头发，"昨晚我去了一趟为梅西做检查的医学中心，调出了梅西的血液样本重新做了化验。"

　　"你为什么这样做？"

"这个或许并不重要，你可以认为我在满足自己巨大的好奇心吧。但我想告诉你的是，束缚梅西身体发育的并不是侏儒症。"

"那是什么？"

"他踩在脚下的圆球。"

"你是指足球？"

"不，先生，是地球。"图尔尼一字一顿地说道。

豪尔赫愣住了，但几秒钟后，他回过神来，对图尔尼恼怒道："旅行者，请不要拿你可笑的天方夜谭来寻我们开心。"

"不，豪尔赫先生，请你相信。"图尔尼急切地说，"我们的地球并没有你想象得那样简单。梅西与生俱来的特殊体质并不适合在地球的南半球踢球。"

豪尔赫没有理睬他，而是拉着梅西继续向前走。

他们走出了很远，身后传来图尔尼大声的呼喊："先生，你愿不愿意带你的儿子去巴塞罗那试一试？"

梅西第一个回过头来，泪水迷蒙的双眼中闪耀出一丝异样的光彩。巴塞罗那，那是所有踢球的孩子心中的梦之队。

紧接着，豪尔赫也转过身来，图尔尼见此情景，赶紧跑了过来。

"我刚好有个朋友在西班牙巴塞罗那俱乐部任职，我已经打电话把小梅西的情况告诉他了，我的朋友表示巴萨对小梅西很感兴趣。"图尔尼气喘吁吁地说，他递给豪尔赫一张纸条，上面写有一个电话号码。

豪尔赫犹豫着接过纸条，他很难相信一位萍水相逢的陌生人会给予他们如此大的帮助，但他愿意带梅西去西班牙碰碰运气，因为山穷水尽的他们在阿根廷已是别无其他选择。

图尔尼将目光转回愣在一旁的梅西，蹲下身子，这样一来他就和梅西一般高了。他一只手轻轻搭在梅西瘦削的肩膀上："孩子，你的未来在欧洲，地球的另一个半球。"

梅西怯生生地望着图尔尼。遥远的欧洲，在他幼小的心灵中只是一个异常模糊的概念，那里是他的无数阿根廷足球偶像走过的荣光之路，他从第一天接触足球起就无时无刻不在憧憬着长大能去那里的职业联赛建功立业，但他从来没想过会是现在。

图尔尼目光殷切地对望着梅西："你要记住，等你长大后要尽量少回到地球的南半球踢球。"

梅西不知所措地点点头，地球的南北半球有什么不一样吗？也许自己还太小，还不能理解他话中的奥义吧。

"好了，我该向你说再见了，梅西，祝你好运。"图尔尼站起身来，挥手向梅西告别。

梅西也怔愣着向他挥了挥手。

图尔尼面带微笑地转过身，很快，这个神秘的旅行者消失在了博尔赫斯笔下描绘过的迷宫一般曲折的街道中。

悲伤好望角

2010 年 5 月，阿根廷国家队的包机抵达了南非约翰内斯堡，征战即将开始的世界杯。

当主教练马拉多纳率领二十三名弟子步入机场大厅时，早已等待多时的媒体立刻将他们团团围住。

夺冠大热门阿根廷阵中名将如云，但最受记者追捧的无疑还是新科世界足球先生梅西，年纪轻轻的他这几年在巴塞罗那队取得了非凡的成功，以他为锋线核心的巴萨被球迷戏称为"宇宙无敌队"，一连夺得联赛与欧冠等几项冠军，砍菜切瓜般横扫一个又一个劲敌。但唯一让人有些遗憾的是，一直以来，梅西在国家队的表现并不具有足够的说服力，这次，南非恰好是他证明自己的一个机会，所有阿根廷人都相信他是上帝赋予阿根廷的另一个马拉多纳，他将带领球队时隔二十四年再次捧起大力神杯。

此时的梅西已经二十三岁，在聚光灯下仍显得非常腼腆，他匆匆应付了几个记者的问题后快步跑进了开往训练基地的大巴。

是的，这还是过去那个淳朴的罗萨里奥大男孩，十年的欧洲生活并没有改变他，他差不多把全部精力都放在了足球上，足球之外的生活简单而朴实，他总是穿着最为普通的 T 恤和短裤，开着最普通的小车，在训练之余把时间都花在了与远在阿根廷的女友煲制电话煲——他的女友是与他青梅竹马、两小无猜的安东内拉，她留在阿根廷攻读营养学专业。

这次来到南非，除了为国出征的巨大荣誉，让梅西期待不已的还有与安东内拉的相会——安东内拉来到南非为他加油鼓劲，他心底甚至憧憬着如果自己能为阿根廷赢得世界杯，在那个美妙的捧杯夜晚他将向安东内拉求婚……

6 月 12 日，约翰内斯堡艾利斯公园球场。迫不及待的梅西终于迎来了他在南非世界杯的第一场比赛——应战尼日利亚队。当他与队友列队踏上绿茵场，他的右手紧贴胸口，激扬的阿根廷国歌一响起，他的心顿时澎湃起来，代表阿根廷参加世界杯是他童年的梦想。在西班牙的十年里，虽然他非常感激当年巴塞罗那俱乐部对他的雪中送炭，但面对西班牙足协向他抛来的加入西班牙国家队的橄榄枝，他毫不犹豫地拒绝了——因为在他心中，阿根廷才是他的祖国，他的根。

很快，裁判一声哨响，比赛开始。梅西奔跑在草坪上，他已做好了所有的准备，去为祖国赢得崭新的荣誉。

阿根廷队的开局相当顺利，开场仅仅六分钟，左边后卫海因策就依靠一次任意球的机会，头球破门。随后的比赛阿根廷队尽管占尽优势，却始终没能再拉开比分，潘帕斯战士们总是一次次错失良机，最终比分还是保持在 1∶0。对于在整场左冲右突、穿针引线的梅西来说，他的表现可谓卖力，虽然并未达到俱乐部中那般惊艳的演出，但所有人都有理由相信，梅西会在后面的比赛中渐入佳境。

7 月 3 日，世界杯四分之一决赛。

之前一路高歌猛进的阿根廷队与德国战车狭路相逢。

梅西带着满满的信心走上比赛场，他看到阿根廷球迷已经将偌大的看台变成了一片蓝白旗帜的海洋，里面有他的安东内拉妩媚的身影——这段时间她一直陪伴在他身边，尽管此前的四场比赛他还颗粒无收，但他和安东内拉都坚信他的进球会在与德国队的比赛中到来，他将帮助球队赢得胜利，一雪四年前被德国队淘汰之耻。

然而让梅西始料未及的是，比赛刚刚开始三分钟，德国队就利用"高空优势"由穆勒打进一颗头球。不得已，阿根廷队在梅西的带领下大举压上对德国队阵地发起轮番进攻。德国队则以其擅长的严密战术体系严防以待，日耳曼人严防死守住梅西的带球，全力压缩他的活动空间。场上多次出现三四名德国队球员合力围堵梅西的场面，梅西只得退回到中场，甚至后撤到后场拿球指挥进球，即使是这样，当他带球突破一名德国人后，总是被跟上来的第二名、第三名德国人抢断。仅有的几次传球成功，也被前锋浪费了机会。

就在阿根廷人一次次无功而返时，他们的一个个噩梦接连而至：德国人打进了第二球、第三球、第四球！当裁判员吹响结束哨声时，比分凝固在耻辱的 0：4。赛前没有人会想到风头正劲的阿根廷队会被德国队狂灌四球。

阿根廷人的世界杯之旅就此难堪而悲壮地收场了。

场上的阿根廷战士都低下了骄傲的头，失魂落魄的他们只想尽快远离狂欢的对手，而纵然付出了百般努力仍未取得一个进球的梅西拼命忍住泪水，一个人留在场边，挥手向看台上的球迷做最后的告别。

傍晚回到酒店，面对爱人，梅西再也抑制不住内心的痛苦，伏在安东内拉身上如孩子般恸哭起来。

"梅西，别这样……你才二十三岁，你还有下一届世界杯证明自己。"安东内拉轻声安慰道。

许久之后，梅西终于停止了哭泣，他抬眼望着安东内拉，那双泪眼婆娑的眼中流露出一种古怪的神色："安东内拉，你不明白，我身体内有一股奇怪的力量导致了我的发挥失常。"

"奇怪的力量？"安东内拉颤声道。

"这些年来我在国家队里表现得一直差强人意，美洲杯、世界杯南美预选赛……只有在巴萨以及为数不多在北半球进行的国家队热身赛上才能够发挥出真实水平。"

"应该是你长途的飞行奔波导致的。"安东内拉不安地打断了他的话。

　　"很多人都这样认为，但只有我自己心里清楚，一旦回到南半球比赛，我的状态就会大打折扣，沉重的双脚就如深陷在泥沼之中，无法施展我的技术特点。"梅西说着惨然一笑，"不知道你还记不记得十年前我们在罗萨里奥遇到的那位图尔尼，我是在他的帮助下到了巴萨，他曾告诉我长大后不要回到南半球踢球……"

　　"你是说……"安东内拉心中一个激灵，她也回想起了十年前罗萨里奥街头的那一幕画面，那位神秘的来访者蹊跷地闯入梅西的生活，在告诉了小梅西那一番如今想来仍旧匪夷所思的怪论后又蹊跷地消失了。"无论事实是什么，我们有必要先找到那位图尔尼。"安东内拉讷讷道。

　　"这几年来，我一直在寻找他，但始终没有结果。"梅西沮丧地说。

　　安东内拉陷入了思考，她能预感寻找图尔尼之路将无比曲折，慢慢地，一个决定在她的心中生成，许久之后，她抬头望着梅西："我们分开一段时间吧。"

　　"你在说什么？"梅西惊讶得睁大了眼睛。

　　"梅西，我们暂时分开，让我为你去寻找图尔尼。如果有缘……四年后的世界杯我们再见。"安东内拉艰难地说出她的决定，眼中涌满了泪水。

　　"不，安东内拉，我不能失去你。我们可以一起去寻找。"梅西痛苦地呼喊道，他抬起手臂想去牵她的手。

　　安东内拉没有牵他的手，她向后退了两步，身体不住颤抖着，"梅西，你专心踢球。"她啜泣着，说完她转头奔出了房间。

　　梅西呆住了，再也无力追出门去，只是颓然面对着打开的房门，不知过了多久，从门外别的房间飘来一阵熟悉的旋律，一个如泣如诉的女声正在吟唱着那首《阿根廷，别为我哭泣》。

地心世界

　　2011 年 2 月，南极大陆。

过去的半年里，安东内拉辗转去了十几个国家，四处打听图尔尼的消息。现在她又踏上了南极大陆，她并不能确定自己费尽周折所获得的这个地址是否正确，在 GPS 的指引下，她搭乘一辆直升飞机向着南极茫茫冰盖的腹地进发，一路上随处可见一座座形态奇异而绝美的冰体，这让她很是惊叹大自然的鬼斧神工。

当飞机抵达一片平坦的白色冰原时，GPS 突然鸣叫起来，上面显示的经纬度正是她的目的地。极目望去，果真有一座庞大的白色建筑屹立在冰原上，建筑呈圆塔形状，约一百米宽，三四百米高。她独自下到地面，踩着碎冰走向白塔。

白塔只有一个大门，她小心翼翼地推门走了进去，出乎意料的是建筑内部就像一个过于空荡的大仓库，巨大的空间中只是零散分布着一张张半米高的机械平台，平台上空无一物。除此之外，还有一些自动化的仪器灯光闪烁地工作着，十来名身着太空服一般银色连体裤的工作人员穿梭其中，看不出他们究竟在忙碌着什么。

正在她环顾四周时，身旁传来一个男人低沉的声音："女孩，我们这里不对旅游者开放。"

她慌忙转头望去，一位同样身着连体裤的男子不知什么时候走近她的身旁，这位男子看上去已上了一些年纪，那张饱含沧桑的面容上有着一种特别的坚硬轮廓，这让她一眼就认出了他："图尔尼——"

"你怎么会认识我？"男子很是惊讶。

"十一年前，你曾为身陷侏儒症的梅西指引了一条通往欧洲之路——"

"我记起你是谁了，"图尔尼迟疑片刻后，恍然大悟道，"当年哭泣的梅西身旁的那个小女孩。"

"是的，图尔尼先生，这些年来梅西一直都在寻找你，想答谢你当年的帮助，但你……似乎有意向外界隐藏了你的行踪。"

"是吗？"图尔尼露出一丝笑容，"这些年，我一直待在南极从事我的科研工作。"

"不知道你是否知晓，梅西在欧洲大陆取得了他能够获得的一切荣耀，可是他在阿根廷队的表现总是差强人意，在不久前的南非……"

"我收看了世界杯，梅西已经拼尽了全力。"图尔尼语气平静地说道。

"这是为什么呢？"安东内拉急切地问道，"当年你对梅西说过的那番话……如今就如一道魔咒捆缚着他。"

图尔尼并没有马上回答她，他收起笑容，目光深沉地注视了安东内拉好一会儿，接着缓缓地开口道："好吧，现在就让我来为你解释这个魔咒的来由——"

图尔尼走到旁边的一台仪器前，用手指在显示屏上触摸了几下，一个湛蓝色的圆球浮现在他们面前。

"地球？"安东内拉叫道。

"是的，这是我们地球的全息模型，人类历史的近一百年来，我们迫不及待地把视野投向浩渺的外太空，可事实上，我们对自己脚下的地心深处并没有太多了解。"图尔尼注视着地球模型，不急不缓地开口道。

"我想……或许是我们没办法真正进入到地心深处吧。"安东内拉小声地说。

"的确如此，地球的半径有六千多公里，而过去，人类所抵达最深的纪录是由前苏联科拉超深钻井创造的，也仅仅只有十三公里，这只是整个地球半径的五百分之一。对于地心深处的图景人类更多依靠的是推测与猜想，在目前主流的理论中，通常认为地球分为地壳、地幔、地核三层。"

图尔尼停顿下来，这时地球模型从正中央裂开成两瓣，露出了斑驳的内核，只见一圈圈颜色各异的同心圆环绕其中。

"你注意那一圈闪亮的银色。"图尔尼说。

安东内拉睁大眼睛望去，她看到靠近地心的一大圈熠熠发亮的银箔色，与其他层次不一样的是这一层竟然呈现出流动的液态！

"这一层距离地表三千公里到五千公里，科学家认定在这一宽阔地带涌动着巨量的超高温液态金属流，这些导电的金属流以同一方向围绕一个月球大小的固态金属核缓慢旋转，这就犹如一台巨大的发电机，从而产生出地球的磁场。"

在他的话音中，地球分离的两瓣又重新合为一体，紧接着，无数条湛蓝色的光亮线条从地球模型的一极迸发而出，高低有致地环绕地表半圈后终结于地球另一极。这样一来，像是给地球套上了一层层镂空的蓝玻璃外壳。

"你瞧，这些线条就是地球磁力线，它们由南极向北极贯通，形成一圈圈闭合的磁力环。这个覆盖地球的磁场阻挡了太阳风粒子与来自宇宙外层射线的攻击，使人类免受辐射危害。当然，这个磁场也不是永恒不变的，历史上，地球历经过多次南北磁极倒转，最近的一次发生在距今七十五万年前。"图尔尼介绍道，"地球磁场在地表的强度仅为 1 高斯，这是一个普通人类无法感知的强度，然而，即使是这样的磁场仍会微弱地影响人类的大脑，比如已有研究证实，如果北半球的人们睡眠时将头朝向北极，顺着磁力线方向，他们将睡得更为安定舒适。"

"这和梅西有什么关系？"安东内拉紧张地插话道。

"地球复杂的磁场对梅西大脑的影响远远超过常人。"图尔尼抬眼望着她。

"怎么会？"安东内拉嗫嚅道。

"我们知道，某些鸟类和昆虫的大脑天生拥有感知地球磁场的能力，这将帮助它们在迁徙过程中辨识方向，另外，它们也会根据地球磁场状况选择栖息之地。与此相似，梅西特殊的大脑构成对地球并不对称的南北磁场非常敏感，南半球特有的磁场会压迫他幼时的大脑，抑制生长激素的分泌。等他长大后，南半球磁场又会阻碍他大脑的反应速度。"

"可又是什么导致梅西如此异于常人？"安东内拉声音发颤地问。

"梅西这一特异体质源于体内一种名为 CRY2 蛋白质的变异[1]，人类出现这种基因变异的几率大约是亿分之一，所以非常遗憾……"图尔尼耸了耸肩，望着安东内拉的眼睛。

注解 ————

1. 据最新英国《自然·通信》杂志报告，人体内有一种蛋白质可感知地球磁场，这种蛋白质名为 CRY2。美国马萨诸塞大学的研究人员发现，一旦这种蛋白质被激活，其可充当人体的"磁场传感器"。

　　"这样说来梅西的遭遇是命中注定……"安东内拉喃喃道，她陷入了长久的沉默，很难接受这一残酷至极的说法，猛然间，她像意识到什么似的，"四年后的巴西世界杯仍然是在南半球，有没有什么办法能帮助梅西？"

　　"方法或许有……"图尔尼迟疑道，他的目光变得复杂起来，"愿不愿意跟我到地心走一趟？"

　　"地心……这怎么可能？"

　　"来吧，孩子，我给你看一些东西。"图尔尼说着从裤袋中摸出一副形状古怪的蓝色眼镜递给安东内拉。

　　安东内拉戴上眼镜，她立即被眼前浮现出的不可思议的景象震惊了，十几个银光闪闪的巨人出现在她的四周，这些巨人一动不动地挺立在一张张机械平台上，每一个都有埃菲尔铁塔那么高大，如此一来，她刚刚还觉得空荡无物的大厅立刻变得拥挤起来。

　　"这些是什么？"

　　"由中微子聚合成的机器人，我们这些年的创造之一。它们被称为地心勇士。"

　　"它们有什么用？"

　　"中微子可以轻易穿透固体地层，而如今，我们掌控了运用中微子通讯与感知其他物质的技术，因此，我们可以身处地表远程操控这些勇士进入地心深处。"

　　几十分钟后，安东内拉在工作人员的帮助下躺进了一个透明的水晶箱，紧接着，她的头部被套上了一个特别的面罩，透过面罩，她看到箱顶正在慢慢闭合。就在这时，她看了最后一眼矗立在她前方的那个银色巨人，她惊奇地发现此时巨人的脸孔已改变成了自己的样子。

　　一刹那，她的视界猛地变了，视线中，此刻的自己竟远远地俯视着一个水晶箱，一个女孩正安睡其中，这个女孩就是她自己！

　　"女孩，试着用你的意识控制地心勇士。"一个熟悉的声音在她耳畔响起，是图尔尼的声音。

　　她下意识地循声望去，一个比她体形更为魁伟的地心勇士正站在她身旁，那张面带微笑的脸孔正是图尔尼。

安东内拉试着活动起手脚来，她伸了伸手，抬了抬脚，控制如此庞大的身躯这真是一种异常奇妙的感觉。

"你现在可以下到地面上来。"图尔尼对她说，接着他从机械台上轻轻一跃，稳稳站到了地上。

安东内拉鼓足勇气，笨拙地跳向地面，可就在她接触地面的那一瞬间，她的双脚竟然如同透明般穿透了地面，接着她整个庞大的身躯也陷了进去。"上帝啊！"她惊慌失措地大叫道。她已进入一片茫茫无际的赭褐色中，而且还在疾速地向下沉！

"快用你的意识让自己停下来！"她听到了图尔尼的声音。

"啊——"安东内拉慌忙聚起意识。怎么让自己停下来啊？她的意识拼命挣扎着，终于，她的身子如刹车般戛然停止下来。

"中微子能够穿越地层，因此你不加意念去控制，地心勇士将按你的初速度下沉。其实让勇士停下来的方法很简单，你只需要在脑海里想象你停在哪儿，勇士就会停在哪儿。"图尔尼模样的地心勇士也下潜到了她的身边，"现在，我们开始通向地心的旅程吧。"

"地心？"

"是的，你看，我们已经来到地壳层，再穿过地幔层，我们就将进入地心，那里有一个你无法想象的神秘世界。"话音刚落，图尔尼就飞速地开始下潜。

"等等我——"安东内拉连忙调动起意识，这一次，她的身体很好地配合了她的意识，她甚至让自己坠落的速度变得更快，很快追赶上了图尔尼。

一路上，安东内拉见识到了各种新奇壮丽的景象，无数不知名的矿石镶嵌成堆，呈现出一个个超现实的几何体，时而可见晶莹闪亮的水晶或钻石四处散落，磅礴奔涌的岩浆犹如枝蔓横生的河流。但她找不到一丝生命的迹象，这不由得让她感叹地底的超高压超高温斩断了一切生命的可能性。

渐渐地，安东内拉面对层出不穷的奇景也有些麻木了，她放松神经，任凭地心勇士向着深不见底的地心疾速下潜。

"现在我们已经穿过了岩石为主的地幔层，进入了距离地表三千公里的地核层。你可以放慢速度。"她的耳畔突然传来图尔尼的声音。

安东内拉向着自己的四周望去，惊愕得停驻下来，她进入了一个与之前截然不同的世界，这是一个色彩层叠的奇幻世界，周遭散布着一团团她见所未见的物质云，如同异彩纷呈的珊瑚一般盘根错节。这里不再看得到棱角分明的晶体，所有的物体都如高温融化掉的软糖，呈现出莹莹的流体态，但视野中最让她感到震惊的还是翩然游动在斑斓的色彩中的几大片火红色物体，她原以为死气沉沉的地心深处竟还有如此生动的图景。

蓦然间，她发现在视线的正前方，一大片火红色正摇晃着向她游来！

尽管之前她已领略够了地底各种奇形怪状的非生命体，但这一次，直觉告诉她向自己漂来的是一团生命！她惶恐不已地目睹着这团生命向她逼近，它的直径至少超过了两公里，虽然地心勇士已足够巨大，但相比起这团庞然大物，仍是渺小至极。

这时，她惊奇地看到身旁的图尔尼如做体操动作一般一百八十度反转过身体，倒悬的他竟开口对火红的庞然大物说起话来："塞尔塔，你好。"

"不，我不是塞尔塔，我的名字是盖坦，塞尔塔是我的一位朋友。"庞然大物回答道。安东内拉竟也能接收他发出的声音。

"是吗？哈哈，我总是分辨不出你们的样子，你们确实长得太像了。"图尔尼说，他回头望了一眼已惊呆得说不出话的安东内拉："小姑娘，不用害怕，你可以像我这样转个方向。"

安东内拉试着反转身体，她的视野一下子变得不一样起来，面前的那团通体燃烧着熊熊火焰的异形具有了她能够辨识的外形，这很像是她在奇幻电影里见到的西方巨龙，有着四只爪子以及长长的颈，一双如蓝宝石般透亮的眸子嵌在菱形的头颅上，只是身后没有飞翼。

"地心勇士能够自动翻译我们之间的语言。你也可以开口与他们交流。"图尔尼对她说。

"他们是什么？"安东内拉惊呼道。

"地心的生命，我们称他们为'火龙'。"

"他们怎么可能生活在这里？"

"他们的存在确实让人难以置信，几年前，我们进入地心时发现了他们，并与他们进行了沟通，学会了他们的语言，也对他们有了一些粗略的了解。这些火龙的身躯由流态金属构成，能够承受六千多度的高温以及两百万倍大气压的高压，似乎从地球诞生之初他们就生活在地心，他们的文明程度远远超过人类。"

"啊哈，盖坦，能捎上我们一程吗？"图尔尼转身望着火龙。

"来吧，图尔尼先生。"火龙伸展了一下庞大的身躯，然后前肢弯曲，蹲伏下来。

图尔尼拉起安东内拉的手一跃而起，跳上了火龙的脊背，接着，他俩一前一后骑在了巨龙凹凸的脊骨上。

"放松自己，让自己的意识紧随火龙。"图尔尼向安东内拉大声喊道。

待他俩坐稳，火龙仰头长吟了一声，骤然游动开来。

"你知道我的名字？"图尔尼询问身下的火龙。

"是的，图尔尼，我们的广播介绍过你，你是来自地表人类的第一位使者。"

"啊哈，看来我也变成你们世界的名人了。让我介绍一下，我身后的是安东内拉小姐。"

"安东内拉小姐，欢迎你来到我们的王国。"这只名叫盖坦的火龙猛地高扬长颈，算是向安东内拉打了个招呼。

安东内拉紧紧地抱住盖坦的脊背，她随着盖坦一路向前飞驰，掠过千奇百怪的物质云团，时不时还能见到外形如盖坦一般的火龙，这些火龙都向着他们相同的方向游动，在见到他们时纷纷停驻下来，好奇地向着他们张望。慢慢地，安东内拉心中的惊恐感渐渐退去，取而代之的是一种应接不暇的新奇感。

"我们要去哪儿？"安东内拉问图尔尼。

"我们正在跟随着盖坦环绕地心之城。"图尔尼回答道。

"地心之城？"

"你抬头看看天空中央。"

安东内拉仰头望去，这里的天空相比地面上的要来得缤纷绚烂许多，天穹点缀着无数梦幻般的光点，在这些萤火虫般的光点深处漂浮着一枚银光闪闪的螺旋状星体，星体不规则的表面闪耀着瞬息万变的纹路与图形，炫美瑰丽至极。

"你看到的海螺状星体就是他们的地心之城。"图尔尼说，"一座直径达两千公里、由超高密度固态金属铸成的超级城市——这也是人类过去所认为的地球固态内核。然而事实上，火龙整个族群大部分时间并不居住在这座超级城市里，而是远远地围绕其游弋，按我们人类的时间，他们用四十二个月完成一圈地心环游，而后进入地心之城，短暂休息一到两个月，接着继续踏上环游之路，如此周而复始。"

"他们的环游都是向着一个方向？"安东内拉突然意识到了一个非常重要的事情。

"是的，他们全都以一个方向游动，你的直觉很正确，正是由于这些金属火龙的地心环游，造就了地球的磁场。"

安东内拉一时间说不出话来，心中的震撼已是无以复加。

这时，图尔尼稳稳地站起身来，望着安东内拉说："姑娘，现在你或许已经想到了帮助梅西的办法吧？"

安东内拉想了想，点了点头。

"好了，你就留在这里吧。"图尔尼说，"你的意识随时可以返回地面。在这里，你可以使用中微子通讯器和控制中心通讯，这里与地表的通讯虽然有20毫秒的延时，但足以应付你的思维与动作。你不用担心远在地表的肉身，一旦你感觉到饿，可以向中心发出指令，系统会自动为你注入营养物。另外，你想睡觉了可以直接闭眼入睡。现在，我要离开了——"图尔尼拍了拍盖坦的脊背，然后向安东内拉挥手告别。

"图尔尼，"安东内拉急急地喊道，此时她一点也不畏惧图尔尼的离开，只是她突然想起一个来不及问的问题，"我还有一个疑问，为什么当年你会向小梅西伸出援手？后来我们才了解到，你并没有什么巴萨俱乐部的朋友，你出生于一个高贵的欧洲皇室家庭，事实是你用一大笔钱资助了梅西去巴萨以及后来的治疗费。"

"这或许……是因为我自己过早破灭的足球梦想吧。"

"你是说……"

"我……出生在北半球。"

"你的大脑并不适合北半球磁场？"

"你真是个聪慧的姑娘。"图尔尼笑着说。说完，他的身体从火龙背上一跃而出，飞速地向着地表坠落，很快就消失不见了。

风抵巴西

2014 年 6 月 15 日，巴西贝洛奥里藏特市，大米内罗球场。

这是 2014 年世界杯阿根廷队迎来的第一场比赛，对手是克罗地亚队。

已成为阿根廷队队长的梅西快步走出球员通道，步入阳光普照下的绿茵场，他不禁有些恍惚，像是又回到了四年前的南非赛场，他怔怔地将目光投向四面八方人潮汹涌的看台。安东内拉，他在心中轻声唤道，四年了，他无时无刻不在思念她，如今约定的期限已至，他不知道此时此刻她是否也身处这一片看台之中。

裁判一声哨响将梅西从恍思中猛然惊醒，他压制住内心的惶然，奔跑在球场上。

比赛没过多久，阿根廷队就领先了，边锋迪马利亚利用反击打进一球，但很快，克罗地亚队就扳回了比分——摩德里奇在禁区外一脚刁钻远射破门。接下来的比赛里，梅西仍是足够努力，满场飞奔，多次为队友创造机会，但无奈都没有形成破门，而他自己的几次打门也是遗憾地偏门而出。

这样，比赛进入到相持阶段。直到半场完结，比分仍是 1∶1。

　　短暂的中场休息后，双方进入下半场比赛。下半场进行到第六分钟时，梅西从边路突破内切入禁区，就在他要起脚打门时，只见对方中后卫乔尔卢卡腾身飞铲而来，他连忙顺势变向，无奈对方的脚快他一步触到足球，连球带人一并将他铲翻在地。他痛苦地仰面躺倒在草坪上，球随即被对方守门员获得，这一次裁判并没有吹点球。他失望地摇了摇头，从地上慢慢爬了起来，默默地向禁区外走，就在这一刻，他看见了天空中从未有过的异象——一簇簇绚丽的光辉如肆意飘舞的彩带闪耀在下午三点湛蓝的天空中，玫瑰色，草绿色，琥珀色……缤纷各异的颜色如万花筒般组合出光怪陆离的图形。

　　这一刻，场上双方的球员都停止了比赛，目瞪口呆地望着天空。

　　梅西也呆立在原地，惊奇地注视着天空，自己还在现实中吗？他感到自己就像是沉浸在了一个宏大而圣洁的梦境中，天穹中变幻的光辉在他脑海中慢慢凝成了一个人的脸庞。"安东内拉，真的是你吗？"他情不自禁地呼唤道。斑斓的光影并没有回答他。

　　大约在两分钟后，梦幻般的光辉又如水迹一般消失了。

　　看台上爆发出一片哗然声，梅西从遐想中醒来，摇了摇头，刚才见到的是传说中的海市蜃楼吗？安东内拉的脸庞应该只是自己的想象，还是赶紧回到比赛的现实中吧。

　　此刻的他并不知道球场外的世界所发生的神奇：地球磁场反转了。

　　就在刚才的一瞬间，地球外围漏斗状的磁场剧烈地弯曲变形，所有的磁力线朝反方向扭转，在这一过程中，过去一直顺着漏斗滑向两极的太阳风全部集中在了低纬度地区，太阳风猛烈撞击着所在地区的大气层，由此形成了全球各处都可见的超级极光。

　　但很快，磁场飞速完成了转换，重新形成了一个与之前形状一模一样的闭合漏斗，只是磁力线方向改变了。

　　这一刻，巨大的鲸鱼跃出海面，候鸟折转了迁徙之路，南半球终日倒挂在树枝上的考拉猛地睁开了惺忪睡眼，它们不再沉溺于酣睡，而是欢快地穿梭在林间。但对普通人类来说，除了看到指南针反转，他们感受不到任何变化。

此刻，大米内罗球场的比赛已经中断，看台上的球迷们由于刚才的异象已是一片骚动，裁判正在紧急与组委会沟通，球员们则在场上心急地等待。

半小时后，组委会的成员终于取得一致意见，比赛重新开始。

梅西沉下心来投入比赛，他大步流星地奔跑起来，不知为何，他隐约感到有一种全新的活力注入了他的身体，他的脚步变得灵动起来，带球过人的出脚频率也迅捷了许多，这种畅快淋漓之感只有他在巴萨比赛时才有的啊！

当比赛进行到第六十五分钟，后腰马斯切拉诺从后场发起一个长传，梅西机敏地从盯防他的后卫身后窜出，轻巧地卸下足球，疾步杀向禁区，此时克罗地亚禁区内只剩一名后卫——乔尔卢卡，梅西轻盈地一扣，轻松晃倒了乔尔卢卡。面对仓促出击的门将，梅西冷静地轻推远角，球精确地越过门将滚进了球门。

梅西转身庆祝起来，他高高举起双手，指向天空，只有他心里知道自己的进球献给了谁。

比分变为2∶1。

在接下来的比赛里，梅西的表现越发神勇。第八十分钟，他用魔幻的左脚带球在对方禁区里翩然起舞，一连过掉三名后卫，最后晃过守门员，打空门得分。

全场观众爆发出雷鸣一般的持久欢呼，梅西的表现让他们暂时忘掉了此前天空异象所带来的惶恐，他们欢呼雀跃的激动不仅是亲历了一个世纪进球的诞生，更是梅西的表现让他们相信，他们正在见证一位新球王的登基加冕。

梅西紧握双拳，疯狂怒吼着庆祝起来，尽情发泄着堆积在心中多时的郁闷。

很快，九十分钟的比赛结束了，这一场注定要被写入历史的比赛最终比分锁定在3∶1，梅西梅开二度。

梅西向看台上的阿根廷球迷挥了挥手，走下球场。

从球场回酒店的一路上，他接受了很多人的祝贺，但他仍是谦逊地报以微笑。

回到酒店，梅西吃过晚餐后早早回到房间。他打开电视，电视中几乎每个频道都在播放地球磁场发生倒转的新闻，而就在今天之前，世界杯才是电视节目的主题啊。屏幕上，主持人一张张忧心忡忡的面孔让梅西深感事情重大，但他云里雾里地观看了十多分钟后，还是放弃了，他对于这一切并不是太懂。或许只是某种反常自然现象吧？他猜想。

他关上电视，侧身躺在沙发上，从口袋里摸出一只手机——手机是安东内拉离开后邮寄给他的，然而这四年来，这只手机不曾响过一声。

他又如往常一样，默默注视着手机发呆，今夜会不会有奇迹……突然，手机屏幕闪耀起来。

梅西激动得从沙发上跌到地上，他双手颤抖着举起手机。

"今晚我们见面吗？"

他只觉得自己的呼吸和心跳都停止了，手足无措地操作着按键："你在哪儿？"

"酒店的花园。"

梅西不顾一切地冲出门，虽然他在球场上过人如麻，但这一次，他撞倒了服务生的餐车，用出一生中最大的加速度奔向花园。

夜色中的花园一片静谧，在径直穿过几个花坛后，梅西看到一位身穿米白色风衣的短发女子依着一棵紫色的树站立着，她背对着他。

"安东内拉。"梅西叫道。

窈窕的身影慢慢地转过身来，如水的星光流泻在她的身上，是她！她看上去没有多少变化，仍是他记忆中那位古铜色皮肤、身材曼妙的大美人，但她又变了——她剪去了长发，纤瘦的脸颊上退去了少女时代特有的红润，依旧明亮的双眼中多了几分成熟与笃定。

"这四年你都去了哪里？"梅西说。

"这说来话长，梅西。"安东内拉莞尔一笑，语气平静地开口道，"我去了一个你无法想象的奇妙世界，经历了一些特别的人与事，也帮你解开了命运加在你身上的魔咒。"

"你怎么能办到？今天，南半球的魔咒似乎突然消失了——"梅西恍然意识到，他是如此困惑，"地球磁场发生了倒转，这……难道与你的出现有关？"

安东内拉定定地望着梅西，而后她慢慢地走到他面前，踮起脚尖，轻轻地吻了一下他的唇。

"梅西，答应我，接下来的一个月不要关心太多场外的纷扰，你只需要专心比赛。"

梅西木然地点了点头，他慢慢拥抱了安东内拉，他的头紧贴在她温暖而芬芳的肩头，这一刻，世界变成何种模样对他已不再重要，重要的是她又重回自己的怀抱。如果还有未来的话，他将在爱人的目光下去奋力赢取世界杯的荣光，而后他们将不再分离。

世界之巅

人类一时间提起的心总算是平复了下来，地表磁场的改变并没有对他们的生活造成什么影响，这就像是地球向人类开了一个有惊无险的小玩笑，人类又心安理得地生活在地球表面。于是，世界杯在暂停两天后又重新开始，人们将压抑之后的更加高涨的热情投入到世界杯上。

2014年7月14日，马拉卡纳球场，南美双雄阿根廷与巴西会师决赛。

在之前的六场比赛中，阿根廷一路摧枯拉朽，势如破竹，梅西更是总共取得了十颗进球。而东道主巴西则占据天时地利人和的优势，在球星卡卡的带领下表现同样抢眼。这场看起来旗鼓相当的比赛，再加上阿根廷与巴西的百年世仇，如此火星撞地球的相遇，注定又是世界杯历史上一段浓墨重彩的传奇。

比赛还有很久才开始，球迷们早早地将能容纳八万人的马拉卡纳球场挤得满满当当，整个看台被渲染成了三种颜色：阿根廷的蓝色与白色，巴西的黄色。阵营分明的双方球迷已经较上了劲。阿根廷球迷大多行动整齐地挥舞着手中的蓝白球服，不知疲倦地高喊着"阿根廷啊"，或是向着天空抛洒着撕碎的白色纸片；而巴西球迷的表现则显得奔放烂漫了许多，他们自在地大声唱着歌，扭动身体跳起了热情的桑巴。

安东内拉置身于无比狂热的球迷当中，然而此刻她的心充满了忐忑，因为只有她一个人知道，地球磁场即将会再次反转，恢复到一个月以前的磁场形状——地心火龙答应她的时间是一个月，可是现在比赛延期了两天，磁场随时可能发生反转。

她不由得闭上眼睛，脑海中回想起六个月前她前往地心圣殿拜访的那一次奇妙经历。

那时，她已跟随盖坦在火龙的世界漫游了两年，遇见了形形色色的火龙，这些庞然大物对她十分友好，她结识了不少的朋友，也逐渐了解了火龙的一些生活形态。

终于有一天，盖坦完成了一圈地心环游，安东内拉随着他进入了地心之城。

她没有心思观赏一座座镶嵌在地心之城中的错综复杂的建筑，而是径直前往此次地心之行的目的地——烈焰圣殿。

烈焰圣殿坐落于整个海螺形城市的最尽头，听盖坦说，掌管火龙文明的长老会就栖身于此。

安东内拉随盖坦飞抵城市螺旋形大道的终点，一个巨大的洞口横亘在他们面前。

"好了，这就是圣殿的入口，你自己进去吧。"盖坦将她从后背放了下来，"你将见到我们火龙世界一位德高望重的轮值长老。"

她告别盖坦，独自走进洞穴，洞穴中一片幽暗，仅有洞壁透出的微微光亮能让她看到前方几米的范围，就这样，她沿着崎岖的洞穴蜿蜒向前。

没过多久，当她转过一个大弯后，视野猛地像是被一把火点燃了似的，豁然变成了一片夺目的火红色，这是一座她无法用语言形容的气势磅礴的神圣殿堂，殿堂中矗立的九根巨柱，支撑着高不见顶的穹顶，巨柱上灼灼燃烧着充满金属质感的火焰，一道道晶蓝色的闪电涌动在空间中，整个殿堂让她感受到了一种无与伦比的燃烧的感觉。

殿堂的中央，一只通体炫红的火龙凛然屹立，这只火龙相比她之前见到的所有火龙都要高大魁伟许多，他的额头上多了一只英武的长角，一双深邃的碧绿眸子正俯视着来访者。他应该就是火龙长老吧。

"安东内拉，你是第一个来到地球最中心的人类。"火龙长老开口道，似乎一点也不惊讶她的到来。

"真是不胜荣幸。"安东内拉小心翼翼地说道。迟疑片刻后，她鼓起勇气向他说明了来意。

"你需要多长的时间？"火龙长老直截了当地问。

"我只需要半年后的一个月，这是我们一届世界杯举行的时间，按你们的时间就是四十二分之一个地心旋转圈，图尔尼告诉我，在这样长的时间里地球磁场的颠倒并不会对地表生物造成太大的影响，只有一些如信鸽这样的鸟儿会暂时迷失方向——"

"孩子，我无法代表我们种族满足你的愿望。"火龙长老打断了她。

"长老——"安东内拉快哭出来了。

"但我可以帮你向圣殿外的所有火龙进行一次广播，让他们投票决定是否帮助你。"

"广播？"

"你知道所有环游途中的火龙一直在接受来自烈焰圣殿的中微子广播。"

"接下来我该怎么做？"

长老没有回答她，他伸出一只爪子在空中比画了一下，一面巨大的黑色曜石浮现在了殿堂中央，"来吧，孩子，你对着这块石头讲述你的梅西的故事，所有的火龙都将聆听得到。"

安东内拉走近巨石，深吸了口气，开始了讲述。她也不知道该从何说起，她语无伦次地说着，讲到了在地球表面生活着一群渺小而脆弱的碳水化合物生命，讲到了这些叫作人类的生命短短几十年光阴中的艰辛与追求，讲到了小小足球带给人类的激情与梦想，讲到了她与梅西的相识与相恋，也讲到了梅西不懈的努力却受限于地球磁场的禁锢。最后，她恳求所有的火龙能帮助梅西完成梦想。

当她结束讲述时，她已经完全平静下来，静立在殿堂中，等待着最后的结果。她无法知晓圣殿之外的火龙有着怎样的反应，只见到曜石上滚动着一串串她无法辨识的符文，她凭直觉判断上面显示的应该是火龙的投票。

火龙长老久久地注视着曜石，她分辨不出他脸颊上不断变换的表情所代表的含义。

"孩子，恭喜你，你获得了 2661 票中的 2492 票。"火龙长老突然转头望着她，眸子中闪耀出熠熠光亮，"其中包括我的一票。也就是说超过百分之九十的火龙投了赞成票。"

"你们肯为梅西反转地球磁场？"安东内拉激动得嗫嚅道。

"是的。你的讲述很精彩，引发了很多火龙的共鸣，他们投票的同时也给你发来了很多留言。"火龙长老说，黑色曜石上的符文依旧在飞速滚动，"让我为你念上几段，有火龙说'一个月时间只是我们漫长生命的一瞬间，我们愿意为实现人类的一个梦想而停驻一小会儿。'"

"谢谢你们，我不知该如何表达我此刻的心情……"

"还有更多的留言提到了梅西的坚持让他们回想起了遥远的过去，我们的种族在星云时代所经历的那些蒸蒸日上的生活。"

"星云时代？"

"你可能还不太清楚我们的来历。"

"你们似乎和地球一样古老……"

"我们其实来自你们熟悉的太阳。"

"太阳？"

"是的，我们诞生时太阳还没有形成恒星，只是一大团由尘埃与气体聚集成的原始星云。在我们诞生之前，星云涡旋中的物质已经开始不断旋转，相互挤压，使得星云具有了高密度与高温度。大约在你们的纪元五十亿年前，我们的种族幸运地创生在日渐炽热的太阳星云中，再经过大约一千万年的进化差不多形成了我们现在的模样。"

"太阳中的生命。"安东内拉惊叹道，"可你们当初怎么会离开太阳星云？"

"我们的种族在辽阔的星云中创建出了恢宏的文明，我们文明演进的方向是让星云变得更加炽热，于是我们开始用自己的力量推动星云加速旋转，我们的终极目标是将星云中所有氢原子的温度与压力达到核聚变的点火条件。在这一漫长的过程中发生了一件改变我们命运的事件，有一次，我们的文明探测到由于旋转离心力的存在，致使星云外缘的一大团物质即将被抛离。为了尽可能不让星云损失物质，我们文明的长老会计划派出一支队伍去挽回这些物质。然而这项任务对我们来说充满了危险性，因为这团岌岌可危的疆域随时都有可能被抛向外太空，而我们的身体由高温金属构成，一旦进入寒冷的外太空将很快被分解。尽管如此，最后还是有上万只火龙主动请缨到星云边缘排险。"

"后来呢？"安东内拉心中一紧。

"非常不幸，大家担心的悲剧还是发生了，当这一大队勇士浩荡地抵达危险区不久，这一部分疆域与母体骤然分离了。"

"这些火龙活下来没有？"

"大部分火龙的生命熄灭在冰冷的虚空中，只有一部分躲藏在星云碎片内核的火龙幸存了下来。最终，这些碎片并没有被甩出多远，而是被太阳星云巨大的引力束缚并开始围绕其旋转，再后来，碎片表面逐渐冷却下来，形成了固态岩石外壳。就这样，劫后余生的我们开始学会苟活在这狭小黑暗的地底。"

"这就是地球的形成过程？"安东内拉意识到。

"是的，碎片最后形成了今天的地球，算起来我们已经离开太阳四十六亿年了。"

"你们那些身处太阳内部的同类呢？他们如今还生存在太阳里？"

"不，就在我们离开后的两亿年，在那一次太阳由星云变成恒星的大爆炸中，他们的身体也随之爆裂开来，一并化作恒星的核反应物质。"

"他们的生命终结了？"安东内拉不由得感到一丝伤感。

"是的，他们在完成了进化赋予的使命后可以安然寿终正寝了。与此同时，浑浑噩噩地沉睡在地球内部的我们也感受到了大爆炸所迸发出的排山倒海的电磁波，猛然惊醒的我们隔着厚厚的岩石对着太阳的方向澎湃激越不已，在感叹这壮丽景象的同时，我们的内心是多么渴望自己也能成为他们中的一员。"

"很难想象一种生命会甘愿用终结自己生命的方式去换取一颗恒星的形成。"

"孩子，在我们生命的哲学中，我们的诞生与进化只是为了一次终极的燃烧。能用我们种族的躯壳去点燃宇宙一隅的黑暗，我们何其所幸。"

安东内拉呆立在原地，火龙的壮举让她想到了义无反顾扑向大火的飞蛾，或许凡俗的人类终难理解这些闪亮生命燃烧的意义。

"就是这一次太阳大爆炸促使我们重拾心中的渴望。"火龙长老又开口道，"我们不再终日蜷缩不动，又开始如星云时代那般围绕着涡旋形轨道飞驰起来，不过这次围绕的是地核。"

"地球磁场就这样形成了。"安东内拉感叹道。

"我们环绕地核旋转还有一些别的目的，我们一路上不断收集铀和钚，每围绕地心一圈我们就回到地心之城，将获得的成果堆存下来。与此同时，我们也在不断提升核方面的知识，所有的火龙在环行途中都作为一个个云计算单元，飞一般地运算，运算的数据源源不断地汇聚到烈焰圣殿的主控计算机中。有时，我们云计算的模式也会更改，我们会统一倒转一次旋转方向。"

"你们的目标是——"安东内拉突然紧张地意识到了什么。

"最终触发一次连锁核反应，点燃地核，使之变成一座核反应堆。"

"这一天还要等多久？"安东内拉颤声问道。

"从现在的进度来看，我们至少还需要二十亿年。"长老说。

"哦……"安东内拉悬起的心又放了下来，二十亿年，那时的人类或许早已离开地球。她无需去顾虑，摆在眼前最紧迫的任务还是帮助梅西完成巴西世界杯之梦。

这一刻，安东内拉收起了回忆，将思绪转向球场。

她看见梅西和他的战友们手拉手走上绿茵场，看台上如潮水般涌起巨大的欢呼声。

比赛很快开始，与球迷期待的并不一样，南美双雄在最后一役的一开始都收敛起了之前激情四射的攻势，转而稳固防守，精简反击。这样一来，整个场面显得激烈有余而精彩不足。随着比赛的进行，首先还是梅西的闪光操作打破了比赛的沉闷，只见孤身游移在前场的他上演了一次单骑闯连营的好戏，只可惜最后的打门过于追求角度而擦着门柱而过。看起来，巴西队的后卫、守门员似乎都不是风头正劲的梅西的对手，他的破门只是时间问题。

安东内拉的心随着梅西的表现犹如过山车般跌宕起伏，她在心中祈盼时间能够流淌得更快一点，梅西的进球能到来得更快一点。

比赛扣人心弦地进行着，梅西不知疲倦地冲锋陷阵，可他的进球却迟迟没有到来，比分依旧是0：0。当比赛进行到第八十一分钟，安东内拉最不愿意看到的一幕还是发生了：黄昏时分，暗蓝的天空突然变成了一片淡绿色，转瞬间，竟如同舞台幕布般泛起了层层褶皱，紧接着，仿佛有一双无形的巨手从幕布正中撕开了一个大大的口子，从口子中一下子涌出一个个五光十色的光弧、光圈，如精灵一般翩翩起舞在天穹中央。

地球磁场再次发生了反转。

距离马拉卡纳球场向下三千多公里的地心深处，次第而行的火龙们就犹如一圈蔚为壮观的火红色涡旋，此刻他们按照约定的时间结束了反向旋转。稍作停驻的他们不约而同地将祝福的目光投向身下的远方：梅西，好运。

数秒过后，他们又重新向着原来的方向游动起来。

这一刻，球场上的球员停下了比赛，相比一个月前，大家都从容淡定了许多，他们静静地站立在球场中，等待异象的结束。

果然，两分钟后，天空中的异象消失了。依照事先组委会的共识，比赛在短暂中止后又恢复了。

梅西又奋力奔跑在球场上，然而就如天使突然失去了飞翔的翅膀，他带球奔跑的步伐变得跌跌撞撞。当比赛进行到第八十九分钟，阿根廷队终于在巴西队禁区中创造出一次机会：中场加戈一个隐蔽的直塞，成功穿透了巴西三名球员，足球恰到好处地传递到禁区中位置极佳的梅西脚下，梅西接球后将直接面对巴西守门员塞萨尔。就在人们举起双手准

221

备欢呼进球时，梅西却出人意料地将来球停出了身体一米多，这让他失去了第一时间打门的机会，他慌忙踉跄转身，力不从心地背对着球门护住了足球。这一刻，巴西队中后卫路易斯飞身赶到梅西身旁，急于从梅西脚下抢得足球，也不知道是受到此前的天空异象的影响还是他太过疲劳，神经紧张的他竟在匆忙之中伸腿绊向了梅西！

本来就立足未稳的梅西随之倒地。

裁判员的哨声响起了！点球！

此时离结束仅有三分钟，这意味着一旦阿根廷队罚进点球就将结束比赛，金光闪闪的大力神杯今年将归属阿根廷队。

可在这功败垂成的关键时刻，阿根廷阵中谁会挺身而出承担起主罚点球的重任？

这时，只见跌倒在禁区的梅西站起身来，他向着场边的教练席举起一只手臂，他要亲自操刀自己创造的点球！

不！看台上，安东内拉刚刚松弛的心又骤然一紧，她多想飞到梅西面前，告诉他所有的真相，央求他放弃主罚。然而，心急如焚的她只能眼睁睁看着梅西缓步走向罚球点，她能做的只有为他祈祷。

梅西目光坚定地站在罚球点，离他十二码处的门线上塞萨尔已摆开架势，而在他视线的上方，足球场之外，能够遥遥望到高踞在里约热内卢耶稣山山顶之上的基督像，巨大的基督像向着他张开宽阔的双臂，充满悲悯地俯瞰着他。

这一刻，整个世界都寂静下来，地球的每一个角落，无论白昼或是黑夜，数十亿观众屏住呼吸。在阿根廷罗萨里奥梅西的家中，梅西的父亲在媒体记者的簇拥下万分紧张地守在大屏幕前；在遥远南极大陆的一间空荡的建筑物中，一位年过半百的老者身穿一件褪色的十号球服，目不转睛地盯着电视机。这位老者正是图尔尼。

他们都将见证世界杯历史上最具传奇色彩的一幕。

突然间，梅西动了起来——他助跑，停顿，一脚将足球踢向球门的左下角。

足球划出一道角度刁钻却速度偏慢的弧线……门线上，塞萨尔飞身跃出，高大的身躯在空中完全舒展开来，他用右手手掌硬生生地将来球挡了下来！

这一瞬间，全世界此起彼伏地发出了一阵叹息。

然而这次的点球进攻还没有结束，挡出的足球正好又不偏不倚地落向梅西，梅西下意识地伸脚停下球，急欲再次起脚。就在这电光石火间，反应神速的塞萨尔又起身扑向梅西，还来不及起脚的梅西被他连人带球地扑倒在地。

梅西被重重地撞倒在地，绝望地看着足球弹出自己的控制。

一时间禁区内一片兵荒马乱，塞萨尔再次起身扑向足球，就在他手指触到足球的一瞬间，只见一个轻盈的身影如闪电般窜至球前，脚尖一捅，足球滚入球网。

补射者正是梅西的前锋搭档——阿圭罗！

梅西不是一个人在战斗！

这时，裁判员吹响了全场结束的哨音。

就这样，东道主在最后一分钟轰然倒地！阿根廷时隔二十八年再次登上世界之巅。

梅西顾不得浑身疼痛，吃力地爬起身来，向着安东内拉所在的北看台深情地亲吻了右手无名指，这一刻，足球场上空燃放起了五彩的焰火，梅西和安东内拉同时抬起头，夜空中绽放出一朵朵美丽而绚烂的花，极像是一个个转瞬即逝的生命，在黢黑的虚空留下一道道刹那却又永恒的轨迹。

今夜，阿根廷不再哭泣。

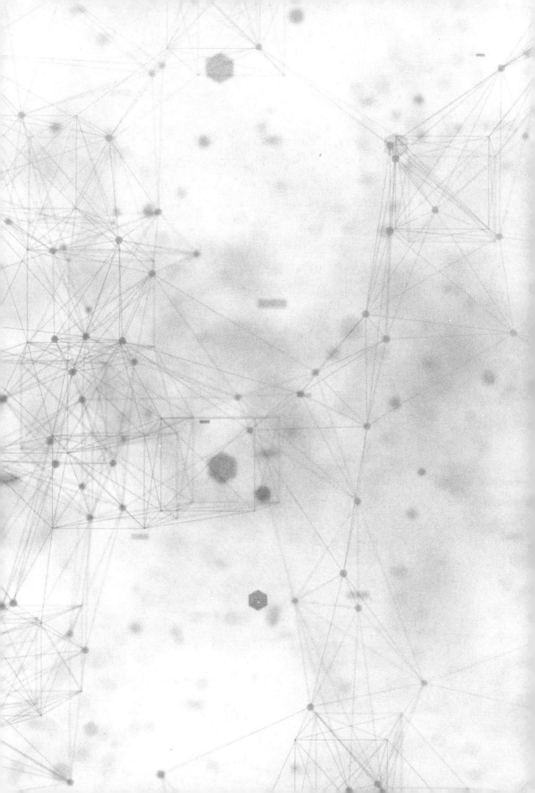

野兽拳击

彭思萌 / 文

（获得 2017 年第四届豆瓣阅读征文大赛科幻组优秀奖）

彭思萌（1990—），女，湖北宜昌人，土家族，湖北省作协签约作家，新锐科幻作家。曾任上海腾讯产品经理，后全职写作。主要创作科幻小说和诗歌，作品散见《花城》《今天》《科幻世界》《科幻立方》、*ClarkesWorld* 等，并译为藏语和英、西、意等国语言发表。出版有短篇科幻小说集《分泌》。《野兽拳击》于 2016 年发表于豆瓣网站，荣获 2017 年第四届豆瓣阅读征文大赛优秀奖。

不得志的小白领沉迷于 VR 游戏《野兽拳击》，历经艰辛搏杀成为全网瞩目的拳手，但她的终极对手，是不可战胜的拳王泰森……

一

1

家门在我身后缓缓合上。如同一具喷着冰霜的行尸走肉，我麻木地走进卧室，跌进棉花堆一样柔软的床垫。

"啊！啊！"我拼命捶着床垫。

这一整天，我用尽全力维持先锋产品经理的形象。不！不是那种普通的先锋产品经理，而是内蕴激情，对最新科技动态了若指掌，又能为达成目标而一鼓作气狂加十年班的实干派——这是我最初为自己规划的饱满立体形象。

然而，今天的遭遇耗尽了我的心气。此刻，我声嘶力竭地打落心头的盖子，那里面正煮着一锅恶毒的绿汤，不断翻滚的气泡释放着咒骂的音符。

我的技术合作人是薇姐，她用一双纤纤玉手递过来她的技术实施方案——虽然迟交了三天，但好歹是交了。我接过来一瞥，封面上的"广告"写成了"厂告"。

她完美的假睫毛下是完美的眼线，完美的眼线下是完美的口红，只见她双唇轻启："还有什么问题吗？"

我只想冲她的下巴来一记左勾拳，让她该死的鲜血淌在那该死的妆容上。

"没问题，太谢谢你了。"我微笑道。

我的上司东哥，两个月没打过照面，我拿着下半年的工作计划去找他，他让我在会议室等了两个小时，终于钻了进来。"快！快！我这儿一堆活等着呢！这事那事的！"

我将五条计划一条条讲解完毕，深吸一口气，停下后，迎接我的是一阵沉默。

"您觉得这……下半年计划还有什么问题吗？"我忍不住问。

"啊？结束了？"东哥猛地说，他迷瞪的双眼忽然瞪得溜圆，鬼知道他刚才在眼镜后面看什么。

他清清嗓子："没问题，很好，很好。"

我只想冲他的脑袋挥一记右摆拳，让他见鬼的工作把他彻底埋在这会议桌上。

"好呀，那就这样吧。"我笑道。

从东哥的办公楼一百一十层回到我的负五十层，一群格子衫的年轻人跟我一起挤进子弹电梯，毫不避讳地开起了玩笑。

"你知道活动部有多傻？"

"他们又在做什么？"

"那套改了'一百年'的广告系统呗，继续改。"

"跟他们比，我们得算前沿科学家了吧！"他们笑得满面春风。

没错，活动部，那就是我刚刚调入的部门，广告系统改版，是我也在参加的项目。我该怎么对付他们，跳起来扫踢扫倒一片，让他们趴在这里感受直降地底的快感？这不成，拳击比赛不能用扫踢，得想想别的招数。

我走出了电梯。

冷静，刚调岗不适应是正常的。我蜷了蜷背，让自己更深地陷进床垫，暖气渐渐温暖了我被寒意浸透的身子。我一抬眼，眼神触动了视界上方喷着白气的发动机，四面黑暗落下。我受够了这些人，只想去《野兽拳击》里堂堂正正打一场。

想到《野兽拳击》，我的心微微收紧，两个月来，第一次发现这个游戏的兴奋火焰依然在我心头燃烧着。

2

那是和今天一样精疲力尽的一天，回到家中，夜已经很深了。

"欢迎回到巨力引擎。"

耳边是聒噪的鹦鹉叫声，我接入引擎，回到了我的草原。

头顶是瓦蓝的天空，云朵一层追着一层赛跑，牧草随着微风一浪一浪倾倒，一直舞到我的脚下，广阔的草原一望无尽。

"最新游戏……"我有气无力地说。

一堆五光十色在我眼前铺陈开，我打起精神，抬了抬眼皮，一个一个看过：解谜、拼图、悬疑探案、小宠物换装、5V5 MOBA、日式和风 RPG……净是些老掉牙的游戏，我一无所获。

难道没有带劲点的游戏吗？我一下子望着萌萌："我想打架。"

萌萌是一只五彩金刚鹦鹉，长期以来，它总是敬业地在栖木上歪着头看我，神气活现，聪明非凡，但现在它眯起了眼，露出一副迷瞪瞪的表情，而显然，我是更傻的那个人。

我字正腔圆地又对它讲了一遍："有没有能让我发泄情绪的，可以打人的游戏？"

"看看这个。"萌萌奶声奶气地说，伸出一只爪，向我比出一个"划"的动作。

从两边的角落里，一只老虎和一只狮子忽然蹿向空中，它们人立而起，带着一红一黑两只套子的兽爪相对挥出，重重相击，望天而号。四个黑字应声出现：野兽拳击。

有意思！

我冲那两只凶恶的野兽眨了一下眼。一张纸飘落在我的面前，标题是：《野兽拳击》游戏规则。

我抓住这张泛黄的羊皮纸，只言片语映入眼帘："身体致伤风险""年满十八岁""必须安装至少十三片标准重力感应芯片""准职业等级比赛需装备标准电竞服"……

怎么回事？像真的一样。一般而言，这种官方辞令在游戏开始前一滚而过就可以了。我一阵烦躁。

算了算了，说不定是一款良心作品呢。我安慰自己，耐着性子对羊皮纸眨眼，羊皮纸纹丝不动。

我看了一眼萌萌，它正伸出一只爪子微微晃动，好像握着一支看不见的笔。

好吧，我抓过羽毛笔，歪歪扭扭地署上自己的名字：王文。

羊皮纸心满意足地卷起来，轻巧地飞走了。

这次是真的要开始了，来吧，细节考究的"良心"大作。

空间的抽离发生在一瞬间，流云、天空与草原消失了，一切都黯淡下来，取而代之的是我只点着一盏小灯的房间。

我躺在床上盯着了无生气的天花板。怎么回事？我闪退了？

"嗨，丫头。"一个苍老的声音传来。

我吓了一跳，转过头去，发现一个老人站在我的屋子中央。他周身的微微光亮提醒着我，这是一个虚拟形象。

"你确定这个地方合适比赛吗？"他四下望了望，"我看也行，勉强能安置下拳台。"

这可真是一个高度拟人的 AI，面部表情细腻，语言素材也很丰富。作为硬核玩家的我，很想见识一下设计他的这位同行。

老人的背心上绣着狮虎相搏的图案，显然，和萌萌一样，这是游戏中的那种引导新手的 NPC。

"我们要在 AR 视角下比赛吗？"我问。这年头，只有专门设计给工作时偷偷玩的小游戏才做 AR 模式呢。

"丫头，别那么迷恋画质，重要的是打斗本身。"他把毛巾搭到椅背上，站起来，撞了撞两个硕大的手套，"你准备好了吗？"

什么，这就是我的对手？

"等等，"我说，"你是我的对手？你是……人吗？"我已经顾不得措辞了。

"是的，我就是你开局比赛的对手，叫我'大师'。"他弓起身子，出起空拳，"戴上你的拳套吧，没有也无所谓，能痛快打一场就行。"

我可能忘记介绍我自己了。我，王文，一个互联网产品经理，天天沉迷于那些精密的全景式 VR 和虚拟系统设计，忽视了身体锻炼，但终究是个一米七的有志女青年，血气方刚，孔武有力，现在要和这个干瘦的老头子干一架？

忽然也没那么想打拳了，我摇了摇头。

"来吧，我可比你强壮多了。"老人坚定地说，他的眼里闪着光芒，不再像一个老人。

我跳下床。我们四周竖立起四道围栏，堪堪沿着我家的墙壁而立。

"叮"，天花板不知何时垂下一只铜铃。

老头向我冲过来，挥舞着大大的拳套，比我想象中快，也比我想象中有力。我想说"我还没准备好……"，但话音未落，我徒劳地举起双手抵挡，他把我举起的手臂打到我的头上，即使隔着一层手臂，我的眼前仍然一阵一阵发黑。

"好痛……"我呜咽着，我的脑子疼极了，有生以来第一次害怕自己会死掉。我抱着头朝后趔趄，一直退到围栏边，如果不是害怕背过身子会死得更快，我一定要翻出围栏跳过去。

好在老人的攻势没过多久就缓和下来，我的手酸到再也举不起来，就放下胳膊，大着胆子凑上去，学着他的样子挥去一拳，但他很灵活地压低身子，躲闪了过去，一瞬间就绕到我旁边，"咚"地打中了我的肚子！

我好像被一头猛犬迎面撞上，肚子上松软的皮肤凹陷到不可思议的地步，他的拳头直接揍上我最柔软的内脏，我无法作主，一下坐到地上，弯着腰，晚饭吃的金枪鱼三明治喷涌而出，整个房间里都是一股酸臭味，我又吐又喘，难以呼吸。

"哎嘿！"老人大叫一声。

我勉强抬起头看他，他跳到了拳击台另外一个角落——我家大门口，在那儿看着我，十分得意。

而我面前出现了两个亮闪闪的红色数字，从"10"一直倒数成"0"。

铜铃"叮"地敲响，"'大师'获胜""KO"两行红字在空气中闪闪发光。

老人走了过来，对我说："试着站起来。"

我深吸一口气，站了起来，却无论如何也迈不开腿，我感觉肚子上破了个大窟窿，乖乖站着倒是毫无知觉，但只要有一丝动作牵动到肚子，它就整个开始抽搐。痛经到昏过去的时候，也不过如此。

我就捂着肚子站在那儿，像个白痴。

"来吧，年轻人，再跟我练练。"

练个鬼！我想，对着蒸汽机眨了两下眼。

老人消失了。我肚子上的伤痛也是。

房间内的光芒黯淡下来，只剩我的莫奈地毯美妙绝伦的睡莲叶上堆积着真切的呕吐物。真见鬼，我没有钱买家庭机器人，还得自己清理，明天还要上班，我头痛欲裂。

但奇迹一般，呕吐后的第二天，我依然回到了这个游戏，跟着游戏里的教学 NPC "影子"学习了基本步伐和拳法，我很快找到了诀窍，即使带着痛苦，也能挥出拳头。一个星期后，我就打败了这个绰号"大师"的老人。我喜欢上了这个要么痛揍对方、要么被对方痛揍的游戏，它带给了我现实中难以寻觅的快乐。

二

1

我才刚开始期待在《野兽拳击》里痛揍更多对手呢，东哥却破天荒给了我一个大项目："很多人说你根本不适合做产品经理，倒是做行政这种不怎么需要动脑子的事比较合适，但我也实在没有其他人选了。"东哥说着，丝毫没有顾及我作为听众的心情，就把这任务扔给了我。简单来说，就是大搞一场全民广播体操推广，只为配合一个政府的体育日活动。

从二十年前虚拟实境技术大爆炸到现在，全世界的人都被这个虚空中铸起的新世界深深迷住了，在这个纷繁迷人的世界里继续过去的游戏，依然是杀杀怪物、做做拼图、开开脑洞、换换服装，但一切的乐趣都千万倍于过去，刺激着人们的神经。

人们简直就像从木房瓦屋搬进了云上的凌霄宝殿，很快习惯了这里。

　　不要说那些从此一两年都不离开房间，戴着植入式眼镜躺在家里的极端分子，他们宣称足不出户依然游遍世界，就是对那些只在休闲时接入 VR 游戏的人们，再想让他们费劲伸伸胳膊动动腿也难极了。只有谨遵医嘱的病人和苛求自己身材的精英才会走进健身房猛练一阵，枯燥的投入和微小的进步哪比得上虚拟视界带来的无限刺激呢？

　　出于对社会健康的考虑，政府经常会办一些全民健身日之类的活动，每次都要找关系紧密的眼镜公司合作。

　　大学毕业后，我在澳洲学了两年工业设计，毕业回来就进了这家全国最大的眼镜公司，这可是个好行当，因为这年头，人人都有眼镜，就算打个扑克、麻将，阿伯阿叔也一定要用眼镜接入引擎去打，伴随着轰隆轰隆的炸弹特效，这样才带劲嘛！

　　如果你生在上海这种大城市，政府甚至会直接给你发一副眼镜，就担心你不知道怎么交那些电费、水费，开证明办证件，或者错过天上地下的虚拟广告牌。当然了，广告牌全由政府批设。

　　公司的生意冲出中国，遍布世界，和政界广泛合作，在整个华人世界里卖出了十亿个眼镜终端，包括上海的普发眼镜。我在这家公司担任软件产品经理，听起来很美好，我负责的任意一个产品改动，只要审核部门点头同意，就能立刻在公司所有的眼镜上生效，可以说我能主宰十亿人的一部分虚拟世界体验。而在我们这个时代，虚拟世界体验基本就是人们精神生活的全部。这听起来是一件很厉害的事情，但我从来没有这么觉得，我始终没有学会去主宰任何什么人，哪怕是我自己。

　　作为一个刚工作一年的产品经理，我还从没接触过资源更多的项目，我之前的数个小项目都做得如温吞水一样寡淡无味。我在活动部的工作终于慢慢展开，这就是那个可以做出点成绩让人们看看的机会，我开始整日整夜扑在上面，几个月的时间里自动忽略了一切娱乐。

　　我想把事情做到好，让别人知道我不是个徒有其表的孬种，我知道其他的同事怎么在背后议论我："那个'女海龟'不过是小白脸，除了一张脸，她还有什么本事呢！"

他们怎么说都还好，只要小叶不这样说就好。

每天下午三点到四点之间，我会跨越大半个办公区，去最边上的天台抽一支烟。我站在巨大的虚拟天台上，这是地底造景的权宜之计，但那拂面的清风和偶尔徜徉而过的鸟群依然让我心神荡漾。当整支烟的三分之一在火星中燃尽，不出所料，门会被推开，四个男人推推攘攘地进来，偶尔会少一两个，但大多数时候是四个都在。两个格子衬衫，一个深色衬衫，一个灰色帽衫，他们在天台上你给我点一根，我给你点一根，消耗完一两支烟的时间，讲些我很难听懂的笑话，再推推攘攘地回去。

"你也是产品经理吧？"

"是呀，你们是哪个部门的？"

第一次搭话，是深色衬衫起头，我后来知道他叫大象，那以后我们也一直聊天，他们有些固定的话题，看我总是落单，便也捎带上我。我们每次至多聊到一支烟燃尽，但相遇实在太巧太频繁，所以慢慢也就熟悉了。他们四个都是隔壁技术部的，两个穿格子衬衫的是程序员，穿深色衬衫的就是大象，我的同行，另外一个产品经理。灰色帽衫的那个是项目经理，眉清目秀，叫小叶，他们聊天的时候他话最少，老是笑，但他不知道，我会一直竖起耳朵听他说话，我知道他的口头禅是"唔""可以""有意思"。这无趣的话究竟有什么趣味，我仔细思考过这个问题，没有得出任何结论，我只能任凭这每一个字轻轻地敲击在我心上。

那个下午，我从看过的几十套广播体操中抬起头来，终于完成了整套广播体操的设计。

人的全身共有六百多块肌肉，这套广播体操照顾到了大部分主要肌群，动作也充满巧思，设计可谓独特又合理。我招招手，和我的程序员胡神一起走进我们项目作战室，那是临时征用的一间体感室，就在吸烟室的旁边。

我刚进公司就植入身体的那一套动作捕捉芯片派上了用场，我昂首挺胸地走起路来，从第一节"踏步运动"，到最后一节"伸展运动"，我不知录了多少遍，停下来多少次，终于完成了动作粗录，我满身大汗地躺倒在会议室地面上，看着空中那个做着操的蓝色小人，疲乏忽然爬满了身体。

"明天你再细调一下动作，广播操的雏形就出来了。"

"这个体操为什么不让专业人员来录？"

"东哥说了，这部分没有预算。"我叹了一口气。

"我还有个问题，这个广播体操究竟有什么意义？"

"做广播体操可以让大家锻炼起来呀，能让最普通的群众都参与到运动中来，你说有意义吗？"我张口就来。

"但政府不是要送出引擎币吗？如果不是为了拿游戏币谁会来做这个操，这个随便设计一下不就好了？"

我一下子不知道说什么，因为我觉得他说得对，事实上，这个东西哪怕照抄一下九十年代最老土的广播操，对最后的结果也毫无影响。

"走吧走吧，再躺地上要着凉了。"我的程序员胡神拉我起来。

走出体感室，整个办公区一片漆黑，空无一人。对于这种事，我已经习惯了。

我坐上回家的胶囊快车。

快车高高掠过地面，在高楼大厦间游龙一样穿梭，万家灯火在窗外闪过，我记得刚刚从澳洲回国的时候，第一次乘上这列远比悉尼先进的胶囊快车，车内窗明几净，全透明的车厢外是这座城市繁茂的植被和闪闪发光的建筑，深深钻入地下数百层的建筑在地面上拔起喷泉水柱造型的高楼，极速电梯舱像炮弹一样从地下发射，直达千层高楼的最高层，我的心也快要被弹射出去了。

那时，比起那些留在地广人稀的澳洲的同学，我觉得自己要幸运得多，能和这个世界的互联网中心城市一起成长，我打定主意要做一款最伟大的产品。而现在，我不恨任何人，我回忆不起任何一张脸，我只感觉快要被恼人的庸常淹没。

我第一次注意到这些迷人的建筑里有一些人影，在巨大建筑的掩映下，他们人数众多，面目不清，动个不停，像蚂蚁一样渺小。我恨这些蚂蚁，我恨这种渺小。

胶囊快车外不时闪过城市上空的霓虹灯，这也让我心生怨恨，那些身上带着 Logo 和广告标语的飞龙和热带鱼扇着翅膀翩翩飞动，比真正的动物更生动美丽。微笑舞蹈的明星虚拟图像，比明星本人的笑脸更闪亮，他们之中不时喷出一阵虚拟烟火。我想，我也是这样华而不实。说实在的，我真的有点讨厌我的外表，苍白的皮肤，无辜的大眼睛，像个不经世事的书呆子，我恨不得长一张同事大象那样的脸，他的脸就像他的人一样，黝黑，不起眼，但连薇姐都觉得他可靠可信，大家交口夸赞。

我干脆取下眼镜，所有的虚拟人物和人造星空一起消失，整个世界静谧下来，只剩灯光映照出火烧一般的天空。

不过十几分钟，我就回到了佘山市郊，这儿曾经是富人的别墅区，但现在富人纷纷迁到了更时髦宁静的金山，整座山都是给我这样的年轻人提供的市政福利建筑。蜘蛛网一样的自动扶梯直通家门口，我恍恍惚惚地站了一会儿，进了家门，而家门合上，我已经不太记得我为什么不高兴了。

我倒在床上，打开眼镜，浸入引擎，现在正是游戏时间，所有的同事都在线，他们全在引擎上最大的游戏《太空战记》中厮杀个不休，我却兴趣寥寥。

读书的时候，我可是个狂热的游戏爱好者，真正的硬核玩家，一有什么新游戏就非要试着玩玩，我也曾对《太空战记》还有其他一些大众游戏感兴趣，造军舰、组兵团、在宇宙中开荒拓地，跟同事们热热闹闹地玩上一阵。但很快我就丧失了耐心，两三天没玩，就发现差距越拉越大，等级差得太多，竞技场也打不过，就没意思了。

总的来说，我是个小众游戏迷，我特别喜欢发掘各种特别的小游戏，我宁愿玩这些很少有人参加的游戏，三天打鱼两天晒网地玩着，至少我可以自己控制节奏。

此时的草原，几只无尾羊、刺猬、喷火龙，还有一个戴着红头巾的哥布林推推攘攘，想往我面前挤，这些都是游戏里的小信使，个个驼着邀请水晶。看着它们，我才意识到我为那个广播体操项目忙活了多久。

"让它们都回去，以后不许再来。"我对萌萌说，"给我接《野兽拳击》。"

很快，游戏中的影子老师站在我的地毯上了。

"欢迎回来，王文。"面目模糊的影子举起双手，叉开双腿，摆出一个格斗式。

我站到他旁边，模仿他左右滑动的步伐，同时看着他的手臂。

"左勾拳，这个是左勾拳。"他说。

我挥出左勾拳，感受着拳头击破空气，撕出一条口子。

"用心些，打时要无人似有人，有人时似无人。你要尽力打好练习的每一拳，像痛揍你最恨的人，不留余地，不用全力，你根本不会提高。而真的跟人对打时，你反而要冷静。现在，想象你最想揍的人站在你对面，你要打掉他的下巴。"

力气经由拧胯传至拳头，我大半个身子卷过去，挥出一拳，揍掉他的下巴。

"你手上戴的是什么？"我问。

"是拳击手套，你连拳击手套都不知道吗？你不会真对拳击一无所知吧？"

是的，我对拳击一无所知。

我就这样跟着他整晚打空拳，我不知道从哪里来的力气，直到第二天清早，整条地毯上都是我的汗水，两条胳膊都酸到抬不起来，索性一天没去上班。

2

两个月后，广播体操的产品终于对外发布，我跟胡神一起守着监测数据，瞪着干涩的眼，等着小红点在全国地图上亮起。

"十点整。"胡神说。

第一个小红点亮了，那意味着第一个做广播体操的人进来了，然后是第二个、第三个……小红点亮成一片，数据不停跳动，终于，十万人同时在做广播体操。

要问我的感觉，那就是没有感觉，数据不好不坏，基本达到预期，但我忽然糊涂了，我在上海地图上触开一片红彤彤的区域，画面倏然放大，那是我们的一个实地活动点，在一个小广场上，一群大妈正在做最后一节伸展运动，他们前面的空中有一个闪着蓝色幽光的小人在领操，大妈们跟着这个小人比画动作，可以说是参差不齐，但也勉强到位。

"毕竟是老年人，不容易了。"我说。

小人结束了伸展运动，俏皮地做了一个空翻，鞠躬扬手，向各方致意，大妈们停下动作，眼神涣散地盯着四面的空中。

"我领到了！张姐！"

"我也领到了，引擎币哎，真的太好了。"

"来嘛，打一盘打一盘。"

三个大妈在广场上席地而坐，马上开了一盘斗地主。很快，整个广场上都是一片炸弹轰隆声。

我关闭了这个细部影像，回到全国地图，小红点依然闪烁一片，数字翻动不停。我感觉胡神的眼光投向我，但我不敢接。"我去抽根烟。"我一脚踢到椅子上，简直是逃出了作战室。

作战室外，技术部的人们都不在自己的位子上，他们聚在一个工位旁，像嘈杂的鸟群一样，对着天花板指指点点，嘻嘻笑着。

我顺着他们的目光往天花板一瞥，一个蓝色的影子，再仔细一看，是一个蓝色的小人，在空中翻腾不休，侧上举的双手画出一个圆周，我的手臂一阵酸痛，这是第三节"双臂运动"。

"下一个季度大家继续努力，要是谁偷懒，那简单，你猜怎样，我会把你弄到活动组去做这个广播体操。"中间工位上的人说。

那人一身紫色的夹克，尖尖的头顶，那是技术部的头儿——拉哥，他牵动着嘴角一笑，我搞不清楚这算是玩笑还是当真。但他旁边的人发出一阵实在的哄笑，人群最外面那个穿着蓝衬衫的，可不就是大象，而大象旁边，是的，我最不希望看到的，一个灰色帽衫的身影。

我跟跟跄跄，没有去吸烟室，而是跑向了洗手间。

自那之后，我不再傻干活到半夜，而是尽早干完活，尽早回家。我家里被我弄得一股汗味，最后一件妨碍打拳的家具也搬走了，餐桌、懒人沙发、床头柜，都没有了，莫奈地毯上沾满星星点点的污迹，但我已经不在乎了，我努力跟着"影子"练习，不断挑战新的NPC。

有时，我会问其他同事："你们玩体育游戏吗？"

得到了否定的答案后，我继续追问："拳击游戏呢？那种互相打架的游戏。"

"是真的打架吗？"

"是的，但不是和人，是跟NPC对打。"

"像街斗那种？"

"不是，不是那种遥感游戏……要你自己去打，真的去揍别人。"

他们对我笑一笑，说现在还玩体育游戏真是难得，然后说他们宁愿自己身体好好的，不要跟什么虚拟人打来打去。

新的项目接踵而至，但哪怕在公司里，我也开始分心，午休的时候我就着手做些准备。

其他同事躺在午休室里，接入梦境控制，睡一个美妙或轻浮的短觉，要么打一会儿《太空战记》，趁中午时间将昨晚被击落的星舰修复一新，而我躺在那儿看老拳手的视频。

这些资料还算好找，几十年前，世界各国还广泛存在着拳击联赛，随着人们的热情不再，电子竞技兴盛，拳击联赛渐渐消亡殆尽。好在视频资料都保存了下来，我就一个接一个看着那些视频，想象着自己在场上出拳，有时候也忍不住真的比画两下。

"哎！你在干吗？"一个同事恰好准备在我旁边的床位休息，显然是被我乱挥的手臂吓到了。

"颈椎病，活动活动。"

"哦。"

我开始变得对同事特别宽容，因为我觉得自己是一个隐姓埋名的高手，在准备那种真正的高手间的对决，马上就要赶赴华山之巅。除了挤出时间多做练习，我没有第二个念头，这感觉太美妙了，我都无法跟任何一个人描述。

学习、战斗，一遍一遍地挑战"钱哥"。

这个矮个子黑人从他金光闪闪的椅子上站起来，他的出场非同凡响，无数的美元从天而降，绿色的纸币、金光闪闪的硬币，莫奈地毯上、拳台上瞬间堆满了这些玩意，我试过把这些闪亮的钱抓在手上，但比赛结束，它们就消失了。他抖落金光闪闪的披风，八字大步晃过来，但比赛一开始，就不是那么回事了，他的步伐完全变了，他一个滑步，我想躲开，但躲不开，永远躲不开，像此前无数次那样——他的重拳砸到我的额头，我应声而倒。

我受到了伤害，我想，我的脑子，我不能保证它是否还好好地悬在头骨中。拳头好像重重砸在了头骨上，砸出一片混沌，受伤的脑子燃烧起来，我的两个手在地上扒拉，在满地的美元里扒拉，我要浮起来，有那么一会儿，我深信自己是一只鸭子，我不能沉下去，我要浮起来。

过了一会儿，脑子里的火团渐渐黯灭，我又能想起来我是个人了，我感觉到倒计时数秒的红光在我头上亮起，一片模糊的光影在头上盘旋。

钱哥走了过来："又是你，小妹妹，你太业余了，我可是职业选手。你知道我这职业选手的拳头有多值钱，这拳头又经过了多少锤炼？不，你不会知道的，你一辈子也不会知道。你太弱了，你不是天生的拳手，没有天赋，没有斗志。弱者，就要趁早认清现实。"

我的背上凉凉的，怀疑他朝我啐了一口口水。

我用手拽下眼镜，痛感消失了，我又能看到东西了，不能再这样下去了。

3

我开始疯狂地在网络上搜寻，我和钱哥之间横亘着的是一条马里

亚纳海沟，无论怎么向"影子"学习都无法打败他，我要找个挥锹人，无论如何，带我填平这条深沟。

我要去寻找一个老师，一个真正的老师。

还好在这个时代，最小众的爱好也有线上的聚集之所。很快，我在"拳坛"找到了一个叫库总的人，他坐在"拳坛"充满神圣意味的白色大理石阶上，高谈阔论各种历史和实战话题。

我仔仔细细地观察着他，对于所有人的问题，他都直言相告，哪怕惹得对方不高兴，也要说出那种打拳的方法不对，错在何处。跟我与人疏离不同，他有一种对人真正的关心，而这是我唯一能与之相处的一种人。

当然，除他之外，我也别无选择。库总经营着整个上海唯一的一家拳馆，而我迫切地需要一个拳击教练，不然就只能放弃游戏了。

一想到放弃两个字，我就没有任何的想法，不行，死也不行！于是我在论坛跟他联系，说我想找一个教练长期训练。

"来就是了，这周六。"他什么情况都没多问。

那个周六，我在宜山路上来来回回了好多趟，一条电子飞龙在这条街上飞来飞去，其他闪着亮光的广告牌也弄得我眼晕，这样来回多次，我终于注意到了一块破破烂烂的招牌，它没有使用任何的虚拟广告牌，也没有在电子地图上登记，就这样夹在两处店铺之间。

招牌甚至还没有普通房门宽，黑底白字，上面写着"技术性击倒俱乐部"，因空间过于狭小，只能写作两行。招牌下是一截通向地下的楼梯，又窄又陡。

顺着楼梯下去，昏黄的灯光中，除了脚下的阶梯，什么也看不到，我能听到间或响起的重物击打声，我硬着头皮往前走，下到了一个阴暗潮湿的地下室。

在这个投射着冷森森荧光灯的地方，我看到了老式拳击训练视频中的一切：沙袋、拳击台、哑铃，几个男人击打着沙袋，整个房间都弥漫着一股汗水和铁器混合的复杂味道。

一个站在沙袋旁的男人注意到了我，走了过来。

"你好，我是王文。"我抢先说。

"你好，我是库总。"他这样介绍自己，把库总两个字咬得很清晰。我以为这是个外号，但他说得好像他生来就叫这个名字一样。

库总是一个强壮的男人，又矮又壮，一身肌肉，穿一件白色背心，说话时完全不笑，让人想不到他是一个上海阿叔。这种阿叔在傍晚的公园石桌旁有很多，但没有一个像他这么强硬。

"原来是个小姑娘，很好，很好。你之前练过吗？"他问道。

"自己练了两个月。"

于是库总叫来旁边一个叫徐运的学员，跟我做实战练习。

徐运拿来绑手带和拳套，但我两手一摊，全然不会。他只好一点点教我，给我示范了三遍绑手带的绑法。"记住了？"徐运咧嘴。

"嗯。"我使劲点头。

我们站上拳台的时候，我努力把他想象成一个 NPC。一开始我打得很强势，徐运在拳台上躲来躲去，但第三回合的时候我有点累了，他瞅准一个空隙打中了我的脸，我的鼻血瞬间流到了嘴巴里。

"对不起，对不起。"徐运过来说。

"没事，我们把这个回合打完吧。"我说，我不想流露一点软弱，我想让库总喜欢我。

我们打完以后，库总看起来很高兴，虽然依然没有笑，但他说了很多鼓励我的话："很好，王文，很好，你很有天赋。徐运已经打了三年了，你打得简直和他相当，当然，力量不如他，但对女拳手来说，很不错。你的节奏好，战机也找得相当准，你的步伐非常灵活，就是体能弱了点，只要让我训练，我一定能带你赢职业联赛。"

我很高兴，虽然现在已经没有职业联赛了，但我又怀疑他说得是不是真的，毕竟前几天我刚被钱哥揍得没有还手之力。

"你能让我打得比钱哥还好吗？"我问。

"钱哥？"

"他是一个黑人，游戏里的 NPC，他说自己是职业拳手，他打我就跟捏死小鸡一样！"

库总眉头一皱，吼了出来："别在我的拳馆里提什么游戏！"

"不是那种摇杆游戏，"我着急了，"是真正的拳击，跟刚才的对打没什么两样！"

"少跟我来这一套！我们这里只有真正的拳手，不要跳舞的娘娘腔。"说完他就背转过身子，不给我解释的余地，"你，看什么看，继续打沙袋！"

徐运飞快地向我投来一瞥，砰砰揍起了沙袋。

我傻乎乎地在那儿呆站了一会儿，看着库总继续训练徐运打沙袋，知道他不会回转心意了，只好回家。

这事让我郁闷了几天，但我马上又开始在家里对着老视频打空拳练习，我想：去他的，自学也可以。

下个周六，我按惯例一直睡到下午醒过来时，收到了一个看起来怒气冲冲蹦着的小信封。"你怎么还没过来？你想偷懒吗？"

那是库总发过来的消息。

血涌上了我的脑袋，我身上好像生出了翅膀，恨不得直接飞过去找他。

4

我开始在库总的拳馆训练，周末两天都泡在这里。

库总跟我好好聊了打拳这件事，训练结束的时候也会抓着机会跟我长聊，他对聊天的热爱简直不比拳击少。

他不只是问我上次打得怎么样，这次打得怎么样，下个星期来不来。他希望了解我这个人，他确实对人有着真诚的关心，不像以前我认识的那种训练班老师，说话浮于表面。

当然，平时我也会跟别人聊天，他们也会问我一些问题，但我不会说太多，因为我觉得别人问诸如"你在哪儿上班"这种问题只是在确认他们心中的刻板印象，我的嘴巴张张合合，毫无意义，我便流于表面敷衍两句，但库总不一样。

没有什么朋友的我简直是抓住了这个机会尽情讲述，包括我觉得自己在公司就是一头废物，我第一次打拳也只是想揍那儿的一些人，我觉得我服务的那个巨型公司、这个产品经理的头衔，还有我这张漂亮的脸都没什么意义，总的来说，我这个人就没有什么意义。

库总说："如果你认为自己没有意义，那你就不会有意义了。他人只会因为你过去的事肤浅地评判你，他们不会真正了解你，甚至都不想了解你，而你这个人只能由你自己去定义，如果被他人的看法钳制，那就太傻了。"

我说虽然拳击只是一个游戏，但对于我，却意义非凡。

库总说："因为它触动了一些你内心深层的东西，你生在现代，但你是一个天生的战士。你不害怕出拳，你也不害怕挨揍，总有一些人想用各种办法阻止人们出拳，反对暴力，减免受伤，设下一道道禁令。也总有人突破规则一次一次地出拳，那些人知道，不是只有皮肉伤才是伤害。你可以一拳不挨，依然被生活揍得面目全非。我想你已经在别处领教过一些无从反抗的拳头了。何况拳击根本不像那些人指责得那样危险，它从来都不是危险性最高的运动，人们反对它、害怕它、抛弃它，只是因为这个隐喻太过赤裸。"

我觉得库总很深刻。这可不是单单指他会用"隐喻"这个词，我经常看到库总在拳馆看书，他把书递过来给我，我总是耸耸肩拒绝。

在库总的指导下，我进步很快，唯一的遗憾是我去得太少了。我经常会说抱歉，我真的没有更多的时间，如果我像徐运那样干着清闲的工作，只是做做药厂的渠道维护，几乎天天都能去，一定能进步得更快。

库总不直接回应我，只是说："只有你知道自己真正想要的是什么，更多的人在周末会躺在家里休息，或者随便出去逛逛，怎么过都是一生，关键是你自己的选择。"

虽然他不强制我过去，但每次我去，他都非常严格地训练我，他总是给我定一些非常具体的目标，然后拼命鼓励我去完成。

我这辈子还没试过什么体育训练，最接近的也只是高中时学过油画，那种长时间对着一个陶罐的素描训练，也像是一种拉力赛，而最后我总是昏昏欲睡，败下阵来。我身形高大，但面色苍白，长期加班始终让我处于一种亚健康状态。而库总说如果我不能增强体能，再好的技巧也无法运用，所以我大部分时间都在做体能训练。

一开始跑步，我连两公里都没办法坚持跑完，跑跑停停，叉着腰看那些迅速跑过的大妈。但库总鼓励我，他让我死也要跑到五公里，一个星期后我做到了，这是我以前完全不敢想象的，一个月后我就可以连续跑上十公里了。

每次去拳馆，我都要先做完我的体能训练任务：先去旁边的公园跑上十公里，然后是跳绳、仰卧起坐，以及一整套肌肉拉伸动作。全部做完后，库总会来检查我的电子运动记录。

每个拳击学员都有一张自己的小木板，就在拳馆地下室入口，库总会把每天的体能训练记录打印出来，钉在小木板上，每次看着他把我的单子用大头钉按进小木板里，我的心都在颤抖。

我不去拳馆的时候，也会在家里坚持训练，我每天早起两小时，就为了做这些训练，再把电子记录传给库总，因为我知道，下次去拳馆，我会在小木板上看到这些训练单都钉得好好的。

做完体能训练，库总会安排我做技术训练，他拿靶，让我以各种拳法击打，或者和其他学员实战训练，然后打沙袋练习。

一般我会打上三分钟然后再休息一会儿，重复十次，作为一组训练，这样来上几组，一个下午就飞快地过去了。

几个星期后，我在库总那儿训练，最后的自由训练时间，我就专心跟梨球较量。梨球是个有趣的东西，影子老师可没让我练过这个，它就像个老狐狸那样狡猾，打得时候得全神贯注，不然它总能从拳头前溜走。我那时还不懂诀窍是竖起耳朵听它的震颤，而不是紧盯着它的颤动，于是老被它一颠一颠打中手腕。

我正陷在这种沮丧里，没料到头上一震，库总用拳套给了我一下："别傻了，走，吃饭去。"

我跟他和拳馆众人走了出去，我们从宜山路一直走到桂林路，钻进了一头虚拟公牛肚子里的烧烤店，大吃一顿牛肉烧烤。

这一个月的其他时候，我们都要遵循库总制定的死板的食谱，但今天，大家尽情放纵，大嚼着冒着油花的牛肉。库总很享受大家聚在一起的时光，他不再板着那张脸，嘎嘎笑着给我们讲各种笑话。我抓住这个机会对他大问特问，原来库总的老爹是个来上海做生意的台湾人，一个拳击迷，找了个上海媳妇就在这儿留下了，然后有了库总，怪不得他说话不太有上海味，除了骂人的时候。

库总从小就被他爹带去学拳，而他也确实爱上了这个运动，他年轻的时候还参加过国内最后的职业拳击联赛。但那时候拳击已经走下坡路了，拳迷越来越少，拳赛的票都卖不出去，后来联赛组织全部解散，库总也就再没比赛可打了，拿着他爹留下的钱开了这家拳馆，收留了一批拳击爱好者，大部分学员都和他相识多年。

他认为是电子游戏抢走了人们对拳击的兴趣，这是那些眼镜公司和游戏公司联合起来搞的一个阴谋，所以他憎恶虚拟游戏及其相关的一切。

库总会把拳击场借给几个学员教小孩子上拳击课，收个场地费，但对我们这些亲传弟子，他是不收钱的。刚听到这件事，我大吃一惊，因为他根本入不敷出。他在老婆儿子面前拥有绝对的权威，却全靠他们的收入支撑这个拳馆。

但库总觉得理应如此，他有自己的挑人标准，没有天赋或者不努力的学员他都不要，他觉得留下来的人都是他养着的职业拳手，只是我们暂时没有比赛可打。

"等着吧，职业联赛会回来的。精神的强壮需要肉体强壮的反哺，我们只要等待在这虚拟时代里的'文艺复兴'。"库总说。

我们只剩满桌空盘，这话也就成了结语。

我们走出烧烤店，一个老太太在门口等着，笑眯眯的，其他学员都叫她库嫂，我也那样叫她。库总跑过去一下牵起她的手，挥了挥手跟我们道别。"小姑娘，有天赋，好好打拳。"他特意对我说。

拳馆的训练让我非常愉快，身体状况也越来越好，甚至在公司里，我也感觉好受了些。

"薇姐，你答应今天给我方案的。"我在薇姐办公位后面站定。

薇姐今天化了个淡妆，蓝色的眼影下涂着厚厚睫毛膏的睫毛一闪，头也不回道："我正忙着呢！没看到吗？"

"你上周三答应今天三点钟给我的，广告系统改版的新架构方案，现在离三点已经过去一个小时了，没有这个方案，我和胡神他们手上的事情都没办法继续，请您一定抽出时间。"

薇姐转过身子，她那抹得煞白的脸，还有脸上的蓝色眼影、紫色唇膏，一脸用色大胆的妆容上最不引人注目的棕色小眼翻飞，从头到脚，从我身上刮过。

"你急什么？再过一个小时就给你。别在我这儿杵着，一会儿自然给你！"她那比普通人厚重三倍的睫毛从下至上一翻，放飞出一个完美的白眼，又转了回去。

一个半小时后，我真的拿到了那份方案。

我已经在库总那儿训练了半年，体重增加了十几斤，浑身都是肌肉，在这个全是男人的拳馆里成了一霸。但经过这段时间的训练，我性格的弱点也暴露了出来，顺风顺水倒还好，只要稍微陷入下风，我就乱了阵脚。一次，我正和徐运对战，他把我逼到绳圈一角，我几次想突围都被他的拳头堵了回来，我着急了，还手也绵软无力、毫无章法，徐运轻松躲了过去，一记重拳击中了我的肚子，我一屁股坐了下去。

其他学员在旁边哈哈大笑，库总恶狠狠地冲了过来："港都[1]！你这臭毛病什么时候能改？你不要再跟游戏里傻乎乎的影子学着玩了。你总有落在下风的时候，别像只疯狗一样失态，再怎么劣势，你得一拳一拳好好地还回去！"

徐运把我从地上拽了起来："继续继续。"

训练结束后，库总找到了我。"听着，"他瞪着我，好像在威胁，而不是在为自己刚才过重的话找补，"你有真正的拳击天赋，等职业联赛重开，你会成为真正的拳王，我们这拳击复兴时代的第一个拳王，不要浪费你的天赋。”他说。

这样被夸，真让我感到受宠若惊，我努力回忆我这辈子还有没有受过这样的夸奖。

我像前面钓了一只胡萝卜的驴，拼命往前赶，我真的很需要这些肯定，每当我取得了一点点进步，被库总夸的时候，我都飘然欲飞。我对自己说，我要把拳打好，哪怕就为了库总一个人的鼓励。

三

1

那天好巧，我做完了一个又长又复杂的产品设计，抬起头来，正好是下班时间，剩下的工作也不紧急，我就没有继续加班。

走出公司，天光正亮，疾劲的北风直拍到我脸上，我朝车站的方向望了一眼，鬼使神差地没往车站走去，而是走向了反方向——漕河泾深处一座叫腾飞大厦的破败大楼。

据说这里几十年前是一个巨型企业的办公楼，但现在早已人去楼空，改建成了一个松散的艺术区域，专门收留一些落魄的艺术家。我走进楼底的车库，这儿空无一人，只在边角停着几辆单人蛋形飞车。在公共交通变成了一张密网的现代，是没有多少人保留个人小车的。车库中央几根粗大的水泥立柱间，是一片空旷的区域，和上次我来这儿时一样。

我感觉到身体里分泌出大量的肾上腺素，心脏怦怦直跳，视力都变得更清晰，从脚腕一直延伸到后背的酸痛不知道什么时候消失了。我深吸一口气，浸入引擎，召唤出《野兽拳击》的 NPC，我要在这儿打一场定点赛——虽然库总讨厌我打游戏，但我还是忍不住想试试他教我的东西。

一个高大的白人出现在车库中央，满身肌肉，满头鬈发，一对下垂的大眼睛，面无表情，而且似乎他的左脸比右脸显得更僵硬更冷酷，他的绰号是"种马"。

拳台在立柱间升起，种马高大的身躯向我靠拢过来。

他上来跟我握了握手，我一愣神，没去接。当我反应过来的时候，他已经把手收了回去，平静地对我说："我们都不是废物，对吗？不管谁输谁赢。"

"对。"我打心底里说。我觉得他倒像一条汉子，和这傻名字一点也不像。

但很快，种马就被我打爆了。他太笨重，动起来太慢了，我的第一记右勾拳直接把他撂倒，他背不沾地，从绳圈上弹起，但刚站直，我又给了他一记拳头，他单膝跪倒。倒数的数字刚刚跳动到"5"，他又站了起来，左眼肿胀，眯成了一条小缝，我怀疑那只眼还能不能看清东西。第五回合，我故伎重演，这次他倒下后没有再站起来。他太高了，倒下之后几乎横跨了整个拳击台。

"王文 胜"和"TKO"的字样在黑暗的车库中闪闪发光。我能看到种马的嘴巴一开一合，嘟哝着什么，但我听不清楚。

"我们都是好样的。"我上去拍了拍他的肩膀。

"厉害！"我被身边的声音吓了一跳。拳台一侧不知道什么时候多了两个园区保安，他们站在入口那儿，朝我挥手。

我冲他们笑了笑，飞快地逃离了车库。

第二天，下班时间刚到，我就跑出了公司，赶赴第二场定点赛。

坐上从未踏上过的胶囊列车 R2 线，我从城南乘到城北，循着坐标一直走进华师大的校园。沿着校门主干道进去就是一片草地，草地外是细绳拉的围栏，但坐标恰巧在草地围栏内，我只好掀起细绳钻了进去。还好天色已暗，旁边人也不多。

我踏着枯萎的草皮往前走，一直走到草地正中央，就是这儿了，视界上方的指路小标记变成了绿色。

我开始比赛，对手是一个绰号"吾血"的白人拳手。他抖落翠绿的披风向我走过来，我想他是个爱尔兰人，因为他的短裤上绣着绿色的四叶草。他说："我别无选择，生活只教我打拳，我别无选择，只能让你倒下。"

我说："谁又有得选呢？"

我开始了比赛，大概一分钟后，吾血就被我照准面门的几记猛击打得倒地不起，我打破了他脆弱的鼻子，让一大片草地染上了深色的光芒——沾满了他的鲜血。

我发誓，我没有任何出风头的意思，但比赛结束时，我终于有心思环顾四周，却发现这儿已经围满了刚下晚自习的学生。

他们朝我鼓掌，好像我是一个英雄。我害羞地笑了，从人群中走出来，看到远处的夕阳像刚从蛋白里面滚落的溏心蛋黄，打在地平线上，染红了周围的一片天空。

定点赛的 NPC 像待割的韭菜一样诱惑着我，我受不了诱惑，第二天还没到下班时间，我就从公司偷偷溜出去打第三场。

那地方倒是不太远，我循着坐标点找到了一条坑洼不平的小路——乐山路，沿着这条路一直走，等到坐标变绿，我抬起头来却傻了眼，我走到了这里居民区的小菜市场。

正好是下班时间，整个菜场里人声鼎沸，热闹非凡，不要说根本没有比赛的场地了，就算有，我浑身的每一根汗毛都在抗拒着在这么多大爷大妈面前招摇。

我在菜场入口呆呆站着，菜市场散场后也会很快封闭，我努力想着有没有其他办法，买菜的大爷大妈在我身边川流而过，嫌我碍事还把我推到了一边，时间一分一秒地流逝。

终于，我狠下心来，跟着人流走进菜场深处，各种菜铺挤在一起，这家菜贩的菜蔓延到了那家的摊位上，连成一片蔬菜的海洋。寸土寸金的菜场中央倒是有一片空地，一条白瓷砖台面上立着一块硬纸板，上书"肉铺休息，明日开业"，台面后是一块空门店，地面泛着油光，门店上还挂着几个吊猪肉的铁钩。

显然，这不是一个好的拳击场地。

我深吸一口气，走进猪肉铺正中间，开启了游戏。

一个外号"老爹"的红脸硬汉从猪肉铺一角的板凳上起身过来，他又高又壮，只是上了点年纪，须发花白，但他打得十分强硬，几乎从不闪躲，一直在进攻。

"人不是为……失败而生，"他气喘吁吁，晃动身体，"人可以被毁灭……"他蜷着的背忽然伸展，送出一记直拳，"但不能被打败。"

但他还是被我打倒了，不止一次，每次都伴随着一阵叔伯们的欢呼声："老驴！"

"结棍啊！"

而我一不小心滑了一跤，踩到一块半凝固的猪油，触到围栏绳上的时候，四周是一片惊呼。

"侬当心点！"一位上海老阿姨从绳圈外探进身子，拍了拍我的肩，她的手腕上挂着的一袋葱挠得我脖子痒痒的。

在第二局，我第三次击中他，他的肋骨发出"咔咔"的响声，那声音十分古怪，我几乎可以肯定，他有肋骨断了，而且不止一根！

他带着这些断掉的肋骨又和我打了一局，终于举起手，放弃了比赛，铃声敲响。

"结棍结棍，打啊国赤佬！"[1]

"小姑娘老李啊！"[2]

大妈和叔伯们口口相夸，整个菜场里没有人在买菜，连菜贩都站在摊位上，大家手里拎着鱼、葱、鸡和鸭，把猪肉铺围了个水泄不通，还有人想把一捆芹菜、几个西红柿什么的硬塞给我。

我俯下身子，从人群中奋力钻了出去，我的衣服领子被拽出了好些

注解

1. 上海话："厉害厉害！打外国混蛋！"
2. 上海话："小姑娘厉害啊！"

线头，身上那股猪油味，几天都没有散去。

2

　　库总酷爱研究拳击视频，他几乎对每一个知名拳手、每一场经典比赛都如数家珍，训斥一些老学员的时候，最爱引经据典。

　　"你怎么能这样走位，你可知道'甜豌豆'维塔斯当年是怎样闪避开这一拳的？"他冲着和我对战的一个学员嘚瑟。

　　"是维塔克，'甜豌豆'维塔克。"我插了一嘴，我也近乎疯狂地研究过那些上个世纪的老拳手们。

　　"不错不错，你说得对，你了解得倒真不少，我就没看到过像你这么爱拳击的孩子。"他嘟嘟哝哝，似乎又对我竟然在拳击知识上超过了他很不满意。

　　"但你的闪避赶不上'甜豌豆'一个小指头，去去去，去练闪避！"他说。

　　库总把我带到沙袋区，让我以各种姿势躲开沙袋，他用手推动沙袋，让它晃动起来，这样我就要注意从各个角度躲闪，路过的人一定会觉得我们在玩某种游走游戏。

　　"你当然要做那种总是能打倒对手的人，但你也要避开对手的致命一击，闪躲，要够快，你闪避一千次，注意，是集中精力的一千次，可不是马马虎虎的一千次，你就会像我的猫躲开水一样灵活。"

　　如果我不幸被沙袋砸到，库总就要吼起来："港都！侬则港都！[3]"

　　我们这样一直练着，何止千次，直到库总喊停，扔给我一瓶水。

　　"你该和那个钱哥打一场了。"

　　我举着水瓶的手僵住，看了一眼库总，他面色舒展，不带表情。

"要不算了吧？游戏已经不那么重要了，现在我觉得打好拳就够了。"我小心地说。

"任何击倒过你的人，一定要抓住一切机会再跟他交手，很多以前伟大的拳手都是在二番战才击败了强敌。千万不要害怕你的对手，当然，我这样说了，你还是会害怕，因为你输给过他。你的这个高科技游戏会保护你不受皮肉伤，但有战斗就有失败，失败会带来精神上的伤害，那些无畏的英雄也会害怕，但我需要你驾驭你的恐惧，就算怕到极致，也要打好你要打的战斗，去面对他，战胜他，这样才能康复，甚至变得更强大！"

我点点头："人可以被毁灭，但不能被打倒。"

库总眉毛一挑，似乎不相信这话是我说的。

我依然不放心地追问："你不是最讨厌游戏吗？"

库总说："你是因为这游戏才开始打拳的，继续这个游戏对你也有好处，我想过了，不是所有游戏都是坏的。继续这游戏能让你强大，你的心，可比外表看起来还要年幼。"

我仰脖将水一饮而尽，跟库总说就在这训练馆的拳台上打一场。他说行。

虚拟拳台和拳馆的训练台叠加在一起，拳馆里的学员们围作一团，一阵飘飘洒洒的钱雨落下，大家纷纷在拳台下争抢，我看到徐运把两个拳套拼命一扔，为了更方便地捡钱。库总骂了句再捡钱就全部出去，大家才停住了手。

钱哥抖落金披风，走向拳台中央，态度依然傲慢。"又是你，小妹妹，我以为你已经放弃了，但金钱的滋味，着实诱人，对吗？"钱哥咧嘴笑着，"可你永远也尝不到。"

"这只是我的爱好，我跟你不一样。"

"爱好？钱不多时，都唤作爱好。若能靠拳头打下满仓钱财，又是另一番天地。你还没体会过钱的滋味吧？你可以先尝尝大爷的拳头，拳头，钱，是一回事，就是这么回事。"

我想，他肯定是哪个挣了大钱的拳手，还以为这是他发迹的年头。我听库总讲过很多这种故事，以前的拳手，大多是贫民窟的小孩，为了一点钱跟人打得死去活来，但也有靠打拳出人头地的，赢得了不敢想的财富。但我哪儿指望从打拳挣钱呢，这爱好可没少花钱，世道变了。

"别跟他废话，开始开始，赶紧开打。"库总催促。

我开启了游戏，钱哥脸上的傲慢一扫而尽，眉头紧蹙，弓身跳跃。

钱哥几记致命的勾拳都被我躲开后，迅速调整了策略，他不再像之前跟我比赛时那样，迅速挥出重拳将我击倒，而是更加耐心，他瞅着我的空当，主动进攻少了很多，而我有了更多的余地挥出几拳——全部落空。

钱哥笑了，他那两片黑色的厚嘴唇上下翻动，唾沫星子喷了我一脸，不出声音地对我说话："打不到，气死你。"

我气得又打出一组猛攻，这没有章法的几拳被他迅速闪过，四下一片嘘声。

库总急得在旁边大吼："清醒点，港都！"

铜铃敲响，中场休息。

我喷着粗气，走向绳圈一角。钱哥走了过来："疯丫头，从我的绳圈滚开。"

我回头看到库总在另外一角的绳圈向我招手，见鬼了。

我掉头走了过去。"冷静点，你还没输。"库总扔给我一条毛巾，"他是个高手，但你比他更快，当他是个活靶子，把他的肋骨打爆。"

库总拍了拍我的背，让我继续上场。

我沉下心，当心注意着钱哥的每一拳，用一记直拳擦伤了他那张从来没被我碰到过的干净的脸，然后步步紧逼，把他压制在拳台一角。库总说得没错，只要我沉下心来，我就比他更灵活。钱哥成了一个活靶子，我的拳头疯狂地落在他头上、身上，我从来没有这样打过一个人，就像打沙袋一样，我怎么打沙袋就怎么打他，直到他瘫倒在地上。

他又扶着围栏站起来，扭了扭脖子。

"有了金钱，有了名声，整个世界都会承认你。"他拼命晃动身子，躲过我几记刺拳。

"你想成功吗？那是一种最美妙的滋味。"他送出一记带着劲风的直拳。

我躲闪不及，学员中发出一阵惊呼，这记劲拳直接打在了我的右肩上，但我同时近距离送出一拳，打中了他右边的肋骨，这位置已经吃了我好几记重拳，又挨上这一拳的钱哥，仰面倒了下去。

我还是控制不住想让拳头继续落到他身上的冲动，但看不见的裁判拦住了我，我回头冲向我的角落，难以抑制地叫了一声。那声音非驴非马，像是发自声带中某种极为原始的音域，在闭塞的地下室中回荡。

我站在我的角落，等着数秒结束，那条马里亚纳海沟被填平了，我打败了曾经不敢想象的对手，这滋味无比真实，又无比虚假。

我还不能像在视频中看到的拳手一样，在胜利时即刻体会到喜悦。原始的兴奋退去，取而代之的是一种置身事外的平静，发生再好的一件好事，我都要好久以后才会慢慢回过味高兴起来，而这种乐潮正像阵阵细浪，轻轻涌过来，渐渐没过了我的脚背。

数秒结束，铜铃敲响，"王文 胜""TKO"！我稳稳地举起双手，看着库总，我想让自己看上去像一个胸有成竹的职业拳手，像他教我的那样。

"要命！这个游戏有播报字幕。"库总咆哮。

"这游戏不是一直这样吗？"我刚说完，就看到了视界正中缓缓滚过一行字："《野兽拳击》王文 TKO 胜利，击败拳王钱哥！"

这行胜利播报红字滚动到视线正中时停了下来，让我根本挪不开视线。

该死，红字？不是绿字？

绿字是整个游戏内玩家可见的播报，而红字是遍及世界的巨力引擎的全平台推送，只要接入平台的玩家都会看到。在这个周六的晚上，所有人都在打游戏的晚上，会有多少人看到这条消息？在我认识的人中，我甚至说不出一个没有接入巨力引擎的人。

我只在去年的《太空战记》年度总决赛的那几天连续看到过红字推送，而那些推送的名字都成了明星。

我忽然注意到视线右上角的小信封，那儿不停地闪动，但我看不清楚，私信消息数量从 0 开始疯狂跳动，最后定格在 10000+。

四

1

我收到了很多很多巨力引擎上的私信，认识的、不认识的人疯狂地发消息给我，除了身在家乡的父母，我谁也没有回复，我告诉他们，我没有在这个疯狂的游戏里受伤，也会处理好后面的那些事。虽然爸妈还有很多忧虑，但我自己也没有完全搞清楚状况，他们也就善解人意地没再追问。

整整三天，我没有去上班，躲在库总的拳馆里。他放任我躺在拳台边那张破旧的绿沙发上浸入引擎，只在饭点把我拉去吃饭，而我已经完全信息过载了。

躺在我的草原上，我让萌萌一条一条播报那些不可计数的私信，有一些发信人声称和我一起参加过小学课外活动，还有和我同一届高中在隔壁班的人，但我真的一点印象也没有了。更多的是我根本就不认识的人，看过了我的基本介绍资料，就迫切地想见我。他们都想知道我是谁，我到底在这个游戏中做了什么，有很多人根本就不知道《野兽拳击》是什么就疯狂地夸我，还有一些奇怪的威胁，一些没有意义的短句，比如，一些人失恋了，或者遇到了一些倒霉的事情，也向我倾吐。有很多留言来自国外，萌萌都帮我翻译成了中文，有一些美女传 VR 形象给我，其中有一群美女站在草原上跳舞，令人难忘，但我不得不把她们都赶走了。她们不知道我也是女人。还有很多媒体希望约见我，太多了，我不知道该答应哪家，所以一家都没有答复。还有几条留言，声称他们也是这个游戏的玩家，他们想知道我是怎么打败那个变态的钱哥的，也想知道这个游戏到底为什么能有这个推送权限。

所有的这些留言我都看过了，是的，每一条！我想加起来应该有好几万条，萌萌不知疲倦地给我一条一条展示，我就长时间地躺在我的虚拟草原上，一收到新消息就马上查看，还利用间隙刷着媒体上放出来的消息。巨力引擎的保护工作做得很好，除了我的名字、年龄，媒体对我的其他信息一无所知，而且这个名字太常见了，他们也没办法确定我究竟是谁。

"叮咚——"忽然响起了门铃声，我看看萌萌，我明明第一时间就让它屏蔽了串门，但它挠了挠脑袋，说："巨力引擎的官方人员想见你。"我只好冲它眨了眨眼，毕竟来人是它的 boss。

两个穿黑西装的男人骑着马一直跑来我的草原中间，下马站在我面前。我站起来和他们握了握手，他们马上恭喜了我，我也道谢。

他们自我介绍说比较矮的中年人是巨力引擎的 CEO，方谅，另外那个年轻的瘦高个儿是游戏业务的商务负责人，谢竟然。

方谅说："感谢你，孩子。我知道你是《野兽拳击》最成功的玩家，感谢你为这款伟大游戏的付出，我们已经等了你六年了。"

"为什么要做这个拳击游戏呢？"这是我最大的疑问，"很多运动比拳击更加热门，足球和篮球到现在还保留了联赛，而拳击却差不多死了。"

方谅说："《野兽拳击》是我的老师席蓁先生最后的作品，拳击是老师当年的爱好，他视拳王泰森为偶像，还给自己起了个绰号叫'大师'，但谁也没这样叫过他。"

"我想见一见席蓁先生。"我说。

"这个暂时没法办到，他已经在五年前进入了冰冻状态。"

我努力让自己维持着表情，不至于显得那么没见过世面。没错，一直有传闻说一些有钱人会花一大笔钱，在垂垂老矣之时冰冻自己，虽然现在还没有完全成熟的解冻技术，但他们期望在未来会有更先进的唤醒和延寿技术，让他们醒来再活上一段日子。这是现代的木乃伊，神秘的永生之术，但谁真的这样做过我可闻所未闻。

他又和我聊了些别的，这个游戏是席蓁带领他一起创作的，他回忆起当年设计这个游戏的一些趣事，但也告诉我不能透露太多，这个游戏的惊喜还在后面，让我好好打拳。

"有什么事情随时联系我。"方谅跟我握了握手，就骑马离开了，让谢竟然留下来和我聊合作细节。

谢竟然告诉我，他们现在非常看重这个游戏，会成立专项组来运作，趁现在关注热度最高，让我先把现在这场比赛的视频播放权签下来，再配合做一些宣传活动，然后展现给我一份商业合同。

我抬起头来看合同，忍不住问道："那位……席蓁先生是什么人？"

"席蓁先生是巨力引擎的创始人，同时也是一名游戏设计艺术家。《太空战记》这款载入史册的 VR 巨作，就是他的作品。咱们现在看来稀松平常的虚拟沉浸式体验，在当年可是划时代的作品，而这款作品依然长生至今。当然，比起那种大型游戏，《野兽拳击》只能算一个小品，但小品的意思也是小型艺术作品，对席蓁先生来说，每一款作品都价值非凡。他的大作年年迭代，几十年来人们热情不减，有了这些大作为基础，他顺势打造了巨力引擎这个世界上最大的虚拟现实游戏平台，他就是虚拟现实游戏浪潮的领潮人，他是个伟大的游戏天才。"谢竟然实心实意地赞叹道。

"那……究竟为什么是拳击呢？"我觉得理由不会像之前方谅说得那样简单。

"私人化的原因，恐怕只有谅总完全清楚。但我听说，做这款游戏，是出于他对过度虚拟化的一些担心，他一手开创了虚拟化娱乐的时代，但这个时代的一些苗头也让他不安，他想做出一个前所未有的真实的搏击游戏，让人们感受强健肉体的力量。可能像方总说得那样，他自己在拳击中感受到了些什么东西。"

"我想他跟我的一个朋友一定很有聊头。"我感叹道。

谢竟然点点头，继续说："这游戏六年了，参与的玩家不到千人，大部分人连第一个简单的守关 NPC 都打不过。触动推送的 NPC 钱哥的设定，源于上世纪的一个职业拳王，虽然做了部分能力削弱，但公司内部也怀疑过钱哥是不是设定得太难了，会不会永远没有人能击败他，不过还好，你出现了。"

我默默不语。

"现在可以看合同了吧？"

我仔细看了分成比例，非常可观。职业原因，我也研究过一些电竞直播赛事的分成，这个确实算高的了，我痛快地签了。

谢竟然带着合同走了，他十分满意，走之前他对我说："前途无量，好好打拳，找个经纪人吧，年轻人。"

2

第二天，我回到了公司上班，我尽量谦虚、低调，但说实话，这一天跟这两个词都毫不沾边。

显然，我不在的这几天，公司上下已经传遍了我的事情，现在更得到了证实。每个人要么一脸真诚地向我祝贺，要么揶揄打趣。

所有认识我的同事，活动部和技术部的，都带着满脸真诚向我问好，东哥专门从楼上跑下来看我，跟我聊了好一会儿，完全没有过问我这几天缺席不上班的事情，还给我推荐了一个绰号叫"公主"的经纪人。"她是我大学同学，相当有经验，希望能跟你联系，你一定要跟她聊聊。"

我真的需要一个经纪人，所以即便是东哥介绍的我也没有介意。当天我就去见了公主，她是一个非常主动也很有头脑的中年女人，一头时髦的短发，小鼻子，细眼睛，但穿着利索，显得专业又冷静，还很直接。

"我在这行干了十年，"公主啪地按下打火机，"而且我刚离婚，带着孩子，我需要钱。我们都有过运气不好的时候，但现在一切都过去了，如果能帮你操盘，我们的利益会牢牢绑在一起，我们一定能成功的。"她向空中喷出一道细长的烟雾。

我给她解释了《野兽拳击》的种种，我如何通过一年的艰苦训练达到这个位置，她也给我说了她的计划，她觉得我的首要任务是把游戏打穿，在首次击败榜上领先，保持推送曝光和在这个游戏中无可争议的第一位置，然后掀起一波搏击精神的推广热潮，在潮流里成为一个符号性的领军人物。维持粉丝的热度也很重要，她希望我取悦电竞迷，后面的比赛要全部直播，让所有人看到我把强壮的虚拟拳手撂倒在地的样子，何况我还有一张适合上镜的脸，要定期参加一些曝光活动，竖立一个正面形象。

这些我都同意，我觉得她资源丰富，深谙此道。

"我知道你还有一份工作，但你必须全力以赴。在巨力引擎上有几百万个游戏，几十万名专业电竞选手，不知要过多久才会再出现这样一个传奇的吸睛游戏，无数希望出人头地的人也会盯上这块肥肉，你明白我的意思吗？必要的时候，你总要做出选择。"她盯着我的眼睛说。

她让我放弃工作，这可能是我唯一无法同意的建议了。

我带她去见了库总，让他们一起聊了一会儿，他的意见对我非常重要，而库总也对她很满意："说实话，我讨厌商业那一套，我当不了经纪人，但你确实需要一个经纪人，拳手要靠这个角色和商业社会打交道。她很精明，是个行家，她或许真的懂现在的年轻人爱看什么，也明白有钱一起赚的道理。只有一条，跟她合作，你要永远记得你是一个拳手，你是未来的拳王，不要被她完全包装成那些打游戏的娘娘腔。"

于是我跟她签了约。

她帮我卖掉了我过去比赛的好几项权利，还向巨力引擎争取了一份更优渥的长期合作合同，光第一笔视频的播放收入就让我咂舌。钱哥说中了，这是我从未拥有过的财富。

这些所有的收入我都要分给她，我坚持也分给库总一份，我知道库总的日子过得不太宽裕，而且我确实欠他一份。

接下来，我继续训练，还要参加公主为我安排的宣传活动，而我也很享受被人注目的感觉。《野兽拳击》已经变成了一个现象级游戏，我知道 NPC 钱哥在应付着无数拳头的冲击，也成功地把绝大多数人打翻在地。无数热血少年希望打败钱哥，所以每次我说些什么，人们总愿意去听。

"我面对一个没有奖励的游戏全力以赴打了一年，哪怕我不知道有这份为人所知的奖励，我只是想打败那个挡在我前面的人，这就是战斗精神。每个人都需要为自己而战，这就是我们给自己的奖励。"我在直播节目上这样说。

而库总说得更激情四射："看看我们的斗士！我们的时代需要拳击精神，所以王文出现了，看看我们的时代，这个时代还有人在乎拳击、在乎这个热血的运动吗？公元前三千多年，第一届古代奥运会上的拳击就在我们这一代消亡了，我们甚至都没有一个拳击联赛让我们的拳王加冕，这是一个多么可悲的时代！"

当然，我在尽力争取我的那份奖励，在没有奖励的时候我在疯狂努力，而现在我已经尝到了甜头，我就害怕再落到无人关注的境地。

公主再次找我提出了抗议，要求我辞掉工作。现在我开始认真考虑这事了，我一会儿要光鲜亮丽地坐在媒体面前大放厥词，一会儿要汗如雨下地在拳台上训练、比赛，那还怎么指望我去公司跟程序员周旋产品设计呢？

我去问库总的意见，我的训练时间不够，库总也很无奈。

"还用想吗？"库总说。"如果这游戏难到我再也打不过呢？如果我没有更高的天赋呢？把这个游戏打穿以后，我去做什么呢？我怕我不会继续赢。"

我忽然意识到，我并不像在拳击场上那么勇敢。

"你是我见过最有天赋的拳手，我年轻时参加过职业联赛，我知道职业选手是什么样子的，他们都不如你，你有真正的天赋。我是训练拳手的，但我从来没办法把你没有的东西强加给你，我只能看见你的天赋，然后告诉你，你会成为拳王，哪怕是在这个虚拟游戏里。但在这一代人的眼里，你就是拳王，你会成为我们这个时代的第一代拳王，千万不要怀疑自己，把你的字典里的'不'字给我删掉！"

我明白他的意思了，我看着他的眼睛，努力去相信他。

第二天，我就去提出离职，公司出人意料地善解人意，我知道我不是工作最出色的员工，但上海总部的老板F总亲自来和我谈。"公司仍然希望在各个维度上和你保持合作，这里永远是你的家。"F总的握手送别，让我如沐春风。

最终，我们在公司大门前合影，这张照片上了各大媒体的头条。这就是东哥、F总他们最喜欢说的"双赢"。

但我明白，对我来说，这里没有什么所谓的均衡。库总说过，从来不要想着均衡，你要在意的只有选择，以及选择对你的意义。

3

在那以后，我的目标单一而明确，要做的事情简单而重复，周一到周六，反复训练，周日，战术研究。

击败钱哥以后，我正式进入了职业比赛，在这些比赛中，每场都要穿上昂贵的电竞服，在一个密闭的人形器具中穿脱，电竞服会产生真正的反作用力，而不仅仅是神经信号。真人会被对面的虚拟拳手揍飞，血会在拳场上喷洒一圈，对观众来说这可真叫刺激。

我的训练也穿着电竞服在一个专门打造的训练馆中进行，其中还让虚拟造景师弄了一整套完全适配的虚拟拳房。完全浸入式的训练，让我在击打沙包时，力度、角度等数据都嗖嗖地往外冒。那是一整个独立场馆，建在金山，圆形玻璃穹顶下，场馆宽敞、明亮，挂满了崭新的沙袋，不像库总那儿——有已经冲刷不掉的一股汗味。但库总骂个不停。"这地方不赖，但我得照看拳馆，还得抽空看看库嫂，这里实在太远了。"库总拍拍我的肩膀，但我不能没有他，所以他每周过来陪我训练两次，和从前一样。

库总不在的时候，我只能完全依赖我的新团队。我有了一个最好的训练团队，最好的教练，最好的陪练，还有一流的数据和战术团队，他们会帮我分析每一个选手的技术特点，以及历史上什么样的人都以什么样的方式击败了他们，我们调出视频资料，整天研究这些东西，然后针对性地练习应对的招数。虚拟拳房里，一切赛况都通过数据反映出来，最后算出来一个我的胜率，而我只会公开打胜率在 90% 以上的比赛。

我的生活就是训练、训练、训练，并追赶那些数据。很多人都会羡慕我一朝成名，但我想这样单调而枯燥的生活是绝大部分人都无法忍受的。媒体会问我，出名后你过着怎样的生活。我说："单调乏味，枯燥无聊，绝大部分你们看不到我的时间都是这样，训练就是这么回事。"

几乎每一天，我都带着伤痛入睡，但第二天又能神采奕奕地投入到训练中，我知道我正面临着人生中最好的机会，我想牢牢地咬住这根胡萝卜。

《野兽拳击》带来的拳击热潮在持续发酵，席蓁和《野兽拳击》的这段故事在我们的几轮宣传下已传遍游戏界。首先是席蓁狂热的粉丝们，然后是巨力引擎上爱好尝鲜的游戏迷们，最后我已经不知道有什么人没在玩这游戏了，它成了跟《太空战记》一样成功的游戏，或许还要更成功一点？公共绿地上，常常能看到一个年轻人赤膊上阵在跟一个虚拟老头对战，旁边围着一圈呐喊助威的朋友。

巨力引擎邀请我参加他们的战略会议，他们正在筹划新的拳击游戏，一个联网对战的大型游戏，游戏中甚至包括了职业拳击联赛的部分，这部分的筹划需要几年时间，但如果成真，拳击联赛将真正被复活。

库总知道后非常高兴，高兴到好几天的时间里都怀疑这是不是游戏公司搞的一个新阴谋，直到新闻铺天盖地地袭来，我说破了嘴，他才终于点头，接受了事实。

我也很振奋，这意味着未来我可能会有一个更好的去处——成为专业的联赛拳手。一切的后顾之忧都解除了，我只需要打好拳。

我现在的每一场比赛都签订了直播合约，我努力适应这种转变。

我那么希望得到关注，却比以前千百倍地害怕失败，为了应对好这些直播比赛，每一场比赛前我都会充分准备，我会在比赛前就召唤NPC对战，试探他们的拳路，或者打上一场试探性比赛，然后在结果出来前终结比赛，再跟库总一起研究这些对手。

我们反复地观看每场试探性的比赛，发现每一个晋级NPC都取材自拳击鼎盛时期的著名拳手，库总能一个一个地说出他们的名字，这真叫人兴奋。从来没有什么人能领教这么多巅峰时期的传奇拳手，尤其《野兽拳击》抹掉了不同重量级拳手之前的力量差异，让我这样的女拳手也可以跟最重量级的拳王比赛。

我又打了几场比赛，线上挤满了观看直播的观众，赛场边也坐满了观众。公主把这些比赛安排在那种大型体育场里，看台票销售一空。因为有了充分的准备，这些比赛打得好看又卖座，我渐渐被冠上了一个绰号，叫"击倒"！我真喜欢这个绰号。

这些比赛前的试探性准备，库总觉得是为了更好地复兴拳击比赛，无损于拳击的荣誉。"过去的拳手也会在赛前做充分的准备。"但另外的一些安排就让库总不太满意了——公主为我拉到了赞助服装、赞助眼镜，开场时还要拿着一些广告商品做宣传，比如以特定的姿势喝某些牌子的运动饮料。以我出现在杂志封面的频率看，我和娱乐圈的人物也没什么两样。

"这个雌老虎，把你卖了个底朝天，我算看清楚了！"库总吼道。

公主把比赛安排得十分频繁，商业拳赛、表演拳赛、各种演讲和采访，库总越来越生气。他不同意这种安排，跟公主吵了几回，公主都是一副淡定的样子，库总干脆拒绝再和公主说话。

我没掺和他们的争执，但在我心里，我觉得公主没有错。我赢来了这些东西，全靠的是自己的努力，我的拳赛收入存在引擎账户里，等到比赛结束就能全部取出，那里面的数字有多少个零我已经数不清楚了。

我的广告收入换来了最好的训练场馆，最好的训练团队，这些让我永远都是最棒的拳手。我还给父母买了大房子，给周围的人买了一大堆礼物，我得到的钱和声名，都是这该死的世界一直以来欠我的！

后来，库总不再和我说起这个话题，他只和我谈训练。

我知道库总对我很失望，但我没有办法，我就算拿出打拳赛的劲头也说不过这个倔老头，何况我压力越来越大、越来越忙。

库总的拳馆新来了许多卖力的小子，每天从早到晚练习，把沙袋揍得通通作响，他们从别的电竞项目转过来寻找机会，进步很快。还有很多电竞选手、拳击爱好者、运动员纷纷涌入了这个游戏，他们中最有天赋或者运气最好的那个，打败了"钱哥"，听说在贵州还有人打败了"石拳"。

后来，我在拳击论坛上看到了这个传说中的贵州拳手，他发布了打败"石拳"的视频，他个子不高，但打得非常凶狠。

他主动给我发来了文字留言"你好"，我也回复"你好"，但从此就不发一言，我们知道彼此都在憋足了劲往前跑。

4

六月是一个特别的月份，我中了一个名字的魔咒。

夜半惊醒的时候，会有十秒钟的平静，脑中如一汪幽碧深潭，十秒钟以后，一只怪兽从潭水中探头——这个名字又追上了我。

这个名字，就是我的下一场的晋级赛对手。在正式比赛前的试战中，我见到了这个传奇拳王，他的名字几乎就是拳王本身的代名词：阿里。

他对我说了很多话，他打拳的时候一直在说话，这个我就做不到，因为我会喘不上气。这些话没有一句指向某件具体的事或某个具体的人，每次我仔细回想他说了什么，又觉得他似乎什么都没说。那些意义不明的话语总在我的噩梦里出现。库总说这个叫箴言。

他还有一件让我着迷的事：有时候，我召唤他出来，就是为了看他的蝴蝶舞步，这真是个迷人的东西，每次他调动起舞步，训练馆里的所有人都停了下来，趴在围栏边看个不停。他可以从第一局舞到任何一个我不得不结束比赛的时间点，全场都轻盈地点着地前后滑动。

"动起来，你也那样动起来！"训练馆里的清洁工都能这样冲我大叫。

"王文，你也那样试试。"我的陪练也在怂恿我。

"是啊是啊。"他们全在附和。

"闭嘴，我才是专业选手！"我这样说着，但也试着像他那样跳动，第一局没有结束，我的腿就一下一下抽动起来——那是抽筋的前兆，而他永远轻快地跃动着，保持在距离我一米开外的地方，用超长的臂展不停地打出刺拳。

我忙着应付这些刺拳，而每当我向他近身突破想打出重拳，他都轻轻巧巧滑步闪躲开了，我根本不知道该向哪儿挥出我的拳头。

库总也仔细看了那蝴蝶舞步，他在拳台前踱步，那一块地方被他踏得光滑锃亮，他用脚尖在地面上弯弯绕绕的画着弧线，不留一点痕迹，所以没有人能看出他在画什么。但忽然有一天，他说："来，学点新鲜事物。"

库总让陪练在我对面蹦蹦跳跳，我要盯住他，小心他的刺拳不给我好过，还要瞅着那些空当，猛地下蹲，绕出一个"U"字到他身前，左右开弓，一组组合拳打得他身上的护具梆梆作响。这打法让我觉得自己简直是一个偷东西的贼，每次练完这一套，我的肚子就像被人咯吱了一整天，一点也弯不得。

我学会了这一套偷偷摸摸的打法后，再去找阿里试战。我迫切地想击倒他，我的拳头能沾上他了，但只要我的拳头沾上他，几乎是同一时刻，他就那么一晃一退，我只有扑空。他是个卸力的行家，永远不会愣愣地挨上一拳。

我变得害怕听到比赛这个词，有时候我想，这一切快结束吧，只要不继续训练，让我干什么都行，但我马上又想，懦夫，该死的懦夫。

我问库总，什么时候比赛。库总让我自己决定，他说好的拳手都会自己决断战机，我的手开始发麻，那是惊恐发作的前兆，最后，我还是发出了一条留言。

就在我向公主发出那条留言后的几天，"传奇拳王阿里""两个世纪之战"，这样的标语天上地下到处都是，所有我认识的人都在向我打听现场票，还说加多少钱都可以，我假装这一切与我无关。

开赛前，我坐在后台，双腿像筛糠一样地抖动。库总走了进来："拳王，看看你的样子！"

我迈动双腿走上场去，跟阿里打足了整整七局。

直到铃声敲响，我还在拼命挥着拳头，最后无力地靠在了阿里身上。

"这比赛没有加时赛吧？"

"去他的加时赛！"

这可不是一句箴言。

然后，阿里消失了，我从他身上滑了下去，很多手从旁边伸过来要拉我起来，我翻过身来用拳头乱揍一通："该死！别碰我！别碰我！"

但一只有力的手还是把我拽了起来："点数胜利，运道好。"

"王文！王文！王文"，拳台下的叫声越来越响。

我站直身子，举起拳头："谁是最伟大的！你们说，谁是最伟大的拳手！"

全场呼喊着我的名字。

这时候，一件最不可思议的事发生了，一条银光闪闪的腰带从天而降，围上了我的腰际。

"恭喜王文获得《野兽拳击》世界银腰带。"新的推送红字开始闪耀。

一阵欢呼的巨浪慢慢将我吞没，浪潮之中，一张羊皮纸轻巧地降下，停在我的眼前。我憋红了脸，抽出被库总搂住的一只手，用拳套攥住了这张纸，我拼命看清那上面的内容：

银腰带持有者王文：

您已于 2052 年 8 月 6 日获得《野兽拳击》颁发的世界银腰带，世界银腰带奖金 5,000,000 元已发放至您的巨力引擎账户，游戏完结后可统一领取。

作为世界银腰带持有者，您已获得向世界金腰带持有者——"铁拳"发起挑战的第一优先挑战权与强制挑战权。

经《野兽拳击》管理协会商议决定，您须在三个月内，即 2052 年 11 月 6 日 24:00 前，于指定挑战地点（30.889592, 121.858359）完成挑战，若超时未完成挑战，您的银腰带将会被收回。

世界金腰带持有者仅能在三个月内接受一次挑战，若挑战成功，您将获得世界金腰带，并保留"野兽拳击拳王"头衔。若挑战失败，您将保留您的银腰带，并清空账号成绩及所有奖金，第二顺位击败 NPC 阿里的挑战者，会获得这条银腰带及相应的金腰带挑战权。

祝您拳击生涯顺利！

《野兽拳击》管理委员会

五

1

这一次，我不得不在黑暗中战斗，不能试战。

公主希望我去问问方谅金腰带的持有者是谁，我倒觉得没这个必要。我不想破坏拳赛的规则，而且那人除了迈克尔·泰森，还可能是谁呢？不要说设计师本人推崇泰森了，何况泰森的绰号就是"铁拳""铁拳迈克"。只有如此疯狂的拳手能配得上如此疯狂的游戏规则。

拿到结果的那一天，我的训练团队就开始了高效工作，他们搞出来了一套《野兽拳击》拳手的模拟算法，结合泰森巅峰期的战斗数据，跟我做了对比。

结果是，我毫无胜算。

就连我碾压大部分男性顶尖拳手的灵活性，在泰森面前也不值一提。

他们又夜以继日地工作。我说过了，他们都是最好的专业人才，三天时间，他们就搞出了一个虚拟泰森。库总、公主、教练、陪练、分析师们全部围在拳台旁边，屏息凝神。我换上电竞服，钻过了虚拟围栏。

眼前的泰森只是一个粗陋的模型，面目不清，身上的肌肉却像最精细的山脉一样座座隆起，与其说是较量，不如说是一场虐杀，我的拳头根本沾不上他，而我一次一次被掀翻在地。

在我第十五次趴在冰冷的地板上，又拼命想爬起来的时候，公主打破了寂静："可以了，可以了，我们都看到了。"

公主的脸上看不出表情，她一向如此。她紧紧抱着两条胳膊，抿了抿嘴，看着我，声音如常："抱怨的话不用多讲，放弃比赛吧！"

库总走到她面前，他们平时都不怎么站在一起，我这时才发现，他们的身高竟然差不多。库总死死地盯住她的眼睛："我不同意。"

公主的眼神毫不避让："高阳，把胜率计算给他看看。"

高阳说："一个月的时间太短了，基本不会有太大变数，按照现在的训练数据去估算，最乐观的情况，胜率不会超过 10%。"

公主说："听到了吗？ 10%！也就是说，王文有 90% 的概率失去引擎账户上的所有奖金，而且，只留下一个清空的游戏账号。《野兽拳击》在挑战上做了那么多限制，王文可是花了两年时间才走到这一步，从头再来没那么简单，你最清楚一个拳手的运动生命有多长，你觉得这样没问题？"

库总说："她是拳手，不是懦夫，没有哪场比赛是注定会赢才去打的，要是连这点勇气都没有，拳手的生命到这一刻就可以结束了，还做什么拳王！"

一阵能杀死人的平静后，我的陪练小伙子说："您老息怒，话也别说这么死……"

公主转向我，她放下了抱着的胳膊，微微垂下柳叶眉："你的意思呢？王文，你自己决定。"

所有人都望向了我，我却低头拨弄着拳套带子。

"我同意放弃比赛，因为……因为我觉得这是一个对大家都比较好的选择。"

"很好，我会马上放出去你训练受伤的消息，下个星期我会安排一场媒体发布会，到时候你正式宣布因伤退赛，放弃这场比赛。咱们照样可以去打商业比赛，留得青山在，不怕没柴烧。"公主又抱上两个手臂，眉梢牵动细细的小眼，瞪着库总。

我赶快翻出围栏，想找库总解释，但就这么一会儿工夫，他早已不在训练馆了。

2

这大概是我有生以来最无聊的一个星期，原因很简单，我不用训练了。

在很长的一段时间里，自从我开始职业比赛，我都是为了后面的比赛才拼命训练，现在我却没有比赛可打，我给自己和所有工作人员都放了个假。

真可笑，为什么不能放弃比赛，我有得选吗？谁会傻到去打一场必输的比赛，我的钱，我的世界第一的排名，我傻吗？我为什么要把赢来的财富拱手还给引擎？我才没有害怕失败，我可是被钱哥无数次打倒又无数次站起来的人。库总为什么总是这么极端，他是不是嫉妒我这么年轻就成了他梦寐以求的拳击明星？

我越想越觉得有道理，但我的胸口越来越闷，我想去找库总辩论一番，但他正在生我的气。我迫切地想找人聊聊天，随便哪个朋友都可以……我好像以前没有注意到，我竟然没有朋友。曾经的同事全都疏远了，而我全心训练的时候，也没有时间去认识其他朋友，我想来想去，我最想聊天的人，还是小叶，我毫无理由地觉得他会理解我。

但我不可能去找小叶。自从我离开公司，就一句话也没和他说过，哪怕在我出名之后，他连个招呼都没和我打过！他肯定记得同事里出了一个女拳手，但我能跟他说什么？他又能回答我什么？我们根本毫无交情，所以我只好买了一个"小叶"。

这是一个跟他本人几乎完全一致的虚拟人，比我高一头，面目白皙，他的话不多，接话时说的最多的是"唔""可以""有意思"。我拉起他的手，皮肤是男性那种粗糙的感觉，温度比我略高，一切都是那么真实。打开眼镜，他会出现，关掉眼镜，他就不在了。

我对天发誓，他唯一的作用就是陪我逛街。我跟他一起走在街上，路人一定都以为我是那种有钱的女变态，才会弄一个虚拟的年轻男人陪伴在身边，导致我一定要戴上虚拟面罩。

VR环境的试衣间已经通行，但很多女人还是坚持要用手去摸衣服或者包包的质感，一身运动服的我显然不属于此类，但此时我和小叶就在这些商场里瞎逛，我现在有数不清的钱，却没有沾染任何花钱的嗜好，每天就是训练、训练，我连花钱的时间都没有，那些钱大部分还存在巨力引擎的账户上，连提都没有提出来，只是到手的那些广告费也够我花个痛快了。我们说说笑笑，不停地挑东西买东西，什么都不用想，非常开心。

"你打算什么时候去打商业比赛？"他忽然问。

我一愣，没想到他会这样问。我真的想就这样去打商业比赛？我的手又开始发麻，这酸麻一点点爬上我的两条胳膊，我不知道该怎么回答他，只好眨了两下眼，小叶消失了。

他压根没有体会到我的处境，而我也没有什么奢望，我能奢望什么？他就是一个虚拟人。我坐在商场门口的长椅上抽烟，看着环形商圈中间跳着草裙舞的羊驼，神游天外。

"王文？"

有人叫我，我发觉自己不知道什么时候脱下了虚拟口罩。我抬起头，准备给我的拳迷打个招呼，但那个人竟然十分眼熟，我使劲看了他一会儿，终于想了起来，他是大象，我以前在眼镜公司的前同事。

大象走了过来，他眨着眼，微微惊诧地停在我面前。我站了起来，觉得一阵尴尬——我差点没来得及把小叶收起来。其他尴尬与此相比都是小事了，比如我直接跑完步过来，穿着一件破破烂烂、满是汗味的速干 T 恤，在商场门口的椅子上缩着，脚边是一堆五颜六色的购物袋。

而大象穿着浅蓝色的高档休闲裤，铁灰色衬衫，俨然一副 IT 精英的样子，我几乎忘了我以前有一阵子是完全朝着他现在这个样子去打扮的。我离开公司的时候，他已经是公司内最成功的年轻产品经理了，连拿公司奖项，后来听说他跳槽去了一家外贸公司，他在那儿干得挺成功，我还能断断续续看到关于他的媒体报道。

"你怎么会在这儿？"他问。

"逛逛街，比赛前，放松一下。"

"应该的应该的，听说你比赛前准备得太辛苦，受伤了，是哪儿，腿？"

"没事没事，一点小伤。"

"我女朋友很迷你，你得跟我录段视频。"

我点点头："好久不见，你们都还好吗？"

"好，好，我们一伙同事都等着买票去看你的决战呢，但现在还没开放售票，你这儿能帮忙买到吗？"

"没……比赛时间还没定，还没开始订票呢。你们都有谁？"

"小敏，东哥，胡神，拉哥，还有我们一起抽烟的那几个，我们现在还老聚呢！"

"小叶来吗？"

"小叶？来！他女朋友也很迷你。"

"哦……"我的心里突然有些不是滋味。

"真的好久不见了，你的胳膊好壮啊，比我还壮，我都有点怕了，哈哈。那时你还跟我们一块做产品经理呢，想想就好玩。"

"我那个产品经理做得也不是很成功。"

"没有没有，别这么说啊，你运气太差了……"

"不是运气，可能只有打拳比较适合我。"

"没有，没有。"大象摆手，"当时你确实挺倒霉的，好几个转部门的，就你进了活动部，在活动部做的那些事也很不容易，当时我们同时进公司的这一批，拉哥一直跟我说你最有潜力。"

听到这话，我糊涂了。"当时拉哥分明在取笑我……我的广播操可被你们笑惨了。"

"哦，那事，你还记得啊？是有点过分了，"大象笑了，"但是呢，拉哥就是这么一个人，他说的也不是你设计的这事，他呢，就是单纯觉得这事挺可笑的吧，他可不就是什么事情都取笑嘛。你可能不太了解他。"

我说不出话来。

"你还记得咱们当时老在阳台上抽烟吗？太巧了，都是缘分啊。"

"是监测器，我在你们的工位上装了监测器，你们中有一个站起来我就能知道，我就提前跑过去，在那儿等你们。"

"为什么这样做？"

"孤独呗，没有朋友。"

"哈哈，原来是这样，谁又不孤独呢。"大象看了看我，"你觉得我们算朋友吗？"

"你觉得呢？"

"一起抽过烟，聊过天，就算。"

"嗯。"

3

发布会开始前十分钟，我到了会场后台，公主早已在那儿等我了。她的头发一丝不乱，穿着一身白色套裙，干练依旧。她递给我一张盖着红章的白纸，大大的标题写着"伤情鉴定书"。她郑重地盯着我的眼睛："你仔细签上名字，一会儿带进来，给媒体展示。"

我在发布会镜头前露面的时候，一阵刺眼的白光狂闪，公主微笑着伸出手帮我挡住亮光，声音放得柔若无骨，她对台下的记者们说："请王文讲一下比赛的准备情况吧，但请大家提前做好心理准备，她上个星期辛苦备战对泰森的比赛，腿部严重拉伤，伤及肌腱，这事情大家应该都知道了，王文是那种看上去特别坚强的女孩，但伤情真的很不乐观。"

我咬着嘴唇，把攥在手心的伤情鉴定书掏了出来，慢慢展开，拉平，从左至右展示给在场的所有记者。

记者们眼睛瞪得老大，跟左右的人疯狂地交头接耳，一时声音大过菜市，甚至没有人在拍照，然后，一个坐在后面的老记者从椅子上站起来，鼓起了掌，其他记者也一个接一个地站起来，对着我鼓掌。

"好！"有人叫道。

公主的两条柳眉挤作一团，瞪了我一眼，我毫无反应。她向前探过身子，看到了伤情鉴定书——那是一张白底黑字的纸，上面有几个大字：我将挑战泰森。

我给大家看的是伤情鉴定书的反面，那里有我用记号笔写上的几个大字。

记者们散去后，我想走向后台，公主一把揪住了我。

"咱们之前是不是说好了？你怎么没有一点契约精神？"

"对不起，我改主意了，我还是想打这场比赛。"

"你以为你是什么东西，想挑战一切不可能吗？你这个蠢猪！"公主倒竖双眉，把伤情鉴定书一把夺了过去，往空中一扔，那页纸飘飘荡荡地落在地上。

公主粉色的高跟鞋噔噔直响，她一把推开门，走了出去，又狠狠把门砸了回来，门发出一声通天巨响，关上了。

三秒钟之后，门又被猛地撞开，打在墙上，又是一声通天巨响。

"改主意可以，你们这些年轻人可以今天这个主意，明天那个主意，老娘还要养家，没空陪你玩！"公主粉色的高跟鞋又噔噔而来。

她举起手一划，一排白底黑字的文件投在空中。

"你已经严重违反了合作条款，不要怪我翻脸不认人，一切按退出机制来走，这些账，咱们来一笔一笔算个清楚！"

4

我没有想到芦潮港是这样一个地方，一望无际的芦苇荡延伸到海边天际，无休无止的大风拨弄着它们，汇成浪潮"哗哗"的声音，比我在引擎里的那片草原更加苍茫壮阔。

芦苇荡中搭起了一个巨大的舞台，四面是围栏和草地，公主想搞一场摇滚现场那样的热闹比赛。她不相信我对战泰森有任何获胜的机会，已经决定和我解约，清算完我的所有广告收入和团队支出，到最后，我竟然还背了一笔负债，公主愿意把这最后一场比赛的收入当作最后的合作，来抵扣我欠她的那些运作经费，所以她极尽宣传。

我一清早就来到这里，在后台调试好眼镜和电竞服，就待在高高的舞台上，看着临时增开的胶囊客车一艘一艘抵达，豪华空客飞机一架一架降临。舞台下的观众越来越多，有一些人穿戴着写有我名字缩写的衣服和帽子，甚至还投射出几个小小的我到空中，小小的我在空中挥胳膊蹬腿，十分精神，但那小小的样子让我想到了侏儒，我有点犯恶心。

为了舞台效果达到最佳，开场时间定在傍晚。开场前，舞台下已经人满为患。我猜公主一定卖出了巨量的票，五万张，十万张，甚至更多。此外，还会有难以估量的观众在巨力引擎浸入直播。我不知道有多少人期待着我的胜利，我每天都会收到太多的消息，大部分都是鼓励，但肯定也有不少人是为了看我第一次倒地而来的。

我回到后台。

每过一会儿，都有人忽然扯着喉咙，高叫我的名字，声音越来越尖利。

夕阳已落，舞台上空升起一只巨大的铜铃。铜铃敲响了一声，我吸了一口气，从凳子上站起来。公主正在跑前跑后地忙，正好经过我身边，她说："别急，还没到时间。"

我差点忘了那支乐队，公主弄来了一支叫"阿喀琉斯"的摇滚乐队做开场表演。

他们的标志是一位持矛和盾的古希腊战士，公主觉得这形象与我的战士姿态十分契合。这位戴着鸡冠帽的虚拟战士在舞台上高高升起，豪放地用矛拍盾，发出一声巨响，"阿喀琉斯"的四位成员乘升降机来到舞台正中央，狂放地又叫又跳。他们巨大的虚拟形象也穿着希腊战士服，和那位戴着鸡冠帽的希腊战士一起熠熠生辉。

"阿喀琉斯"三曲终了，舞台上的轰鸣声和四位虚拟战士一起跳向虚空，凭空消失，四位乐队成员也从舞台中央降下。

舞台上陷入一阵黑暗，只有高空中的铜铃泛着一丁点冷光。观众开始有节奏地呼喊我的名字，声音越来越大，越来越大，我深吸一口气，站上了升降机。

黑暗中，我升上了舞台，一小束灯光打向我，同时，我知道背后也升起了一个巨大的虚拟的我，好让离舞台最远的观众也能清清楚楚地看到我额头上每一颗紧张的汗珠。

观众中爆发了一阵巨大的欢呼声，然后那声浪马上熄灭了，因为我吸了一口气，启动了游戏。

"您确定开启金腰带挑战赛？这是您赛期内仅有的机会。"巨大的文字在拳击台上空闪耀。

我眨了一下眼。

一座泛着光芒的铁笼在拳台正中降下，笼中有一个黝黑的身影，他徒手撕裂铁笼，站到了拳台正中。那个我在无数比赛视频、照片，甚至是无数个无聊的娱乐节目中见过的"野兽"出现了。

他的腰上闪闪发光，黑暗中仅剩的一点点光芒似乎都在那条金腰带上流转，我和黑暗中屏息静气的几万名观众一样，眼神被那腰带死死吸住，挪不开视线。他个子不算高，用拳击手的标准来说，一米八真的矮极了！我已经习惯了跟各种小巨人一样的对手搏斗，但他黝黑的肌肉饱胀而闪闪发光，比两个我还要宽阔。

他压低头颈，翻着眼睛看我，好像在打量一头猎物。然后，他向我走来，一直走到把脑袋重重抵上我的额头，舔了一下嘴唇，没有说话。真的野兽是不说话的。

我使劲推开他。"比赛开始！"我大声说。

泰森冲了过来，观众们，尤其是很多小姑娘的尖叫声满场都是，此起彼伏。若是抛开此时的处境，我会觉得这是很有意思的一点，我的拳迷中，女性比男性更多。《野兽拳击》如此暴力恣肆的游戏，玩家的数量也是男女均分，因为抹去了力量差异，所以出现了很多厉害的女拳手。

在这片尖厉的叫声中，泰森省略了所有试探动作，重拳一记一记砸了过来，我拼命克制转身逃跑的冲动，任凭身体带着我晃动，左、左、右、右、左、错了，是右！我被当头撞翻，左脚离开了地面，然后是右脚，我倒下了。混乱中，我抓住了一条虚拟围栏，我抓着那软绳往上站，但又滑倒了。怎么回事，地上抹了油？我想大叫，这地上抹了油，但只发出一阵嘟哝，我拼命抓着软绳，但那绳也像抹了油，怎么到处都是油？！

"该死！给我站起来！"库总的声音——我苦等不来的他，竟冲到了场边。

没有油，根本没有什么油，我拼命站了起来。

数字倒数到五，停住了。

场下的观众一片狂呼乱叫，跟我的头脑一样混乱。

"侬库嫂出去称个猪肉竟然滑倒了，我刚送她去医院。"库总小声嘟哝道，又大叫起来，"集中精神，步伐，你的步伐！像我们之前练过得那样！"

在我确定比赛后的那个下午，我就冲到了库总的拳馆，在那儿苦练了一个月"甜豌豆式"躲闪，就是为了不至于和"铁拳迈克"打个照面就趴下。

我深吸一口气，向后退了两步，开始活动我的脚步，前后滑动，我要滑到他够不着的地方，我守住这个信念。他没什么好怕的，他只不过是个大号沙袋。

我再次闪过泰森的一组快拳，鼓起勇气，勉强打出一些刺拳，看得出，泰森对我的转变颇为恼火，我的拳头没有对他造成任何威胁，而他开始越来越猛烈地出击，一个刺拳击中了我的眉骨，一些痒乎乎的东西越过脸颊，爬进电竞服，爬到我的肚子上。

万幸，铜铃敲响，我逃向了我的角落。

我竟然撑住了第一个回合。

5

库总冲了过来，用一堆酒精棉敷上我的额头。

"剩下的六个回合怎么熬过去？"我倒吸着气。

"揍他！"

"怎么揍他？"

"狠狠揍，揍他的脑袋，狠狠地打，把你的上勾拳打出来！"

铃声敲响，我回到台上，抢先向他打出一拳。泰森牵动嘴角，那意思仿佛是"来吧，我还没跟女孩子打过，就陪你玩玩"。我打出两个直拳，他轻松闪避，回敬一拳，直中我面门。

我只觉得被一辆卡车撞翻，眼前一黑。

四周一片嘈杂，像网络故障一样的杂音中，拖着尾音的解说讽刺道："王文遇到了一点麻烦，'击倒'遇到了真正的击倒艺术家……"一个巨大的沙袋从天而降，在我的头上盘旋，像无数次闪避过沙袋一样，我想躲过去，但我没有一点力量，我躲不开。

我扯着嗓子叫起来："不！我要赢！"这声音高亢尖厉，穿越我的幻觉，在整个拳台回荡。

我扶着地，一晃三摇，从地上站了起来，脸上全是汗、血和泪，看不清眼前的数字，我抹了一把泪水，看清那数字停在九。两个白衣的工作人员冲上来，问："你还能继续吗？"

"我可以，可以！"我拼命点头。

一个工作人员摇了摇头："你头上破了个大口子，像刀砍的一样。"他指了指自己的衬衫，那儿是一排飞溅的血点。我看了看擦泪的手，尽是一片血红。

"让她打，"库总说，"没伤到主动脉，死不了。"

"让我打！"

工作人员对视一下，走了下去。

库总说："揍他下巴！"说完也走了。

"叮"，铜铃又敲响了。

泰森走了过来，此时他的表情退去笑意，对我略微点了一下头。

我连续打出一组拳，那是我最好最快的一组拳，泰森轻轻左右摇晃，一个不落地闪开了。我拼命挥出最后一记勾拳，正中他的下巴。泰森微微后退一步，全场一片欢呼，然后他冲过来照着我的面门给出一拳。

我拼命站稳，但他马上又冲过来，连补几拳，我像断了线的风筝一样飘摇，拼命抱住了他。但他一把将我推开，又是一拳，我依然抱着他，泰森疯了一样击打着我的头颅。

血，一股一股涌了出来，血色的帘幕遮住了一切。

"不……"我死死抱着他的胳膊，"我不想输！我不要输！死也不要输！我要赢！"

泰森一动不动，他僵硬的脸上全然没有表情，但他的眼神，那穿透灵魂的眼神望着我，我不知道那是什么样的眼神，怜悯？或者是同情？还是……可能是我理解错了，某种尊敬？那是对对手的尊敬。我摇摇晃晃地站起来，我看到了这种尊敬，而我所能做的，就是再好好给他一拳，我的双手根本都抬不起来，但我不在乎，我盯住他的眼睛，等着活力重回双手。

他一动不动，依然带着那样复杂的眼神，紧紧盯着我。四面吵闹的观众此时鸦雀无声，整个拳台上只有一阵一阵劲风掠过的呼啸。我感到脊骨发凉，本就模糊的视线越发昏暗，他的眼神将我拖进一片黑暗，我什么都看不到了。

结束了，等我睁开眼的时候，一切都结束了。

我不知道我是怎么倒下的，是泰森击倒了我还是有人把我拖走了——以免我被打死。我最先看到的是那行熟悉的绿字："《野兽拳击》铁拳 KO 胜利，击败挑战者王文，卫冕成功。"

泰森的身躯正变得越来越大，他的身体像火焰一样越蹿越高，比整个舞台周围的看台还要高，立在郊区的黑夜中熠熠生辉。台上一切其他的虚拟形象在他的映衬下，都显得像一些可笑的玩具。他的后背向天空中放飞了无数只狮子、老虎，这些虚拟猛兽照亮了整个芦潮港的夜空，它们在空中跳跃，甚至蹿到了满地芦苇中，在疾风阵阵的芦苇荡中左冲右突，发出阵阵啸叫。

库总和医生在我旁边，死死按住挣扎的我，往我头上喷了些什么止痛药，让我整个脑袋都没有什么感觉，而我身体的其他地方却像燃烧一样疼痛着。我拼命甩开他们，站起来，跌跌撞撞地跑下舞台，往正四散着离开的人群走去，有一些人直接搭乘胶囊快车离开，有一些人跑向旁边的草丛中去看那些光华流转的狮子和老虎。

但是，我一定要去看看这一张张正转身离开的脸，我看到有疲累的中年人，路过我身边的时候，能看到一道伤疤划过闪亮的眼睛；我看到有年轻的女人牵着女儿，一路走一路拍着哭泣的女儿的背；我看到有一群年轻人勾肩搭背地走在一起，撸起袖子做出拳击的动作；我还看到一个熟悉的灰色帽衫的身影，他牵着一个雪白小袄的身影。

我就静静地看着这些人越走越远，这一次，我第一次敢面对所有的观众。

六

地下拳馆惨白的灯光下，依然是那些汗津津的沙袋。我跟库总说过无数次了，他总是说"明天、明天"，但就是不去换，所以我现在还是只得一拳一拳地打着这些汗臭四溢的沙袋。

"库总，沙袋真的要换一下了，就算不换，拿到太阳下晒晒，去去汗味也好，你现在这么多学员，用得着省这个钱吗？"

"啰唆，你有那高级训练馆的时候，怎么不替我换换沙袋？明天帮我搬出去晒晒！"

库总拖着步子走过来，一直走到我的沙袋前："慢慢打，用尽最大的力气，再打出十拳。"

"一、二、三……十！"我像只癞皮狗一样瘫到地上，紧紧抱住了沙袋。

"不错，不错，后天那场比赛，我看是稳了。"库总说，然后他不知道拿什么东西又给我来了一下，"起来收拾吧，今天聚餐。"

"不去，我跟人约了吃饭。"我摸摸脑袋。

"和人约吃饭？和谁？是不是上次送水的那小子？"

徐运凑了过来："谁？和谁？还是上次送水来的那小子？"

"不错，不错。"库总难得带了点笑意。

"叮"，钱款到账的声音，我打开视界上方的提醒，盯着库总："库总，你……"

"你走运的时候分给我的钱，我都给你保管着。很多拳手是穷出身，有了钱就会挥霍一空，尤其你又是女孩子，所以我操了点心。你倒没乱花钱，但结果还是一样，我倒宁愿你乱花钱。你拿去买些衣服吧，不要天天闷在拳馆，多去外面转转，别还给我，千万别还给我。"

我觉得库总可真深刻。

附录
科幻作家聚谈体育与科幻

1. 你喜欢奥运会或竞技体育吗（参与或观赏都可）？它是否和你的科幻之路有一些关联？如果有，是否有什么趣事可以分享？

谢云宁： 喜欢呢，我算是个资深足球迷。我感觉科幻与足球有着很大的共通之处，都带给人一种酣畅淋漓的激情。我在自己的小说里融入了很多的足球元素，比如《梦绕地心》让梅西捧起了世界杯，也让我这个多年阿根廷球迷圆了一个真实世界难以实现的梦。除了梅西，我另外一个喜欢的球星是莫德里奇，在我的小说《外面的宇宙》与《梦绕地心》都安排他出场，在很多年前写小说时他还并没得获得太多球迷关注，而 2018 年世界杯已暮年的他率领克罗地亚一举夺得获世界杯亚军，并荣获了当年世界足球先生，真是惊艳了时光，温暖了岁月。

田兴海： 电子竞技算吗？……哈哈哈哈，开个玩笑。传统竞技体育我还是挺喜欢的，奥运会各种比赛项目都会关注，尤其是田径和篮球。我学生时代非常喜欢打篮球，大学进过系篮球队（虽然整个系都很菜），长跑还拿过校运动会奖牌。我觉得喜欢竞技体育和喜欢科幻本质上都是相通的，科幻和体育都是人类精神的体现：想知道我们这个种族在各方面能达到的极限是什么。

彭思萌： 我喜欢跑步和拳击这两项运动，自己也有参与。为了创作《野兽拳击》我真的去学了半年泰拳，之后写出了这篇小说，它也是我认真进行科幻文学创作的一个契机。挺有意思的是，我当时学拳并不是在那种宽敞明亮的中产阶级健身房，而是一个四处漏水的黑暗的地下室里，简直有一点打黑拳的那种气息……这个在《野兽拳击》中也有所体现。

江波： 喜欢各种赛事。大概体育不太好，让我转向文字，一不小心就开始写科幻了。

灰狐： 上学的时候喜欢踢足球，现在年纪大了，踢不动了，就只能在虚拟世界找一找带球过人叱咤风云的感觉了。如果说和科幻之路有关系的事情，可以说当年走上写科幻的道路，就是因为总是玩电子游戏，开销不小，想用稿费的钱来买游戏机和游戏，于是开始了写科幻。

阿缺： 很喜欢，而其中之最，是电子竞技。得益于科技的进步，新技术丰富了竞技体育的类型，尽管电竞只是坐在电脑前，但游戏过程还是在考验反应力、判断力、鼠标的微操水平、对规则的理解和超越——这些都符合竞技体育的标准。诸多大型运动会将电竞纳入其中，也反映了这一点。和写科幻也有关系的，我玩一款叫《守望先锋》的6V6竞技游戏，原本我是为了写电竞小说而去接触的这个游戏，是想写一个短篇……结果我玩了近千小时，小说还一个字没动。

2. 你如何看待现代竞技体育中的科技与自然的关系？比如通过基因编辑赢得比赛是合理的吗？

刘慈欣： 我认为经过基因编辑的运动员和自然人运动员比赛是不公平的，但可以借鉴残奥会的方式，让经过相同或相似基因编辑的运动员分级或分类进行比赛。

长铗： 竞技是与规则分不开的，基因编辑超越了规则，参加自然人的比赛不太合理，但可以专门针对基因编辑人设置相应比赛。

谢云宁： 现代体育本身也是综合科技实力的竞争，不过"表面"上还未越过道德的边际（比如兴奋剂的禁止，更不用提基因编辑）。我个人有个想法，在地球上的体育竞技还是应该遵守人类固有的道德，未来当人类离开地球走向太空深处，应该允许基因编辑这样的技术突破。毕竟离开地球的人类已经不再是传统意义的"人"。

江波： 用技术手段赢取胜利是体育的一种异化，然而并没有什么办法防止技术的使用，毕竟体育竞技带上了太多的名利。只能监测不要太过分吧！

汪彦中： 未来或许可以允许出现有限度的和独立区分的高科技体育赛事，如有机械肢体辅助的田径赛事、允许使用辅助动力的统一规格越野自行车赛事等。不过这类赛事仍然必须坚守公平原则，且决不能以伤害运动员的身心健康作为代价。

王诺诺： 基因编辑取得胜利是不可以的。在我看来，古老的奥林匹克精神就是对纯粹肉体的崇拜，如果基因编辑技术可以运用在竞技体育上，那么开车去参加长跑也可以了。我曾经看过一个小说，讲未来篮球比赛都是一群矮子在打，因为为了体现公平，赛制改了，高个儿投篮会被乘以一个权重，降分。

3. 你觉得体育，特别是奥运在未来将如何发展（或如何消亡）？

王晋康： 当兴奋剂发展到与天然机体完全一致无法鉴别时（如血液携氧能力），体育就消亡了。不过我相信还是有办法鉴别的。

长铗： 体育也许会消失，未来可能生命或智能都虚拟化了。但奥运精神会一直存在。

谢云宁： 体育精神不死，不过肯定会变了一些玩法。电子虚拟类竞技是一个方向。

田兴海： 体育不会消亡，但会越来越娱乐化（其实现在已经开始了），多少年轻运动员有了自己的粉圈，走起了偶像路线？体育不会消亡，但不够娱乐的体育会消亡。

陈楸帆： 我觉得未来会有新的竞技体育形态，借助 AI，基因改造和外部设备会成为常态，当然也需要新的评判标准。

彭思萌： 现代竞技体育是为了人类更高、更快、更强，而在科技将要——也已经——越来越强地介入这个过程。在人人都成为赛博格参与比赛后，现代竞技体育一定会面对一定程度的争议，比如著名的残疾运动员刀锋战士，但在科技发展的大趋势下，科技会作为改造自然的一部分越来越介入到竞技体育中。

张冉： 所有项目分为两个组别：自然人组和前沿组。前者禁药、禁基因编辑、禁电子设备，后者百无禁忌，只要差不多有个人模样就行。前者为了保证体育的精神，后者为了探索人类的未来。

灰狐： 我觉得体育项目会在一段时间里保持原样，但是在生活中的比重会大大降低。自从电子竞技加入到体育项目之后，可能会有一些新的考验人体本能，却又加入了高科技元素在里面的新项目。但是我还是崇拜那种将最原始的力量和技巧发挥到极致的人，就像 C 罗和梅西。

4. 你能否设想出某种"科幻"的未来体育比赛？如不同的种族、环境、形式等等。

刘慈欣：太空马拉松：运动员在太空中比赛，每人携带一个小型推进器，由运动员体力驱动一台泵机，把推进剂压出喷口，体力越强，推进剂的出口速度越高，加速度也越高。最短时间飞完全程者取胜。太空马拉松的赛程分为加速段和减速段，有一个重要的规则：到达终点时必须速度为零。与地面马拉松相比，太空马拉松涉及较复杂的竞赛策略。

王晋康：在我的科幻小说《海豚人》中描写了海洋中的智能文明——海豚人——举行的海上体育比赛，比如海上芭蕾。

田兴海：这个就请大家阅读我在这本选集里的作品《负限奥运会》吧，在小说中，这是另外一个向度的伟大竞赛。

江波：土星环飞船障碍拉力赛！

张冉：太阳系无动力漂流。从地日拉格朗日点 L2 出发，身穿宇航服向同一方向以同样初始速度出发，可在允许重量范围内携带任何物资或设备，以存活状态下漂流最远者为冠军。带火箭发动机增加初始速度，还是带粮食以时间取胜；是改变轨道利用弹弓效应，还是轻装上阵直奔宇宙深处，一切交由漂流者决定。不死不休，出发！

灰狐：以前写过一篇小说，就是开着飞船在地球和木星之间的星际竞速，要绕过各个星球，依靠引力弹弓加速，本能派和科技派的竞争。并且根据相对论，参加这样的比赛还有延缓衰老的功能。那是创作初期写的，很粗糙，也很幼稚，最后被退稿了，没能发表。以后还会尝试一些体育竞技类的小说。

汪彦中：1. 太空超远程射击竞赛。在太空中使用动能武器（枪，弓箭，弩等）对极远距离外的目标进行射击。由于没有空气阻力影响，武器的射程极远，初速也几乎不会衰减，但发射武器时的误差会随着距离而被剧烈放大，太空中的引力干扰也需要加入考量。考察的是运动员的身体协调能力、稳定性及对太空物理学的了解，并且可以结合 EVA 舱外移动设备开展"太空铁人三项赛"。

2. 小行星带宇宙飞船拉力赛。依靠立体小行星地图作为"路书"，在最短的时间内驾驶飞船安全穿越一片小行星带区域，途中可以利用有限次数的燃料补充点，水平高超者还能凭借较大尺寸小行星的引力弹弓效应进行加速并节省燃料，从驾驶员的飞行技术和团队的星图绘制能力、补充燃料的策略等环节体现出赛事的魅力，同时也可以推动航天产业提升航天器研发的能力。

3. 太阳系十大高峰攀登锦标赛。赛事内容包括攀登珠穆朗玛峰（地球）、瑞亚西尔维娅环形山（灶神星）、奥林匹斯山（火星）、赤道脊（土卫八）、艾斯克雷尔斯山（火星）、波阿索利山（木卫一）、阿尔西亚山（火星）、帕蒙尼斯山（火星）、埃律西姆山（火星）、麦克斯韦山脉（金星）共计太阳系内最高的十座山峰，参赛团队根据总耗时、完赛率、设备和人员损耗率、对器材设备的依赖程度、是否打破纪录等指标获取积分，按总积分排定名次。各天体之间不但距离遥远，各自的天体引力、环境气候也不相同，团队物资消耗更是极其惊人，该赛事将会是人类在太阳系内最宏伟壮丽的体育竞赛之一。

王诺诺：用星球之间的万有引力打斯诺克。比赛谁先最快打掉一个恒星系。规则：先消灭恒星，后再消灭行星，最后消灭卫星，如果顺序错了，直接判输。

阿缺：人体入侵大赛：在人权被忽视的赛博格世界里，精英人士们掳走底层市民，拔出芯片，将其记忆和意识清空，再把芯片植入；找来一般被豢养的黑客，在规定时间内攻破芯片的防火墙，同时阻挡洽谈黑客的入侵，将自己的记忆植入。被植入者醒来后，说出（黑客）自己的名字，胜者即诞生。